BASTEI LÜBBE

Taschenbücher von WILLIAM SHATNER
im BASTEI-LÜBBE-Programm:

William Shatner

Die TEK-Rache

Science Fiction Roman

Ins Deutsche übertragen
von Bernhard Kempen

BASTEI
LÜBBE

BASTEI-LÜBBE-TASCHENBUCH
Band 23 145

Erste Auflage:
November 1993

Deutsche Lizenzausgabe 1993
by Bastei-Verlag Gustav H. Lübbe
GmbH & Co., Bergisch Gladbach
Originaltitel: Tek Vengeance
Lektorat: Wolfgang Neuhaus/
Reinhard Rohn
Titelillustration: Arndt Drechsler
Umschlaggestaltung:
Quadro Grafik, Bensberg
Satz: KCS GmbH,
Buchholz/Hamburg
Druck und Verarbeitung:
Brodard & Taupin, La Flèche,
Frankreich
Printed in France

ISBN 3-404-23145-7

Der Preis dieses Bandes
versteht sich einschließlich der
gesetzlichen Mehrwertsteuer.

Für TK

1

Der Mann, der herausgefunden hatte, was geschehen würde, kam nicht mehr dazu, es irgend jemandem zu erzählen. Er wurde ermordet, bevor er seine Informationen weitergeben konnte.

Das geschah in Berlin, am Morgen eines kühlen, nebligen Tages im Frühling des Jahres 2121. Es war ein großer, schlanker Mann Ende Dreißig. Sein Name tut nichts zur Sache.

Er war auf dem Weg zu seiner Wohnung in einer kleinen Straße in der Nähe des Kemperplatzes, während das erste Licht der Dämmerung sich in den Fensterscheiben des Schlafzimmers brach.

Die Frau, mit der er zusammenlebte, war schon wach und saß auf der Kante ihres altmodischen Himmelbetts. Sie trug ein weißes Nachthemd und band sich gerade ihr langes, blondes Haar mit einem schwarzen Band zurück.

Das Licht des Morgens lag auf ihrem hübschen Gesicht, während sie zu ihm hinauflächelte.

Er durchschnitt das Zimmer und fühlte sich sicher und geborgen – und glücklich, daß er jemanden wie sie gefunden hatte.

Er beugte sich herab, um sie auf die Wange zu küssen. In dem Augenblick, als seine Lippen ihre Haut berührten, gab es eine gewaltige Explosion.

Die Wucht des Sprengsatzes riß ihn in Stücke, zerfetzte die Wand des Schlafzimmers, ließ die Fenster in tausend glitzernde Scherben zerbersten und schleuderte das, was noch von ihm übrig war, hinaus auf die graue, neblige Straße.

Die Frau wurde ebenfalls zerfetzt. Die Metallrahmen ihres Körpers, die Plastikhaut, die Drähte und Schläuche, Chips und Schaltkreise wurden durch die Sprengladung, die in ihrem Innern versteckt gewesen war, in alle Richtungen davongewirbelt.

Fleisch, Blut, Mörtel, Draht und Metall vermischten sich zu einer unkenntlichen Masse, die in den grauen Morgen hinausgeschleudert wurde.

So kam der Agent nicht mehr dazu, seinen Bericht bei der Internationalen Drogenkontrollagentur abzuliefern. Andernfalls hätte Jake Cardigan sicher davon erfahren.

Dies war der Grund dafür, daß sich Jakes Leben grundlegend ändern sollte. Doch davon hatte er noch nicht die leiseste Ahnung.

Obwohl Jake zu jener Zeit noch nichts davon wußte, begannen seine Probleme an einem warmen, klaren Nachmittag desselben Tages im Frühling 2121.

Als der Agenturgleiter sich dem Seawall-Handelskomplex im Bezirk Santa Monica von Groß-Los-Angeles näherte, sagte Sid Gomez: »Gleich haben wir unser Ziel erreicht, *amigo.*«

Jake, ein gutaussehender, obgleich wettergegerbter Mann, der auf die Fünfzig zuging, hatte sich im Passagiersitz zurückgelehnt. »Das ist mir nicht entgangen«, erwiderte er.

Unten auf dem Landeplatz 3 stand eine dreißig Meter hohe Nachbildung des fackeltragenden Arms der Freiheitsstatue. Sie war mit rot pulsierenden Neonröhren verziert, und über die flammende Fackel schwebten in zwei Meter hohen Buchstaben die Worte NACHRICHT UND WAHRHEIT, die sich mit GLA FAX TIMES abwechselten. Am Rand des Landeplatzes erhob sich das eindrucksvolle, zwanzigstöckige Pressegebäude, das aus silbrigem Metall und echten Glasfenstern bestand.

Gomez gab dem Bordcomputer die Landekoordination. »Du wirkst schon den ganzen Tag etwas niedergeschlagen. Grübelst du über irgend etwas nach?«

»Ich denke schon«, antwortete Jake.

»Handelt es sich dabei vielleicht um Beth Kittridge?«

Der Gleiter flog einmal um den Ellbogen des neonverzierten Armes herum und setzte dann dicht daneben auf dem Boden auf. Ein paar Dutzend Meter weiter brandete die Gischt des Pazifiks gegen die felsige Küste.

»Es gefällt mir nicht, daß Beth nächste Woche nach Berlin muß«, sagte Jake.

Gomez war etwa zehn Jahre jünger als sein Partner und hatte

einen dunklen Lockenkopf. »Nach dem, was du mir über deinen Besuch bei der Dame in Nordkalifornien erzählt hast, scheint sie selber nicht sehr begeistert über den Ausflug zu sein.«

»Dieser Ausflug dürfte ziemlich gefährlich und riskant für sie werden.« Jake löste seinen Sicherheitsgurt und zwängte sich aus dem Fahrzeug.

Sein Partner trat neben ihn auf den grauen Boden des Landeplatzes. »Die Internationale Drogenkontrollagentur wird sich um sie kümmern«, sagte er. »Und du wirst sie auf ihrer Reise begleiten. Beth kann also nichts passieren.«

Jake zuckte die linke Schulter und vergrub seine Fäuste tief in den Jackentaschen. »Die Tek-Barone sind ein äußerst rachsüchtiger Verein«, sagte er. »Im Augenblick sind sie Beth nicht gerade freundlich gesinnt – ebensowenig wie mir.«

Die beiden gingen einen beleuchteten Weg über den Landeplatz entlang, bis sie durch eine Plastikglastür in ein großes Foyer traten. Als die Tür sich leise zischend hinter ihnen schloß, erstarb das Geräusch der Meeresbrandung, und unauffällige Streichermusik umgab sie. Direkt vor ihnen schob sich lautlos eine große Bildwand aus einem schmalen Schlitz im Fußboden. Das Gesicht eines adretten, lächelnden Mannes erschien darauf. »Willkommen im Verwaltungsgebäude der *GLA FAX TIMES*«, begrüßte er sie mit tiefer, dröhnender Stimme. »Nach dem südkalifornischen Gesetz bin ich verpflichtet, Sie darauf hinzuweisen, daß ich lediglich ein elektronisch generiertes Bild bin und nicht etwa eine wirkliche Person.«

»Mach dir nichts draus!« sagte Gomez tröstend. »Ich bin eine wirkliche Person, und ich kann dir versichern, daß es eine Menge Nachteile hat.«

»Hahaha!« machte das Bild. »Aber genug der freundlichen Scherze, meine Herren. Bitte betreten Sie die Identifikationskabine – Mister Cardigan zuerst –, damit wir ihre Netzhautmuster und Fingerabdrücke überprüfen können.«

Jake gehorchte und trat in die Kabine links neben dem Bildschirm.

»Name? Zugehörigkeit? Grund Ihres Besuches?« wollte eine Lautsprecherstimme wissen.

»Jake Cardigan. Ich arbeite für die Detektivagentur Cosmos«, antwortete er. »Einer Ihrer Redakteure, Miss China Vargas, erwartet uns.«

»Sehen Sie in die Augenschlitze und legen Sie gleichzeitig beide Hände auf die Erkennungsflächen! Danke!«

Jake folgte den Anweisungen.

Nach genau elf Sekunden verkündete die Stimme in der Kabine: »Ja, Sie sind Jake Cardigan!«

»Danke«, sagte Jake. »Das ist beruhigend zu wissen.«

»Sobald Ihr Kollege überprüft worden ist, können Sie durch Eingang fünf eintreten und sich zur Verwaltungskantine begeben.«

Nachdem Gomez bestätigt hatte, daß er wirklich Gomez war, benutzten die beiden Detektive den angewiesenen Eingang und gingen eine gewundene Rampe hinunter.

»Glaubst du«, fragte Gomez, »daß ich mehr Erfolg bei Frauen hätte, wenn mein Haar blond und gewellt wäre?«

»Das bezweifle ich. Außerdem kannst du unmöglich noch mehr Erfolg haben, als du schon hast!«

»Es verdad. Vollkommenheit läßt sich nicht übertreffen.«

Die Verwaltungskantine war ein großer Saal, der unter dem Meeresspiegel lag. Durch die breiten, getönten Fensterscheiben konnte man den Ozean vor der Küste von Santa Monica beobachten, in dem sich reichhaltiges Meeresleben tummelte. An einem Tisch neben einem Panoramafenster saßen ein breitschultriger, silberhaariger junger Mann und eine schlanke junge Frau. Sie beobachteten Jake und Gomez einen Augenblick lang, bevor die Frau sich erhob. Sie hatte eine Glatze und trug einen purpurroten Geschäftsanzug.

Sie kam herangeschlendert und blieb in einer Entfernung von zwei Metern stehen. Dann stemmte sie die Arme in die Hüften und musterte die beiden.

»Scheiße!« sagte sie schließlich. »Ich hatte nicht mit zwei so alten Kerlen gerechnet!«

2

China Vargas hatte sich einen kleinen Raben mit gespreizten Flügeln auf ihren glänzenden, haarlosen Schädel tätowieren lassen. Sie rieb gedankenverloren daran, während sie die beiden über den Eßtisch hinweg anstarrte. »So ein Mist, das gefällt mir überhaupt nicht!« sagte sie zu dem jungen Mann mit dem Silberhaar. »Glaubst du, daß sie dafür geeignet ist, Larry? Es dürfte sehr anstrengend werden, wie du vielleicht weißt.«

Larry Knerr machte ein finsteres Gesicht. Als er die Schultern zuckte, streifte der Pelzkragen seines Mantels seine Ohrläppchen. »Ich habe dir schon gesagt, China, daß ich diese Angelegenheit ganz allein und ohne . . .«

»Vielleicht sollten Sie es noch einmal bei einer anderen Detektivagentur versuchen, Miss Vargas«, schlug Jake vor, als er sich langsam aus seinem Stuhl erhob.

»Aber das geht nicht!« beschwerte sie sich seufzend. »Ich meine, Sie sind derjenige, der für diesen Fall angefordert wurde.«

Knerr, der leitende Nachrichtenredakteur der *Fax Times*, beugte sich vor. »Anscheinend war niemandem klar, in welch trauriger Verfassung sich Cardigan gegenwärtig befindet«, sagte er. »Schick ihn wieder zurück, China, und laß mich und mein Team den Job erledigen!«

»Du weißt, daß ich nicht . . .«

»Außerdem hat der Kerl nicht gerade den besten Ruf«, gab der silberhaarige Redakteur zu bedenken. »Erstens ist er vorbestraft, zweitens hat er ein unberechenbares Wesen und drittens eine Ex-Frau, die im Knast sitzt, weil sie sich mit den Tek-Bossen eingelassen hat.«

»Ist es wirklich nötig«, wandte sich Gomez an ihre Gastgeberin, »daß Mister Knerr an unserer kleinen Gesprächsrunde teilnimmt?«

»Nicht unbedingt. Nur daß Larry für das Lateinamerika-Ressort zuständig ist und . . .«

»Vielleicht hätte er Lust«, fuhr Gomez liebenswürdig fort,

»einen kleinen Spaziergang am Strand zu unternehmen! Dort könnte er Kieselsteine über die schäumende Brandung springen lassen und den Möwen Gesellschaft leisten.«

»Also, ich denke, wir brauchen ihn wirklich nicht, wenn wir . . .«

»Moment mal!« Knerr funkelte Gomez an. »Ich bin ein leitender Angestellter dieser Firma! Wenn hier jemand verschwindet, dann bestimmt . . .«

»Ich werde ihn zum Ausgang begleiten«, sagte Gomez und stand freundlich lächelnd auf.

»Den Teufel werden Sie tun!« Knerrs Stuhl fiel um, als er aufsprang.

Jake ging um den Tisch herum, nahm den linken Arm des Mannes und drehte ihn auf den Rücken. Mit der anderen Hand packte er seinen Pelzkragen. »Es wäre wirklich eine gute Idee, wenn Sie uns jetzt alleinlassen würden«, riet er ihm. »Wenn Gomez auf diese Weise lächelt, dann . . .«

»Schon gut, in Ordnung!« Knerr versuchte sich aus dem Griff zu befreien. »Ich möchte niemandem meine Gesellschaft aufdrängen. Aber glaub mir, China, du machst einen großen Fehler, wenn du dich mit diesen altersschwachen Schnüfflern einläßt. Außerdem . . .«

»Mister Knerr verläßt uns jetzt.« Jake führte den sich sträubenden Redakteur durch den Unterwasserkanal und ließ ihn in der Nähe der Tür los.

»Es ist nicht sehr klug, sich mit den Medien anzulegen, Cardigan!« warnte Knerr ihn, als er durch die Tür hinausging.

Jake ging zum Tisch zurück. »Sind Sie jetzt bereit, uns zu erzählen, warum Sie uns angeheuert haben?« fragte er China.

»Ja, schon gut!« antwortete sie. »Setzen Sie sich doch! Larry geht vielen Leuten auf die Nerven. Die meisten versuchen, ihn zu ignorieren, aber einige ziehen es vor, ihn am Schlawittchen zu packen, so wie Sie.«

Gomez stützte sich mit beiden Ellbogen auf die Tischplatte. »Walt Bascom, unser Chef, hat uns keine näheren Einzelheiten zu diesem Fall verraten«, sagte er. »Vielleicht . . .«

»Es ist gar nicht mein Fall. Bevor mein Vater, dem dieses

Käseblatt gehört, mir diesen Job angehängt hat, hatte ich noch nie von Will Sparey gehört.«

»Will Sparey?« Jake runzelte die Stirn und setzte sich wieder. »Was hat er mit der Sache zu tun?«

»Will Sparey ist der Fall! Ich meine, Sie beide müssen sich auf den Weg nach Brasilien machen, ihn finden und sicher nach Hause bringen. Das ist nicht etwa meine Idee, aber mein Vater besteht darauf, daß wir Sparey das schuldig sind.«

»Sparey ist vor zehn oder elf Jahren dort unten verschwunden«, sagte Jake. »Seitdem hat man nie wieder etwas von ihm gehört.«

»Bis jetzt«, sagte die junge Frau mit der Glatze.

»Er ist doch Kriegsberichterstatter für Ihre Zeitung, nicht wahr?« fragte Gomez.

»Ja, er berichtete über den letzten der Brasilianischen Kriege, als er irgendwo im Hinterland verschwand«, antwortete Jake. »Wir waren recht gute Freunde in den Tagen, als ich noch bei der Staatspolizei von Südkalifornien war.«

»Das muß zu einer Zeit gewesen sein, bevor wir beide Partner wurden. Ich wüßte nicht, daß ich ihn jemals getroffen . . .«

»Könnten sich die Herren jetzt vielleicht von ihren Jugenderinnerungen lösen?«

Jake kniff das linke Auge zusammen. »Was ist mit Ihrem Haar passiert?«

»Ich habe es mir elektrisch entfernen lassen. Kahlköpfe sind im Augenblick in Mode. Unter *jüngeren* Menschen!«

»Hat Sparey Kontakt mit Ihnen aufgenommen?« fragte Jake.

»Er nicht, aber seine blöde Tochter.«

»Jean Marie?«

»Ja, so könnte sie heißen. Wie viele Töchter hatte er denn?«

»Nur die eine.«

»Na also, was fragen Sie noch? Sie ist ungefähr zwanzig Jahre alt und spindeldürr.«

»Zwanzig.« Jake starrte aus dem Sichtfenster. »Ja, so alt müßte sie inzwischen sein. Hält sie sich hier in Groß-LA auf?«

»Nein, in Rio de Janeiro. Sie liegt im Sterben.«

»Bis jetzt war das hier keine sehr ergiebige Einsatzbesprechung«, bemerkte Gomez. »Vielleicht könnten Sie uns allmählich ein paar Einzelheiten verraten, *chiquita*, und ...«

»Nennen Sie mich nicht *chiquita!*« warnte China ihn. »Ich hasse mexikanische Redensarten! Nur weil mein Vater von dort stammt, heißt das noch lange nicht...«

»Lassen Sie uns auf Jean Marie Sparey zurückkommen.« Jake beugte sich vor und tätschelte ihren Arm. »Was ist los mit ihr?«

China drehte den Kopf nach links. »Sie stirbt, aber ich bin nicht sicher, woran«, antwortete sie. »Hören Sie, Cardigan, es geht darum, daß sie sich gestern bei meinem Vater meldete und behauptete, sie wüßte, wo sich ihr seit langem vermißter Papi aufhält. Mein Vater, der ein überquellendes Herz für jeden außer mir hat, meint, er müßte Ihnen eine Reise nach Brasilien spendieren, um diesen ehemaligen *Fax-Times*-Reporter wiederzufinden und ihn in die Zivilisation zurückzubringen.«

»Mein Gott, die Reporter und Korrespondenten Ihrer Zeitung sind über die ganze Welt verstreut!« sagte Jake. »Warum beauftragen Sie nicht jemanden damit, der bereits für Sie arbeitet?«

Als China den Kopf schüttelte, schien der tätowierte Rabe mit den Flügeln zu flattern. »Scheiße, so einfach ist das nicht, Cardigan. Diese Anna Marie – so hieß sie doch, oder?«

»Jean Marie.«

»Ja, genau die. Sie will uns nicht sagen, wo genau Will Sparey im Augenblick steckt.« China sah verärgert aus. »Sie besteht darauf – und mein schwachsinniger Vater fügt sich ihren Wünschen –, daß sie sich nur Ihnen persönlich anvertrauen will.« Die junge Redakteurin verzog ihre Nase. »Sie nennt Sie sogar Onkel Jake.«

Jake schüttelte den Kopf. »Ich werde nicht eher nach Rio aufbrechen können, bis ich nächste Woche aus Berlin zurück bin«, sagte er zu ihr.

»Nein, das geht nicht! Sie müssen sofort aufbrechen, so schnell wie möglich!«

»Warum diese Eile?«

»Man rechnet damit, daß das Mädchen nur noch ein paar Tage zu leben hat«, antwortete China.

3

Walt Bascom hatte die Panoramafenster seines großen, unordentlichen Büros hoch oben im Turm II der Detektivagentur Cosmos undurchsichtig gemacht, so daß im Innern des Raums ein dämmriges Zwielicht herrschte. »Habe ich schon das Honorar erwähnt?« fragte er Jake und blieb stehen, nachdem er eine Weile unruhig auf und ab gegangen war.

»Ja. Es ist hoch.«

»Außergewöhnlich hoch«, stimmte der Chef der Agentur zu. »Alfonso Vargas ist reich. Er möchte, daß Will Sparey wiedergefunden wird, damit die *Fax-Times* ihn wieder an ihre mütterliche Brust drücken kann. Und dafür ist er bereit, ein nettes Sümmchen zu zahlen. Cosmos wird sehr davon provitieren, und damit auch Sie, meine Herren!«

Gomez hatte sich auf die Kante eines Metalltisches gehockt. »Ich kann mich sofort auf den Weg nach Brasilien machen«, bot er sich an. »Sobald Jake in Berlin fertig ist, kann er nachkommen.«

»Die Tochter von Sparey will sich niemandem außer Jake persönlich anvertrauen«, gab Bascom zu bedenken.

»Ich könnte sie anrufen.« Jake hatte sich in einen schweren Polstersessel geflegelt. »Ich werde ihr erklären, daß Gomez sogar noch vertrauenwürdiger als ich ist und daß sie ihm alles sagen kann, was sie weiß.«

Bascom, ein kleiner zerzauster Mann Mitte Fünfzig, schüttelte energisch den Kopf. »Das Mädel steht an der Schwelle des Todes«, sagte er. »Die Ärzte und Kurpfuscher bestätigen, daß sie zu krank ist, um einen Anruf durchzustehen, nicht einmal mit ihrem lieben, alten Onkel Jake.«

»Ich dachte, sie hätte gestern die *Fax Times* angerufen!« sagte Jake.

»Nein, sie hat einen ihrer Ärzte aus dem Sao-Jose-Privatkrankenhaus damit beauftragt. Außerdem ist sie heute sogar in noch schlechterer Verfassung als gestern. Wenn man genügend Tek-Sitzungen über sich ergehen läßt, ist einem irgendwann alles egal. Ihr Immunsystem ist vermutlich schon vor Monaten zusammengebrochen, so daß der winzigste Bazillus sie sofort erledigen würde. Dem armen Ding ist nicht mehr zu helfen. Anscheinend ist man überrascht, daß sie überhaupt so lange durchgehalten hat.«

Jake stand aus seinem Sessel auf. »Du weißt, wie ich zu Beth stehe«, sagte er zu seinem Chef. »Sie muß in vier Tagen nach Berlin, um vor dem Welt-Drogengerichtshof auszusagen, vor dem ihr Vater angeklagt ist.«

»Jake, ich habe dir bereits mehrfach versichert, daß die Jungs von der IDKA nicht zulassen werden, daß ihr etwas zustößt.« Bascom ging wieder auf und ab und wirbelte dabei die über den Fußboden verstreuten Faxberichte und Ausdrucke auf. »Zugegeben, sie arbeiten nicht so zuverlässig wie Cosmos-Agenten, aber jede Menge Sicherheitsbeamte sind nur für die Bewachung von Beth abgestellt.« Er wurde langsamer und blieb stehen. »Da der Drogengerichtshof ihren Vater angeklagt hat, mit den Tek-Baronen gemeinsame Sache gemacht zu haben, ist sie die einzige ehrliche Seele, die das Anti-Tek-System fertigstellen kann.«

»Aus genau diesem Grund wollen die Tek-Kartelle ihren Tod.«

»Aber aus demselben Grund werden die Jungs von der Drogenagentur dafür sorgen, daß ihr kein Härchen gekrümmt wird«, betonte Bascom. »Sie bringen ihr vielleicht nicht dieselben Gefühle wie du entgegen, Jake, aber das Anti-Tek-System ist lebenswichtig für sie.«

»Trotzdem habe ich die Absicht, sie zu begleiten«, sagte Jake ruhig. »Ich kann auf keinen Fall nach Rio fahren, Jean Marie befragen und dann nach Sparey suchen. Nicht in den wenigen Tagen, die mir bleiben.«

»Es sei denn, der *hombre* versteckt sich in unmittelbarer Nähe des Krankenhauses in Rio«, sagte Gomez.

»Das wäre die einzige Möglichkeit, ihn schnell genug zu finden, damit ich rechtzeitig zurück bin.«

»Darf ich dich daran erinnern, daß du ein Angestellter dieser Agentur mit einer Vollzeitstelle bist?« fragte Bascom und starrte

Jake an. »Könnte das ein Argument sein, mit dem ich dich zur Annahme dieses Falls überreden kann?«

»Ich muß Beth auf ihrer Reise nach Berlin begleiten. Wenn du mich deshalb feuern willst, dann . . .«

»Darauf wollte ich nicht hinaus. Aber, verdammt noch mal, Jake, das ist ein sehr wichtiger Fall für uns. Das Honorar kann sich sehen lassen, und wir erhalten vielleicht weitere lukrative Aufträge von der Zeitung. Außerdem ist Will Sparey einer deiner besten Kumpels, und . . .«

»Wir waren Freunde«, gab Jake zu. »Und ich habe auch Jean Marie gekannt, als sie noch ein Kind war. Unter normalen Umständen würde ich sofort nach Rio aufbrechen.«

Bascom studierte die hohe graue Decke. »Du solltest dir etwas anschauen!«

»Wetten, daß gleich ein mieser Trick kommt?« fragte Gomez.

»Nein, nicht was ihr denkt«, versicherte ihr Chef. »Heute morgen hat Vargas uns eine Videokassette geschickt.« Er trat drei Schritte vor und dann wieder drei Schritte zurück, während er aufmerksam seine Schuhe betrachtete. »Es kann einem das Herz brechen, Jake! Also habe ich lange hin und her überlegt, ob ich sie dir zeigen . . .«

»Was für eine Videokassette?«

»Anscheinend hat Jean Marie Sparey, das arme kleine Ding, irgendwann gestern genug Kraft gesammelt, um dir eine Nachricht zukommen zu lassen. Du mußt es dir nicht ansehen, aber . . .«

Jake rieb langsam die Handflächen aneinander. »Okay«, sagte er. »Dann wollen wir uns die verdammte Kassette mal ansehen!«

Die junge Frau auf dem Krankenhausbett war ausgemergelt und hatte dunkle Schatten unter den Augen und den Wangenknochen. Ihr ausgezehrter Körper war durch ein Gewirr aus Schläuchen und Drähten an verschiedene glänzende medizinische Apparaturen angeschlossen, die um ihr weißes Bett angeordnet waren.

»Das ist Jean Marie Sparey.« Bascom deutete mit einem Nicken in Richtung der großen Videowand.

»Mein Gott!« entfuhr es Jake. »Was ist los mit ihr?«

»Sie wird es gleich erklären.«

Jean Maries wie skelettiert aussehende rechte Hand hob sich zitternd. Endlich erreichte sie die Kontrollen am Bettrahmen. Mit einem surrenden Geräusch hob das Bett sie in eine sitzende Stellung.

»Ich ... hoffe sehr ... daß du diese Aufzeichnung siehst ... Onkel Jake«, sagte die junge Frau mit schwacher, abwesender Stimme. »Du hast doch nichts dagegen ... wenn ich dich ... Onkel Jake nenne ... so wie früher ...«

Jake rückte näher an den Bildschirm heran.

»Man hat mir erlaubt ...«, fuhr Jean Marie mit leiser Stimme fort, »das hier aufzuzeichnen ... Ich hoffe sehr ... daß du mich besuchen kannst ... Onkel Jake ... Ich bin ganz schön fertig, was? Es liegt ... hauptsächlich an Tek ... hatte 'ne ganze Menge Sitzungen ... und ich bin dabei ... ganz schön ... den Bach runtergegangen ... Ist ja auch egal ... Jedenfalls muß ich ... mit dir sprechen.«

Jake stand jetzt direkt vor dem Bild des sterbenden Mädchens.

»Mein Vater ... lebt.. Ich kann dir verraten, wie du ihn ... finden kannst ... Ich will ihn ... noch einmal sehen ... bevor ... na, du weißt schon, Onkel Jake ... Du kannst ihn zu mir bringen ... aber wir haben ... nicht mehr viel Zeit ...« Ihre Augenlider begannen zu flattern und schlossen sich dann.

»Ich denke, es reicht jetzt«, sagte jemand, der auf dem Bildschirm nicht zu sehen war.

»Nein, ich muß Onkel Jake dazu bringen ... daß er herkommt ... Er ist der einzige, dem ich vertrauen kann ...«

»Es tut mir leid, aber wir müssen jetzt aufhören.« Damit wurde der große Bildschirm schwarz.

»So wie ich es sagte«, murmelte Bascom und räusperte sich. »Es zerreißt einem das Herz.«

Jake drehte sich zu ihm um. »Okay, ich werde sie besuchen«,

sagte er mit gebrochener Stimme. »Und ich werde die Suche nach ihrem Vater anleiern.«

»Das ist gut.«

»Aber ich muß rechtzeitig wieder in Groß-LA sein, um mit Beth nach Berlin zu fliegen.«

Bascom nickte. »Das geht in Ordnung«, sagte er.

4

Jake packte gerade im Schlafzimmer geistesabwesend seinen Koffer, als sein Sohn nach Hause kam. Sie wohnten gemeinsam in dem Bungalow an der Küste von Malibu. Es war Spätnachmittag.

Jake hörte, wie etwas umfiel und zerbrach. »Dan, was ist los?« rief er und rannte den Korridor zum Wohnzimmer entlang.

Dan, ein schlaksiger Junge von fünfzehn Jahren, stand im hellen Wohnzimmer. Stirnrunzelnd sah er auf einen umgekippten, kleinen Plasttisch hinunter und auf die kaputte Uhr, die danebenlag.

»Hallo, Dad!« Er ging zu Jake und umarmte ihn.

Jake begrüßte ihn ebenfalls. »Also?«

»Ich habe den Tisch umgeworfen.«

»Aus einem bestimmten Grund?«

»Ich war stinksauer.« Er warf seine Schulsachen auf das niedrige weiße Sofa. »Tut mir leid.«

»Willst du mir nicht mehr darüber erzählen?«

»Nein, wirklich nicht.« Dan knöpfte die Uniformjacke der Polizeischule von Südkalifornien auf, zog sie aus und warf sie ebenfalls auf das Sofa. »Ich hatte nicht damit gerechnet, daß du schon so früh zu Hause bist.«

»Andernfalls hättest du deine Wut nicht an dem Tisch ausgelassen, oder?«

»Nein, vermutlich nicht.«

Jake legte seinem Sohn eine Hand auf die Schulter. »Na komm schon! Was ist los, Dan?«

Dan löste sich von ihm und ging zum Tisch hinüber, um ihn wieder aufzustellen. »Es war nur so eine dumme Sache, die heute in der Schule passiert ist«, sagte er. »Ich . . . nun, ich vermute, du wirst sowieso davon erfahren.«

»Es würde die Überzeugung verderben«, sagte Jake und setzte sich auf das Sofa, »aber du solltest mich vielleicht vorab informieren.«

Dan sammelte die Überreste der Uhr auf und legte sie auf den Tisch. »Kennst du ein Arschloch namens Dick Farber?«

»Klar, wir waren damals zusammen bei der Polizei«, antwortete Jake. »Doch Dick und ich waren nie das, was man als enge Freunde bezeichnen würde.«

»Das habe ich ich schon festgestellt«, sagte sein Sohn. »Farber war heute zu einem Gastvortrag über Befragungstechniken in die Schule eingeladen worden. Als der Roboter ihm den Dienstplan gab und er meinen Namen sah, wollte er wissen, ob ich mit dir verwandt bin. Ich habe ihm gesagt, daß du mein Vater bist, und dann . . . also, dann hat er einige Bemerkungen dazu gemacht.«

»Daß ich eine Zeitlang als Häftling in der Frostkammer verbracht habe?«

»Unter anderem. Farber ist davon überzeugt, daß du mit Tek gedealt hast.« Dan ballte die Hände zu Fäusten. »Er hat angedeutet, daß du immer noch dort oben auf Eis liegen würdest, wenn nicht korrupte Leute wie Bascom ihren Einfluß geltend gemacht hätten.«

»Obwohl man alle Anschuldigungen gegen mich aufgehoben hat, nachdem ich freigelassen wurde, trifft man immer wieder auf Menschen, die nach wie vor davon überzeugt sind, daß ich schuldig bin«, sagte er zu seinem Sohn. »Farber ist nur einer von ihnen.«

»Ich weiß«, sagte Dan. »Seit ich zum ersten Mal davon gesprochen habe, daß ich zur Polizei möchte, hast du mich immer wieder gewarnt, daß es viele Polizisten geben würde, die keine Meinung von dir haben. Und daß sie sich aus demselben

Grund vermutlich auch mir gegenüber nicht sehr nett verhalten würden.«

»Meine Warnung scheint sich bestätigt zu haben. Warum will sich die Schule mit mir in Verbindung setzen?«

»Ach, nur weil es so eine blöde Regelung über Schüler gibt, die ihre Lehrer zusammenschlagen. Das trifft offenbar auch auf Gastdozenten zu.«

Jake grinste. »Du hast Farber verprügelt?«

Dan zeigte mit einem Finger auf seine Magengegend. »Genau hier. Zweimal.«

Jake stand auf. »Also gut! Ich werde mich an der Schule mal mit ein paar Leuten unterhalten, die ich kenne.«

»Du mußt dich nicht mit meinen Problemen herumschlagen. Ich wollte dir nur sagen, was . . .«

»Farber ist zu weit gegangen, Dan. Ich werde die Sache klären. In Ordnung?«

»Ja, okay. Danke, Dad!«

»Die Sache dürfte keinen Einfluß auf dein Ansehen an der Schule haben. Aber du solltest dich in Zukunft nicht mehr mit meinen ehemaligen Kollegen prügeln.«

»Ich versuch's. Aber dieses Arschloch hat mich gereizt.«

»Ich verstehe.« Jake wandte sich zur Tür. »Ich werde in etwa einer Stunde abreisen. Nach Berkeley, zu Beth.«

»Ist was passiert?«

»Nicht mit Beth, aber Gomez und ich müssen morgen früh nach Rio de Janeiro fliegen. Ich wollte Beth noch einmal sehen, bevor ich abreise.

»Rio?«

Jake erklärte seinem Sohn den neuen Auftrag von Cosmos und die Gründe, warum er nach Brasilien reisen mußte.

»Ich verstehe, warum du dich dazu verpflichtet fühlst«, sagte Dan anschließend.

»Ja, nur daß es mir überhaupt nicht in den Zeitplan paßt.«

»Wie ich dich kenne, wirst du diesen Sparey sehr schnell finden.«

»Vielleicht«, sagte Jake. »Die Sache ist nur . . . Oh, verdammt!«

»Was ist los?«

»Nichts.« Jake schüttelte den Kopf.

»Es sieht aber so aus, als ob dir irgendwas Sorgen macht.«

»Nur ein Gefühl«, sagte Jake. »Ein Gefühl, daß ich lieber bei Beth bleiben und sie nicht aus den Augen lassen sollte.«

5

Es regnete in den Hügeln über Berkeley. Der Dauerregen fiel senkrecht durch die hereinbrechende Dämmerung. Die Scheinwerferkegel von Jakes Gleiter schnitten hindurch und erleuchteten das schwarze Rechteck des Landeplatzes direkt neben Beths Bungalow.

Er landete den Gleiter und blieb für einen Augenblick sitzen.

Aus einem Lautsprecher in den Armaturen drang eine Stimme. »Sie haben die erste Sicherheitskontrolle passiert, Mister Cardigan«, verkündete sie. »Wenn Sie jetzt bitte Ihr Fahrzeug verlassen würden! Bleiben Sie daneben stehen, und verschränken Sie die Hände hinter dem Nacken!«

Jake tat wie befohlen. Der Abend war kalt und der Regen kühl.

Aus einer Kabine am Rand des Landeplatzes kam ein kupferfarbener Roboter. »Guten Abend, Mister Cardigan«, sagte er. »Wie Sie vielleicht wissen, dienen diese Sicherheitskontrollen nur . . .«

»Also wirklich, Desmo! Du weißt genausogut wie ich, daß es Jake ist.« Beth kam mit einem Regenumhang über ihren schmalen Schultern aus einem Seiteneingang des Bungalows.

Jake lächelte sie an. »Es ist schon in Ordnung«, sagte er.

»Dieses ganze Brimborium hängt mir langsam zum Hals raus!« beschwerte sich die dunkelhaarige junge Frau.

»Es tut mir leid, Miss Kittridge«, entschuldigte sich Desmo/1343-K. »Aber wir müssen uns an verschiedene Vorschriften . . .«

»Was ist das hier für ein Aufstand?« Ein großer Schwarzer mit einem Plast-Regenschirm und einer Laserpistole im Anschlag trat durch die Hecke, die den Landeplatz umgab. »Ach, du bist's, Jake!«

»N'Abend, Emmett!«

Beth wandte sich an den Mitarbeiter der Internationalen Drogenkontrollagentur. »Wir wissen doch alle, daß es Jake ist«, sagte sie. »Ich wollte die Prozedur nur etwas abkürzen.«

Emmett Neal blickte sie stirnrunzelnd an. »Es wäre sehr nett, Beth, wenn Sie uns jetzt unsere Arbeit tun lassen, ohne . . .«

»Macht ruhig weiter.« Jake winkte den Roboter heran. »Überprüf mich!«

Beth schnaubte ungeduldig und verschränkte die Arme. »Okay, macht eure Tests und bestätigt, daß Jake tatsächlich Jake ist, ohne den leisesten Zweifel.«

Der kupferne Roboter überprüfte schnell Jakes Netzhautmuster, seine Fingerabdrücke und seine DNS-Identifikation. »Es ist Jake Cardigan«, verkündete er schließlich und trat zurück.

»Bist du auch ganz sicher?« Beth lachte und hakte sich bei Jake unter. »Darf ich ihn jetzt reinbringen, Emmett?«

»Sicher, Beth. Aber vergessen Sie nicht, daß diese Sicherheitsmaßnahmen eine wichtige . . .«

»Ich weiß. Entschuldigen Sie, daß ich mich eingemischt habe.« Sie drückte Jakes Arm und führte ihn in ihren warmen, hellen Bungalow.

Er küßte sie noch einmal. »Ich habe dich vermißt.«

Sie standen in der Diele. Beths Regenumhang war zu Boden geglitten.

»Es ist doch erst eine Woche her«, sagt sie.

»Das kann eine verdammt lange Zeit sein.«

»Ja, ich weiß. Ich wünschte mir, man würde mich in einem Labor in der Nähe von Groß-LA arbeiten lassen.« Sie legte die Hände auf seine Schultern und trat einen Schritt zurück. »Stimmt irgendwas nicht?«

»Nichts – bis auf das, was ich dir über Videophon erzählt habe.«

»Du siehst traurig aus.«

»Ich bin nicht traurig«, versicherte er ihr und versuchte zu grinsen. »Das bin ich nie, wenn ich bei dir bin.«

»Ich verstehe, warum du nach Brasilien mußt«, sagte sie. »Außerdem bist du ja schon wieder zurück, wenn ich abreise. Also gibt es überhaupt keinen Grund zur Besorgnis.«

Jake zog sie wieder näher an sich heran. »Vielleicht hat es etwas damit zu tun, daß ich älter werde«, gestand er. »Ich fühle mich in letzter Zeit so verletzlich und mache mir große Sorgen um die Menschen, die ich liebe – dich, Dan, Gomez. Ich mache mir Sorgen, daß dir etwas Schlimmes zustoßen könnte.«

»Irgendwann stößt jedem etwas Schlimmes zu«, sagte sie. »Du mußt aufhören, dir laufend einzureden, daß deine Lebensaufgabe darin besteht, das zu vermeiden. Diese Aufgabe übersteigt deine Kräfte, Jake!«

»Scheint so.«

»Ich wollte eigentlich vorschlagen, daß wir etwas essen – aber warum gehen wir nicht zuerst ins Bett?«

»Eine gute Idee«, sagte er.

Durch das einseitig durchsichtige Panoramafenster der Diele konnte man hinunter auf die Stadt bis zur San Francisco Bay sehen. Die Lichter von Berkeley und der Schiffe in der Bucht waren im Regen nur noch verschwommen zu erkennen.

Jake stellte seine Tasse mit Kaffeeimitat auf den Tisch neben dem Sofa, auf dem er mit Beth saß. »Ich nehme an, es gibt keine Möglichkeit, deine Reise nach Berlin abzublasen?«

»Mein Vater steht vor Gericht, weil er sich an Sonny Hokori und andere erlauchte Tek-Barone verkauft hat«, erinnerte sie ihn. »Ich bin ein wichtiger Zeuge. Man wird also nicht ohne weiteres auf mich verzichten wollen.«

»Trotzdem dachte ich . . .«

»Es hat keinen Sinn, die Sache hinauszuschieben. Ich möchte sie hinter mich bringen«, sagte sie zu ihm. »Sobald man mich vernommen hat, kann ich sofort zum Labor zurückkehren und meine Arbeit am Anti-Tek-System beenden.«

»Wie lange wirst du noch brauchen?«

»Ich hoffe, nur noch ein paar Wochen.«

»Dann könntest du nach Groß-LA zurückkommen.«

»Genau das habe ich vor.«

Jake stand auf und ging hinüber ans Fenster. »Wenn nur nicht dieser verdammte Brasilien-Auftrag dazwischengekommen wäre!«

»Du würdest dir Vorwürfe machen, wenn du dem Mädchen nicht geholfen hättest.«

»Mit demselben Argument hat Bascom mich herumgekriegt, nur daß er nicht gerade die lautersten Motive hatte.«

»Ja, darin kennt er keine Skrupel. Aber diesmal hat er obendrein recht.«

Jake nickte.

»Sieh zu, daß du früh genug zurück bist, um uns begleiten zu können«, sagte Beth.

»Uns?«

Sie lachte. »Mich und die Agenten Neal, Griggs und McBernie«, sagte sie, »einschließlich der übrigen Sicherheitsleute, die die IDKA zu meiner Bewachung abgestellt hat.«

»Hast du wirklich Vertrauen in diese Jungs? Können sie dich wirklich beschützen?«

Sie stand vom Sofa auf und trat an seine Seite. »Manchmal nerven sie ein bißchen, aber sie machen ihre Aufgabe gut«, sagte sie. »Hast du einen bestimmten Verdacht?«

»Nein, es ist nichts.«

»Du benimmst dich, als wüßtest du von einem Komplott gegen mich.«

Er schüttelte den Kopf und grinste. »Es ist nur so, daß ich dich liebe. Deshalb mache ich mir sehr große Sorgen.«

Sie nahm seine Hand. »Okay, wir beide wissen, wozu die Tek-Kartelle imstande sind«, sagte sie. »Aber vergiß nicht, daß ich auch ganz gut auf mich selbst aufpassen kann. Das müßtest du mittlerweile gemerkt haben.«

»Ja, das habe ich«, sagte er. »Ich scheine langsam Mutterinstinkte zu entwickeln. Das hast du nun davon, dich mit einem alternden Ex-Bullen eingelassen zu haben.«

Sie lächelte. »Ab jetzt ist es meine Aufgabe, mir Sorgen zu machen«, sagte sie.

Gegen Morgen, als sich ein schwaches, graues Licht an der gewölbten Deckenverkleidung hoch über dem Bett zeigte, wachte Jake auf.

Während der Nacht hatte Beth sich auf die andere Seite gedreht und lag nun ein Stück von ihm entfernt.

Jakes Mund fühlte sich trocken an, und er hatte einen Kloß im Hals. Er beobachtete Beth und versuchte sich den Traum ins Gedächtnis zurückzurufen, der ihn so sehr erschreckt hatte, daß er aufgewacht war. Doch er konnte sich an keine Einzelheiten erinnern, nur an das unbestimmte Gefühl, sich an einem erschreckend ruhigen Ort zu befinden.

Er setzte sich auf und wandte den Blick nicht von der schlafenden jungen Frau ab. Sie lag mit der rechten Seite ihres Gesichts neben dem Kissen und hielt eine Faust gegen ihr Kinn gepreßt. Ihre bloße linke Schulter hob und senkte sich mit ihren gleichmäßigen Atemzügen.

»Ich liebe dich, Beth«, sagte er leise.

Dann beugte er sich herab und küßte sie auf die Schulter.

Sie murmelte etwas Unverständliches, wachte aber nicht auf.

6

Als der Jet der Passaro Airlines in den Morgenhimmel hinaufstieg, sagte Gomez: »Nun, ich denke schon, daß es wichtig ist.«

»Nicht für mich.« Jake saß auf dem Platz am Fenster.

Sein Partner lehnte sich ein Stück auf den Gang hinaus und kniff die Augen zusammen. »Benutz doch mal deinen alten *cabeza*«, sagte er. »Ob die nette Stewardeß, die unserem Bereich zugewiesen ist, eine Androidin oder eine echte Frau ist – das ist *muy importante!*«

»Für dich.«

»Okay, gehen wir einmal davon aus, daß jenes liebliche, rabenschwarze Mädel dort drüben tatsächlich eine Androidin ist«, fuhr Gomez fort, ohne sie aus den Augen zu lassen. »Dann wäre es durchaus im Bereich des Möglichen – wenn man bedenkt, wie sie mich angesehen und verschämt getan hat, seit ich an Bord gegangen bin –, daß sie und ich uns zu einem Rendezvous in Rio de Janeiro verabreden – natürlich nachdem ich dir mit ganzem Einsatz in der Sparey-Sache zu Seite gestanden habe. Und wenn dann meine derzeitige Frau davon erfährt und die Scheidung einreicht, könnte ich es nie verwinden, *amigo,* daß meine Ehe nur deshalb in die Brüche gegangen ist, weil ich mit einer Maschine geflirtet habe.«

»Wenn diese Stewardeß eine Androidin wäre, Sid, müßte sie eine entsprechende Plakatte tragen. Das Gesetz verlangt es so.«

»Sie könnte heruntergefallen sein.«

»Das ist unwahrscheinlich.«

»Oder stell dir vor, das Mädchen ist ein Kamikaze, eine dieser wandelnden Androidenbomben, die von den Tek-Banden eingeschmuggelt wurde! Sobald ich ihr auch nur den leichtesten, herzlichen und gutgemeinten Klaps auf das Hinterteil gebe – *Kawumm!* Wir würden explodieren und vermutlich ein recht unansehnliches Loch in die Wand dieses Gefährts sprengen.«

»Du solltest dir für solche Reisen etwas zu lesen mitnehmen«, schlug Jake vor und lehnte sich in seinem Sitz zurück. »Das würde dich ablenken und von solchen Phantastereien abhalten.«

»Du mußt zugeben, daß sie eine makellose Haut hat.«

»Ist mir nicht aufgefallen.«

»Und herrliches Haar.«

»Man kann in jedem Supermarkt herrliches Haar kaufen.«

»Ich finde, sie ist viel zu hübsch, als daß sie ein schlichtes menschliches Wesen sein könnte.«

»Frag sie einfach, wenn sie das nächste Mal vorbeikommt.«

»Solche Fragen sind eine heikle Angelegenheit.«

»Verschone mich wenigstens mit weiteren Spekulationen.«

Gomez seufzte. »Es ist nicht einfach, mit einem so begriffsstutzigen Partner zusammenzuarbeiten.«

»Was meinst du damit?«

»Daß die Absicht meiner geistreichen Konversation darin besteht, *amigo*«, gab sein Partner zu, »dich aus deiner bedrückten Stimmung zu reißen.«

»Ich bin nicht bedrückt.«

»Nein? Du müßtest sogar dann noch aufgeheitert werden, wenn man dich als professionellen Trauergast anheuern wollte.«

Jake richtete sich auf. »Es läßt sich wohl nicht verbergen.«

»Hattest du Ärger mit Beth?«

»In Berkeley lief alles bestens.«

»Dann machst du dir vermutlich Sorgen, daß einige deiner Tek-Kumpel ihr etwas antun wollen.«

»Du bist schon des öfteren verheiratet gewesen«, sagte Jake.

»*Verdad,* aber das tut nichts zur Sache.«

»Ich habe erst eine Ehe hinter mir.« Jake blickte in den klaren Morgenhimmel hinaus.

»Die . . . was soll's, ich muß dir nichts mehr über Kate erzählen. Die Sache ist die: Ich glaube, ich bin so weit, es noch einmal zu versuchen.«

»*Bueno.* Du wirst keine Bessere finden als Beth.«

»Sicher, aber ich glaube, sie könnte einen Besseren finden als mich.«

»Nicht, seitdem ich nicht mehr frei bin.«

»Ich gehe auf die Fünfzig zu«, sagte Jake.

»Das steht jedem von uns irgendwann bevor – es sei denn, wir schütteln vorher einem Kamikaze die Hand oder geben sonstwie vorzeitig den Löffel ab.«

»Beth ist noch nicht einmal dreißig.«

»Das ist kein unüberwindlicher Abgrund. Außerdem scheint sie dich zu lieben.«

»Ich muß auch an Dan denken.«

»Glaub mir, Jake, dein Sohn mag sie, und sie mag ihn«, versicherte ihm sein Partner. »Sobald ihr beide zurück in Groß-LA seid, solltet ihr euch einen Priester schnappen. Ich übernehme den Job des Trauzeugen.«

Jake grinste. »Abgemacht«, sagte er.

Der auf Hochglanz polierte silberne Robotpage ging zum hohen, breiten Aussichtsfenster des Wohnzimmers hinüber. Das Fenster war auf undurchsichtig geschaltet. »Und welche Aussicht hätten Sie gern, *senhor?«* fragte er Gomez, während seine silbernen Finger über den Kontrollen verharrten.

»Wie wär's einfach mit dem, was da draußen ist?«

»Sicher. Aber das Hotel Maravilha hat ein Angebot von fünfundzwanzig außergewöhnlichen Aussichten, die durch unsere exklusiven Schwebekameras übermittelt werden«, erklärte der Roboter. »Zum Beispiel hätten wir einen höchst eindrucksvollen Blick auf den Zuckerhut anzubieten. Oder vielleicht ziehen Sie und Ihr Kompagnon es vor, die berühmte Statue Christi zu betrachten, die . . .«

»Wir werden uns selbst darum kümmern«, sagte Jake. »Du kannst jetzt gehen.«

»Für die politisch Interessierten gibt es auch eine vierundzwanzigstündige Ansicht unseres verehrten Präsidenten, General Silveira, der . . .«

»Geh!« sagte Gomez mit Nachdruck und nickte in Richtung Tür.

»Ich werde Ihnen das hier programmieren.« Der Robotpage berührte einen Knopf. »Ein atemberaubendes Panorama des Strandes von Ipanema mit einer Schar . . .«

»Bis dann«, sagte Gomez.

»*Adeus.* Genießen Sie die Aussicht – und Ihren Aufenthalt im Maravilha.«

Gomez schaltet die Fensterkontrollen auf *reale Aussicht.* »Unsere reale Aussicht scheint das atemberaubende Panorama der gegenüberliegenden Wand zu sein.«

»Dann genieß es!« sagte Jake. »Ich fahre jetzt ins Sao-Jose-Privatkrankenhaus.«

Gomez wandte sich wieder der Aussicht zu. »Ich hatte schon

früher beruflich in Rio zu tun«, sagte er. »Während du die kranke Jean Marie besuchst, werde ich mit einigen meiner damaligen Informanten Kontakt aufnehmen und ein paar Anrufe tätigen. Wir treffen uns hier. Spätestens wenn es dunkel wird.«

Jake ging zur Tür. »Bitte geh diskret vor!«

»Das ist meine Spezialität«, versicherte ihm sein Partner.

7

An der Seite des fünfstöckigen Gebäudes, an dem Jake vorbeiging, hing eine drei Stockwerke hohe Videowand. Darauf war das gewaltige Bild General Silveiras zu sehen, der eine prächtige, blau und golden glänzende Uniform trug. Der Herrscher Brasiliens, ein kleiner, pummeliger Mann Ende Fünfzig, ging auf einem feierlich geschmückten Podium auf und ab und sprach zu einer riesigen Menge begeistert jubelnder Bürger. Die Worte des Generals dröhnten aus vielen Lautsprechern, die teils am Gebäude befestigt waren, teils über der nachmittäglichen Straße schwebten.

Jake verlangsamte seine Schritte, bis er stehenblieb und zu dem brasilianischen Politiker hinaufblickte. Mehr als eine Minute lang schien er so auf die Rede des Generals zu lauschen.

Dann, ohne sich umzudrehen, ging Jake weiter die Avenida General Silveira entlang. An der nächsten Ecke bog er in eine Nebenstraße ein. Er rannte zwischen den Fußgängern hindurch und verschwand in einer Gasse neben dem Carmen-Miranda-Museum.

Jake preßte sich eng an die Mosaikfliesen an der Wand des Museums und beobachtete die Passanten. »Hier können wir ungestört reden«, sagte er, trat vor und packte den Arm des breitschultrigen jungen Mannes, der ihm gefolgt war.

»Wie bitte?«

Jake zerrte ihn in die Gasse, wirbelte ihn herum und stieß ihn frontal gegen die Wand. »Jetzt erklären Sie mir, warum Sie mir gefolgt sind.«

Larry Knerr starrte ihn wütend an. »Wie kommen Sie auf diese verrückte Idee?«

»Ich weiß nicht«, sagte Jake mit einem Schulterzucken. »Vielleicht hat sich das Sonnenlicht in Ihrem silbernen Haar gebrochen. Vielleicht habe ich aus den Augenwinkeln Ihren reizenden himmelblauen Anzug gesehen.«

»Wirklich, Cardigan. Ich bin nur bei der Arbeit.«

»Was machen Sie hier?«

»Wäre es vielleicht möglich, daß Sie aufhören, mich gegen diese verdammte Wand zu quetschen?«

Jake ließ ihn los und trat einen Schritt zurück. »Also?«

»Ich bin Journalist, erinnern Sie sich? Ich arbeite an einer Story, vermutlich einer ganz großen.«

»Nein, das hier ist überhaupt keine Story«, sagte Jake zum leitenden Nachrichtenredakteur der *Fax Times.* »Das ist ein Fall, mit dem China Vargas' Vager Cosmos beauftragt hat. Ein Fall, der Diskretion und keine große Presse verlangt.«

»Verdammt noch mal, Cardigan.« Knerr klopfte sich den Staub von seinem himmelblauen Anzug. »Ich arbeite ebenfalls für die Familie Vargas, wie Sie vielleicht wissen. Und dieser Fall, an dem Sie arbeiten, hat das Zeug zu einer erstklassigen Story! Das hat auch . . .«

»Wo wohnen Sie?«

»Im Hotel Triunfo.«

»Dorthin werden Sie jetzt gehen!« riet ihm Jake.

»Sie können einen Reporter nicht einfach wegschicken, wenn . . .«

»Andernfalls könnte Ihr Gesundheitszustand Schaden nehmen.«

»Wollen Sie mich bedrohen?«

Jake grinste. »Ja, ich denke schon.«

Knerr bückte sich, um seine Knie abzuklopfen. »Okay, Cardigan, wie Sie meinen«, brummte er verdrossen. »Aber ich sollte Sie warnen, denn ich werde diesen unangenehmen Vorfall China Vargas melden.«

»Wenn Sie das tun, können Sie ihr auch ausrichten, daß sie mir keine Schwachköpfe mehr an die Fersen heften soll.«

Knerr holte tief Luft und starrte Jake finster an. Ohne ein weiteres Wort machte er auf dem Absatz kehrt und lief aus der Gasse hinaus.

Gomez pfiff einen Samba und spazierte die Avenida Atlantik entlang. Zu seiner Rechten erstreckte sich der Ozean im hellen Licht der Mittagssonne, und zu seiner Linken erhoben sich die vielfarbigen Türme der Gebäude am Strand von Copacabana. In den Palmen an der Straße flatterten und sangen bunte Tropenvögel.

»Ausgezeichnete Arbeit«, stellte der lockenköpfige Privatdetektiv fest, als er zu den Robotvögeln hinaufsah.

Draußen über dem Atlantik schwebte ein halbes Dutzend Sonneninseln. Als Gomez stehenblieb, sah er, wie ein tiefgebräuntes und völlig nacktes Mädchen aufstand. Mit anmutigen Bewegungen ging sie zum Rand der Sonneninsel und vollführte einen perfekten Hechtsprung in das Meer etwa zehn Meter unter ihr.

»Genug der Sehenswürdigkeiten!« sagte Gomez zu sich selbst. »Zurück an die Arbeit!«

Er ging einen Block weiter, kam an einer zwei Stockwerke hohen Videowand vorbei, auf der Genral Silveira eine Rede hielt, und bog dann in einen gefliesten Weg ein, der in ein hohes Geschäftsgebäude führte.

Der Fahrstuhl begrüßte ihn herzlich. »Freut mich, Sie zu sehen, *senhor.* In welches Stockwerk möchten Sie?«

»Vierzehntes.«

»Sind Sie sicher?«

»Absolut.«

Der Fahrstuhl rührte sich nicht. »Im vierzehnten Stock gibt es nur das Café Carioca, *senhor«*, sagte die Stimme aus dem Lautsprecher an der Wand. »Eine üble Spelunke und ein Schandfleck für unsere ansonsten tadellosen Mieter, wenn Sie mir die Bemerkung gestatten.«

»Sicher«, erwiderte der Detektiv. »Aber ich habe eine Verabredung mit einem widerwärtigen Rüpel, und widerwärtige Rüpel halten sich gewöhnlich in üblen Spelunken auf. Aufwärts, bitte!«

»Wie Sie möchten, *senhor.«* Schweigend brachte der Fahrstuhl ihn in das gewünschte Stockwerk.

Das Café Carioca lag hinter einer undurchsichtigen Plasttür, die sich auf Gomez' Annäherung hin zischend öffnete. Dahinter befand sich ein halbdunkler Raum mit einigen kleinen Tischen. Überall hockten Robot-Papageien auf schaukelnden Stangen, und hinter der schmalen Ebenholztheke leuchtete ein Animationsbild, das eine Szene aus dem dampfenden brasilianischen Dschungel zeigte.

Es hielten sich kaum zehn Gäste in der Bar auf. Der Kellner war ein kupferner Roboter, der die obere Hälfte eines Smoking trug. Er kam sofort auf Gomez zu, als sich die Tür hinter ihm schloß.

»Ein Tisch, *senhor?«*

»Nein, ich treffe mich hier mit ... Ah, da hinten ist er ja!«

Der Robotkellner folgte seinem Blick. »Sind Sie ein Freund von Fado?« fragte er.

»Freund ist vielleicht ein etwas übertriebener Ausdruck.« Gomez ging zu den Tisch hinüber, an dem der dicke junge Mann saß.

Fado war Ende Zwanzig, wog knapp dreihundert Pfund und besaß einen silbernen Arm, der kunstvoll graviert und mit Juwelen verziert war. *»Bom dia,* Gomez«, sagte er.

Gomez setzte sich ihm gegenüber an den Tisch. »Du hast mächtig in deinen Arm investiert, seit wir uns das letzte Mal gesehen haben.«

»Das ist immerhin schon fast zwei Jahre her.« Auf dem Arm war das Wort *Mae* zu erkennen. Jeder Buchstabe war mit Diamanten und Rubinen besetzt. *»Mae* heißt auf Portugiesisch Mutter. Ich halte große Stücke auf ...«

»Ich weiß. Und wie geht es der jungen Dame?«

»Sie geht mir auf die Nerven, um ehrlich zu sein. Aber vielleicht hast du auch schon die Erfahrung gemacht, Gomez, daß man durchaus große Stücke auf jemanden halten kann, der einem ständig auf den Geist geht.«

Gomez nickte. »Was hast du für mich herausgefunden?« fragte er.

Fado schob sein Glas mit Capusso-Bowle zur Seite und legte den Arm auf den Tisch. Darin war ein kleiner Computer eingebaut.

»Seit ich deinen Anruf erhielt, habe ich fleißig meine zahlreichen Informationsquellen angezapft.«

»Was hast du über Will Sparey herausgefunden?«

»Nada«, sagte er bedauernd. »Das heißt, nicht gerade *nichts*, aber so gut wie nichts.«

»Drück dich bitte etwas klarer aus!«

»Alle Informationen laufen darauf hinaus, daß Will Sparey von der *GLA Fax Times* während der letzten Tage des letzten Brasilianischen Krieges von Guerillas ermordet wurde«, sagte er. »Das ist mehr als ein Jahrzehnt her, und es geschah irgendwo in Mato Grosso.«

»Keine deiner Quellen zieht die Möglichkeit in Betracht, daß der Kerl noch lebt?«

»Nein, aber ich werde noch ein paar Leute darauf ansetzen. Das kostet dich übrigens noch einmal tausend Dollar.«

Gomez trommelte mit den Fingern auf den Tisch und beobachtete einen der Papageien. »Okay. Und jetzt zu Jean Marie Sparey!«

»Sie ist eine langjährige Tek-Userin.«

»Was noch?«

»Sie ist einundzwanzig und hat sich in den letzten fünf Jahren immer wieder in Brasilien aufgehalten.«

»Hat sie einen Job?«

»Im Augenblick nicht.« Fado spielte mit der Tastatur an seinem Arm. »Ihre letzte Beschäftigung hatte sie vor fast einem Jahr in Recife. Sie hat sechs Monate in einem Laden namens Comida Internatational gearbeitet.«

»Das ist eine Tochtergesellschaft von . . .«

Fado konsultierte seinen Arm. »BanSan Industries.«

»Die einmal dem verblichenen Bennett Sands gehörte.«

»Genau, *sim!* Seid ihr, du und dein hitzköpfiger Partner, Sands nicht neulich in die Quere gekommen?«

»Richtig«, antwortete Gomez. »Aber Sands weilt inzwischen unter den Engeln und, soweit ich weiß, müssen wir uns um ihn keine Sorgen mehr machen.«

»Wenn du möchtest, könnte ich . . . Moment mal.« Fados verzierter Arm gab plötzlich ein Piepen von sich. »Ich bekomme eine Nachricht herein.« Er drückte eine Taste.

»Ich werde mich auf den Weg machen, Fado.«

»Warte, das hier ist für dich, Gomez!«

»So?«

Fado zeigte auf den Bildschirm. »Kennst du eine Dame namens Alma Zingara?«

»Nein. Sollte ich?«

»Sie ist die Herausgeberin einer wöchentlichen Fax-Zeitung namens *Verdade.* Das bedeutet Wahrheit auf . . .«

»Ich weiß. Komm bitte zur Sache!«

»Irgendwie hat sie herausgefunden, daß du dich nach Sparey erkundigt hast. Nach meinen Informationen möchte sie sich jetzt dringend mit dir unterhalten.«

»Wo und wann?«

»In ihrem Büro, so schnell wie möglich. Das ist drüben in Botafogo.« Fado gab ihm die Adresse.

Gomez schob seinen Stuhl zurück und stand auf. »Halt die Ohren offen! Ich melde mich später noch einmal.«

»Du schuldest mir, nebenbei bemerkt, eintausendfünfhundert Dollar für meine bisherigen Dienste.«

»Setz es auf die Rechnung!« Lächelnd verabschiedete sich Gomez.

8

Das kleine Krankenzimmer war nur schwach beleuchtet. Es roch nach Medizin und Krankheit. Über dem Summen und

Klicken der Lebenserhaltungsapparaturen, die das Bett umgaben, konnte Jake das langsame, angestrengte Atmen von Jean Marie Sparey hören.

Zwischen dem Scanner, der ständig das Herz der sterbenden jungen Frau überwachte, und einem dreibeinigen Respirator stand ein Robotpriester in schwarzer Robe neben dem Bett. Er hielt einen Rosenkranz aus Ebenholzperlen in der rechten Metallhand und sprach leise Gebete für die Rettung ihrer Seele.

Der Priester drehte sich um, als Jake an das Bett trat. »Es wäre das Beste, *senhor*«, sagte er leise, »wenn Sie sie alleinlassen würden.«

»Sie will mit mir reden. Ich bin Jake Cardigan.«

»Aber das arme Kind steht an des Todes . . .«

»Machen Sie einen Spaziergang, Vater Ambrosius«, schlug Jean Marie mit schwacher, trockner Stimme vor.

Langsam und mit sichtlicher Anstrengung streckte sie die rechte Hand nach den Kontrollen am Bettrahmen aus. Mit einem surrenden Geräusch brachte das Bett sie in eine sitzende Position.

»Meine Liebe, du solltest dich jetzt ganz *Deus* hingeben und nicht . . .«

»Geh!« sagte sie. »Bitte!«

»Tun Sie, was sie sagt!« forderte Jake ihn auf. Er nahm den schwarzgewandeten Arm des Robotpriesters und schob ihn Richtung Tür.

»Also gut, meine Kleine. Aber ich werde dich später wieder aufsuchen – wenn dazu noch Zeit ist.«

»So ein Schleimer!« bemerkte Jean Marie. »Onkel Jake . . . Ich freue mich, daß . . . du gekommen bist.«

Er nahm ihre ausgemergelte Hand, die sich kalt und feucht anfühlte. »Ich denke, es hat wohl keinen Zweck zu fragen, wie es dir geht.«

»Ich bin . . . viel zu lange . . . Tek-abhängig gewesen«, sagte sie. »Du weißt, was . . . das für Folgen hat.«

Er nickte. »Was ist mit deinem Vater?« fragte er.

»Ich dachte . . . er wäre . . . tot . . .mit ein Grund, warum ich . . . mit Tek angefangen habe.«

»Will ist gar nicht tot?«

»Ich habe ... etwa ein Jahr lang ... in Rio gelebt ... Ich bin zurück nach Brasilien ... gekommen, weil ich hoffte ... etwas über ihn zu erfahren.«

»Und hast du etwas erfahren?«

»Ja, Onkel Jake ... eine gute Neuigkeit ... man sagte mir, daß mein Vater ... lebt ... aber er ist in ... großen Schwierigkeiten.«

»Was für Schwierigkeiten?«

»Weiß nicht genau ... aber er scheint ... in Lebensgefahr zu sein.«

»Weißt du, wo er sich aufhält?«

»Nur, daß er irgendwo ... hier in Brasilien ist ... Aber er braucht Hilfe ... wenn er mich ... besuchen will .... Ich möchte ihn gerne ... noch einmal sehen.«

»Wer hat dir von ihm erzählt?«

»Einige Männer haben mich aufgesucht ... Ich glaube, sie gehören ... zu Bulcao-Kartell ... Das ist hier das größte ... Sie sagten ... mein Dad wollte mich sehen ... aber könnte nicht riskieren ... herzukommen ... Er braucht Hilfe.«

»Wann war das?«

»Mein Zeitgefühl hat ganz schön nachgelassen ... vor drei Wochen, glaube ich ... damals hatte ich wieder einen schlimmen Anfall ... und bin hier gelandet ... Kannst du helfen, Onkel Jake?«

»Klar«, versprach er. »Wie finde ich diese Leute?«

»Du mußt dich mit ... einem Mann namens Sargento in Verbindung setzen.«

»Weißt du, wo ich ihn finde?«

»Nein, aber ... in Rio kennt man ihn.«

»Okay, wir werden ihn schon auftreiben.«

»Wer ist ... bei dir?«

»Sid Gomez.«

»Ich erinnere mich ... ein netter Lockenkopf?«

»Das ist eine akkurate Beschreibung von Gomez, ja.«

»Onkel Jake, ich glaube ... ich sollte mich jetzt lieber ausruhen ... Ich will nicht ... aber ...« Damit war sie eingeschlafen.

Er fühlte, wie ihre magere Hand schlaff wurde. Jake ließ sie los und sah das schlafende Mädchen aber noch eine Weile an. Dann kam ein Androidenarzt ins Zimmer und machte ihn darauf aufmerksam, daß es Zeit wäre zu gehen.

»Halten Sie doch mal still!« sagte die pummelige, dunkelhaarige Frau zu Gomez.

»In letzter Zeit zweifelt jeder meine Identität an!« beschwerte sich der Detektiv.

Alma Zingara blickte von ihm zur Batterie der Video-Bildschirme hinüber, die an der Wand ihres kleinen, überfüllten Büros angebracht waren. »Ich möchte Sie nur mit den Informationen vergleichen, die ich über Sid Gomez gespeichert habe«, sagte sie und studierte die Bilder und Daten, die auf den verschiedenen Monitoren erschienen waren. »Sie scheinen der Mann zu sein, der Sie zu sein behaupten. Allerdings sind Sie alt geworden.«

»Die meisten dieser Bilder wurden im Laufe des letzten Jahres aufgenommen, *chiquita.*«

Die Herausgeberin schüttelte mitleidsvoll den Kopf. »Sie haben schließlich einen sehr anstrengenden Beruf.«

Er beugte sich vor. »Vielleicht könnten wir jetzt zur Sache kommen!«

»Ich habe gehört, daß Sie sich nach Will Sparey erkundigt haben.«

»Richtig.«

»Warum?«

Gomez blickte aus dem einzigen Fenster des Büros. Üppige Grünpflanzen versperrten jede Aussicht. »Das hat mit einem Auftrag der Detektivagentur Cosmos zu tun.«

»Ich hatte den Eindruck, Sie sind der Meinung, daß er noch lebt.«

»Wir ziehen diese Möglichkeit in Betracht.«

Alma Zingara atmete langsam aus und sah ihn mißtrauisch an. »Sie sind nicht gerade sehr mitteilsam, Gomez!«

»Das stimmt«, sagte er und erhob sich. »Aber schließlich haben

Sie nach mir verlangt und nicht umgekehrt. Wenn sie nur auf der Suche nach Material für Ihre Zeitung sind, dann . . .«

»Ich habe Will Sparey gekannt«, sagte sie und bedeutete ihm, wieder Platz zu nehmen. »Während des letzten Krieges habe ich mit ihm zusammengearbeitet.«

»So?«

»Wir standen in engem Kontakt«, fuhr sie fort. »Daher war ich gut darüber informiert, was Will wirklich vorhatte.«

»Sie meinen, er hatte außer der Berichterstattung für die *GLA Fax Times* noch eine Nebenbeschäftigung?«

»Will hatte . . .«, setzte sie zu einer Antwort an. »Wie sind Sie hier hereingekommen?«

Die Tür ihres privaten Büros hatte sich zischend geöffnet. Ein lächelnder Chromroboter trat über die Schwelle. Er hielt einen großen Strauß gelber Rosen in der linken Metallhand und trug den Schriftzug *Flores* auf seiner breiten, silbrigen Brust. *»Boa tarde«*, sagte der Roboter. »Ich bin gekommen, um Ihnen Ihren Geburtstagsstrauß zu bringen, *senhora.«*

»Niemand kommt durch diese Tür, wenn ich sie nicht von hier aus entriegele«, sagte sie und stand langsam auf. »Außerdem ist heute gar nicht mein Geburtstag.«

»Sie haben recht«, stimmte der lächelnde Roboter zu. Mit seiner glänzenden rechten Hand zog er eine Laserpistole aus den Rosen hervor.

9

»Runter!« befahl Gomez und langte nach der Betäubungspistole in seinem Schulterhalfter.

Alma Zingara duckte sich hinter ihren Metallschreibtisch.

Der Roboter schleuderte den Strauß gelber Rosen zu Boden und feuerte mit der Laserpistole auf Alma.

Gomez schoß mit seiner Betäubungspistole auf den Androiden.

Der Strahl der Laserwaffe traf die Herausgeberin, bevor sie sich ganz hinter dem Schreibtisch verstecken konnte.

Er schnitt ihr durch den Brustkorb und zerteilte ihren Körper in zwei Hälften. Blut spritzte gegen die Bildschirme, auf denen immer noch Gomez' Bild zu sehen war.

Als der Betäubungsstrahl den Roboter traf, erstarrte er. Sein Kiefer fiel herunter und klappte dann wieder zu.

Er ließ die Laserwaffe fallen, schwankte und ging in die Knie. Mit einem lauten Krachen fiel er zu Boden und begrub die Blumen unter sich.

Gomez hielt die Betäubungspistole im Anschlag und bewegte sich vorsichtig in Richtung Ausgang. Das Vorzimmer war leer, und die Straße dahinter sonnig und ruhig.

»Verdammt!« brummte er.

Er ging zurück an Alma Zingaras Schreibtisch und zwängte sich in die Videophon-Nische daneben. Er setzte sich und wählte die Nummer der Stadtpolizei von Rio.

Der Bildschirm war mit Blutspritzern beschmiert.

Jake hatte darauf verzichtet, im Wohnzimmer ihrer Hotel-Suite Licht zu machen. Er saß im Halbdunkel und starrte die Decke an, als sein Partner zurückkam.

»Ich hoffe«, sagte Gomez, ging zu den Kontrollen und schaltete die Beleuchtung ein, »daß du einen netteren Nachmittag als ich hattest.«

Jake erhob sich mühsam aus seinem Sessel. »Wir könnten unsere Aufzeichnungen vergleichen, aber ich bezweifle es.«

»Hast du eine Stunde und sechsunddreißig Minuten damit verbracht, von der Staatspolizei von Rio vernommen zu werden?«

»Nein.«

»*Bueno,* dann hatte ich einen schlimmeren Tag.«

»Was wollte die Polizei von dir?«

Gomez setzte sich auf die Armlehne des Sofas. »Erzähl mir zuerst von deinem Besuch bei Jean Marie.«

»Es war hart, sie so vom Tod gezeichnet zu sehen.« Er schüttelte den Kopf. »Sie sagte, daß einige Leute aus der Tek-Szene sich vor etwa drei Wochen mit ihr in Verbindung gesetzt hätten. Sie behaupten, daß ihr Vater noch am Leben sei und sich irgendwo in Brasilien versteckt hält. Er möchte sie gerne sehen, aber offenbar ist es zu gefährlich für ihm, sich in der Öffentlichkeit zu zeigen.«

»Wovor hat der *hombre* Angst?«

»Sie weiß es nicht.«

»Was hat Tek mit der Sache zu tun?«

»Vielleicht hat Sparey die Machenschaften eines größeren Kartells aufgedeckt.«

»Ich bitte dich! Immerhin hält er sich schon seit zehn Jahren versteckt!«

»Ja, das paßt nicht zusammen. Wahrscheinlich arbeitet er für die Tek-Dealer. Jean Marie weiß allerdings nichts Genaueres darüber.«

Gomez kratzte sich am Kopf. »Es gibt verdammt viele Sachen, *amigo,* über die wir nichts Genaueres wissen.«

»So sieht es aus. Jetzt mußte du mir erklären, warum du den Nachmittag bei der Polizei verbracht hast.«

»Na ja, als ich mich gerade bei einem meiner hiesigen Informanten nach dem Verbleib von Will Sparey erkundigte, kam mir zu Ohren, daß eine Dame namens Alma Zingara großen Wert darauf legte, mit mir zu plaudern«, sagte Gomez. »Die Dame gibt – nein – gab eine liberale Wochenzeitung heraus.«

»Sie ist tot?«

»Seit heute, *si.«* Dann berichtete Gomez, was in ihrem Büro vorgefallen war.

»Zu dumm, daß sie nicht mehr dazu gekommen ist, dir etwas über Sparey zu erzählen«, sagte Jake.

»Aus eben diesem Grunde wurde sie vermutlich umgebracht.«

»Glaubst du, sie hat gewußt, wo er ist?«

»Sie wußte zumindest, was er während des Krieges getan hat. Ich bin mir allerdings nicht sicher, ob das etwas mit unserer gegenwärtigen Suche zu tun hat.«

»Wie denkt die Polizei darüber?«

»Zingara hatte eine Menge Feinde, weil sie immer wieder kritisch über das Regime des verehrten Generals Silveira berichtet hat.«

»Ihr Tod muß etwas mit Sparey zu tun haben.«

»Ich habe es leider versäumt, der Polizei gegenüber von Sparey zu erzählen.« Gomez ging zum Fenster. »Was hast du als nächstes vor?«

»Jean Marie gab mir den Namen eines Mannes, mit dem ich reden soll. Er heißt Sargento.«

Gomez schnaubte. »So, Sargento!«

»Du kennst ihn?«

»Ich habe von ihm gehört«, sagte Gomez. »Wie ich die Sache einschätze, wäre eine massive Werbekampagne nötig, um Sargento in der Öffentlichkeit zumindest das Ansehen eines gewöhnlichen Gangsters zu vermitteln.«

10

Die dicke Frau mit dem regenbogenfarbenen Kraushaar steckte sich eine Tabakzigarette an, hustete heftig, lachte und klapperte ein paarmal mit den purpurrot angemalten Augenlidern. »Schätzchen, du benimmst dich wie ein blutiger Anfänger!« sagte sie.

Gomez, der auf der Kante des Luzitschreibtisches der dicken Frau hockte, beugte sich zu ihr hinunter. »Fünfhundert Dollar sind ein ganz hübsches Honorar, Mrs. Caldwell«, sagte er.

Sie sah bittend zu Jake hinüber, der in einem Korbstuhl im Ausstellungsraum des ›Puppenhauses‹ saß. »Komm schon, Süßer! Sag diesem Geizkragen, daß ich wertvolle Informationen nicht umsonst weitergeben kann.«

Jake grinste. »Ich persönlich würde auf keinen Fall mehr als vierhundert Dollar für Sargentos gegenwärtgen Aufenthalt bezahlen.«

Mrs. Caldwell bekam erneut einen heftigen Hustenanfall.

»Ich muß mich mit einer Bande von Geizkragen herumschlagen!« beschwerte sie sich, verdrehte die Augen und blies den Rauch aus.

Gomez sprang vom Schreibtisch und ging zum nächsten Ausstellungssockel hinüber. Darauf stand ein abgeschalteter Androide, eine hübsche, sonnengebräunte, völlig nackte Blondine. »Nach Ihrem Puppenhaus-Katalog könnte ich das Vergnügen eines Abends mit diesem Modell hier für nur dreihundert Dollar haben.«

»Die da hat in der letzten Woche am wenigstens eingebracht. Die anderen Huren kosten tausend Dollar und mehr.«

»Aber Mrs. Caldwell! Ein Treffen mit Sargentos kann doch nicht zweihundert Dollar teuer sein als ein Rendezvous mit einer hübschen Androidin!«

»Du bringst da etwas durcheinander, Süßer. Eine Nummer mit einem meiner Mädels ist etwas ganz anderes als eine Information, die für den Erfolg eurer gegenwärtigen Untersuchungen notwendig ist.« Nach einem erneuten Hustenanfall nickte die dicke Frau in Jakes Richtung. »Der Verkauf von Informationen ist mein Nebenerwerb. In diesem Geschäft gelten andere Maßstäbe und andere Honorare als im Robotbegleitgewerbe. Kannst du Gomez das nicht klarmachen, Cardigan?«

Jake stand auf. »Wir machen uns jetzt lieber auf dem Weg zu deinem nächsten Informanten, Sid.«

Gomez ging langsam um einen Sockel herum, auf dem ein junges schwarzes Mädchen in einem rosa Pyjama stand. »Fünfhundertfünfzig Dollar sind mein letztes Angebot.«

Mrs. Caldwell nahm einen langsamen Zug von ihrer illegalen Zigarette und stieß dann seufzend den Rauch aus. »Du bist schlimmer als eine Katze, die mit einer Maus spielt«, sagte sie mißmutig. »Also gut.« Sie beugte sich vor und hämmerte mit ihren dicken, beringten Fingern auf die Tastatur ihres Schreibtischcomputers ein.

Aus dem Drucker, der zwischen zwei nackten Androidinnen stand, kam ein gelbes Blatt Papier.

Gomez nahm es an sich. »Sargento befindet sich also in der Pension Casa Florenza drüben in Guanabara Bay?«

»So steht es doch auf dem Ausdruck, oder? Also, jetzt her mit der Kohle!«

Gomez faltete den Zettel zusammen, steckte ihn in seine Jackentasche und trat wieder an ihrem Schreibtisch. »Hier haben Sie zweihundert Dollar, Mrs. Caldwell. Wenn Sargento sich wirklich dort aufhält, werden Sie den Rest...«

»Moment mal, Süßer! Für die schäbigen fünfhundertfünfzig Dollar hast du lediglich Anspruch auf eine Adresse und keineswegs auf eine Garantieerklärung, daß der Kerl sich tatsächlich dort...«

»Bis bald«, sagte Gomez nur.

Dann verschwanden er und Jake in der Nacht.

Da Jake als erster aus dem Gleiter gestiegen war, traf er auch als erster auf den Mann mit der Laserpistole.

Der Mann war groß, breitschultrig und hatte einen Bart. Die schwarze Waffe hielt er in der linken Hand. Er stand vor der hohen, dichten Hecke, die den heruntergekommenen Landeplatz von der auffälligen Casa Florenza trennte. In der Nähe stand eine armselige Palme.

»*Boa noite, senhor*«, sagte er leise. »Steigen Sie wieder in Ihr Fahrzeug, *se faz favor*, und verschwinden Sie!«

»Aber ja, sicher doch!« sagte Jake und grinste liebenswürdig. »Wir wollten Ihnen auf keinen Fall zu nahe treten.« Damit drehte er sich zum Gleiter um.

Dann aber ließ er sich plötzlich zu Boden fallen, rollte sich schnell über die linke Schulter ab und zog seine Betäubungspistole.

Er drehte sich herum, richtete sich auf und feuerte auf den großen Mann, bevor dieser seine Laserwaffe in Anschlag bringen konnte.

Der Betäubungsstrahl traf den Mann in den Bauch. Er sprang mit wedelnden Armen ein paar Schritte zurück, bis er gegen den Stamm der Palme stieß. Seine Waffe fiel zu Boden, und er ging in die Knie.

Gomez, der ebenfalls seine Betäubungspistole gezogen hatte,

sah sich sorgfältig um. »Hast du eine Ahnung, was hier los ist, *amigo?*«

Jake nahm dem bewußtlosen Mann die Laserpistole ab. »Vermutlich möchte man nicht, daß wir Sargento besuchen.«

Vom dunklen Wasser der Bucht kam ein warmer Wind herangeweht. Die hohe Hecke und die Palmwedel rauschten leise.

Jake trat neben seinen Partner. »Wir sollten uns der Pension lieber etwas vorsichtiger . . .«

»Sargento, du miese Ratte!« dröhnte plötzlich eine Lautsprecherstimme über den Platz. »Wir wissen, daß du dich hier irgendwo versteckst!«

»Sind wir vielleicht in eine Polizeirazzia geraten?« fragte sich Gomez.

Jake tippte mit der Stiefelspitze gegen den bewußtlosen Mann. »Dieser Kerl hier ist kein Polizist.«

»Wir geben dir fünf Minuten, um herauszukommen, Sargento. Und zwar mit Tanta Amalias Geld!«

»Hört sich so an, als würde Sargento mit einem Verbrechen aus seiner Vergangenheit konfrontiert werden«, stellte Gomez fest.

»Hier spricht Manuel Betancourt«, fuhr die verstärkte Stimme fort. »Ich stehe an der vorderen Veranda und bin gut bewaffnet. Mein Bruder Jose beobachtet den Hintereingang, und Jaime hält am Landeplatz Wache. In fünf Minuten kommen wir herein und erteilen dir eine Lektion.«

»Das könnte eine jener Lektionen sein«, sagte Gomez, »nach denen Sargento nicht mehr in der Lage ist, uns noch etwas zu erzählen.«

»Du gehst zur Vorderseite und lenkst Manuel ab«, schlug Jake vor. »Ich werde mich um Jose kümmern. Dann holen wir Sargento heraus.«

Gomez steckte seine Waffe ein und schlüpfte unauffällig durch eine Lücke in der dichten Hecke.

Jake erhob seine Betäubungspistole ebenfalls zurück ins Holster, überquerte den Landeplatz und zwängte sich durch die Hecke. Er befand sich etwa fünfzig Meter von der Rückwand der heruntergekommenen, dreistöckigen Pension entfernt.

Neben dem Hintereingang hockte ein zweiter großer Mann mit einem Schnurrbart. Er beobachtete konzentriert das Haus und war im Schein der Lichtkugel, die über dem Eingang schwebte, gut zu erkennen. Er hielt ein Lasergewehr an die Brust gedrückt.

Jake näherte sich ihm bis auf etwa drei Meter. »Entschuldigen Sie bitte!«

Der Mann fuhr herum und richtete seine Waffe auf Jake. »Ich wollte Sie nicht erschrecken«, entschuldigte sich Jake. »Aber dort drüben auf dem Landeplatz liegt ein Mann – der Ihnen übrigens sehr ähnlich sieht.«

»Mein Bruder Jaime?«

»Ich kenne ihn nicht, aber scheint bewußtlos zu sein. Wenn es Ihr Bruder ist, sollten Sie vielleicht einmal nach ihm sehen«, sagte Jake und kam langsam näher. »Er blutet.«

»Er blutet?«

»Ich vermute, jemand hat ihn mit einem Messer angegriffen.«

»Verdammt! Sargento muß irgendwie an uns vorbeigekommen sein.« Er ließ das Gewehr sinken und lief in Richtung Hecke los.

Jake wartete, bis der Mann an ihm vorbeigerannt war. Dann zog er seine Betäubungspistole und schoß auf ihn.

Als Jose zu Boden gegangen war, nahm Jake das Lasergewehr und warf es ins Gestrüpp.

Er lauschte noch einen Augenblick, dann betrat er vorsichtig die Pension.

Als er in den schwach erleuchteten Korridor im ersten Stock trat, sprang eine schlanke Frau in einem weiten Bademantel aus einem Eingang und stellte sich ihm entgegen. »Wenn das hier nicht bald aufhört, werde ich die Polizei rufen!« warnte sie ihn.

»Nach meiner Erfahrung tun das Menschen, die in Etablissements wie diesem wohnen, nur äußerst selten.«

»Zufällig gehört mir dieses Haus. Ich bin Florenza.«

»Dann sollten Sie erst recht Ärger mit den Hütern des Gesetzes vermeiden«, gab Jake zu bedenken. »Ich welchem Zimmer ist Sargento?«

»Ich wüßte nicht, warum ich Ihnen das verraten sollte, *senhor.*«

»Ich bin nicht hier, um ihn fertigzumachen«, sagte er. »Ich möchte ihm helfen, den Leuten zu entkommen, die ihn fertig machen wollen.«

»Werden Sie ihn weit weg von meiner Pension bringen?«

»Meilenweit«, versprach Jake.

»Er ist in Zimmer Drei C.«

Die Tür am anderen Ende des Korridors sprang auf, und Gomez kam herein. »Alles in Ordnung?«

»Ja«, antwortete Jake. »Laß uns raufgehen und Sargento retten.«

11

»Ich fühle mich hier sicher«, sagte Sargento, der im hintersten Winkel der Nische im Restaurant kauerte. »Ich kann dem Personal vertrauen.«

»Das Personal von Oberst Kilgores Teestube Nr. 463«, stellte Gomez fest, »besteht aus einem rostigen Roboter in einer verschmierten Tupfenschürze.«

»Aber ich kann Edna vertrauen«, sagte der kleine Mann mit der Lederhaut. »Sie wird mich nicht verpfeifen wie die Bastarde in der Pension.«

»Wo ist Will Sparey?« fragte Jake.

Sargento hob seine dunkle Brille und blinzelte Jake an. »Nur keine übertriebene Hast!« sagte er.

»Ich möchte so viel wie möglich erfahren, bevor die nächste Horde erzürnter Bürger über Sie herfällt.«

»Ach, diese dreckigen Betancourts sind eine Ausnahme«, versicherte Sargento ihm. »Ich bin in Rio sehr beliebt. Sie können jeden auf der Straße fragen.«

»Die zwei Dutzend Leute, die ich gefragt habe«, bemerkte Gomez, »schätzen Sie als ausgekochten Schurken ein.«

»Was wissen die schon? Außerdem war das keine repräsentative Umfrage.«

»Was ist mit Will Sparey?« wiederholte Jake.

Der kleine Mann nahm seine Brille ab. »Was wissen Sie über sein angebliches Verschwinden, Cardigan?«

»Nicht viel. Damals ging das Gerücht, daß eine Bande Guerillas ihn irgendwo in Mato Grosso getötet hat.«

»Genau das ist es. Ein Gerücht und nicht mehr.« Sargento legte seine Brille auf den Tisch und fischte ein Fläschchen mit klarer Flüssigkeit aus der Brusttasche seiner karierten Anzugsjacke. »Augentropfen«, erklärte er.

»Warum erzählen Sie uns nicht, was wirklich passierte«, sagte Gomez, während Sargento seine Augen verarztete.

»Genau das habe ich vor, Gomez. Edna, eine Tasse Pfefferminztee und das übliche Zubehör! Setz es den Herren auf die Rechnung. Das geht doch in Ordnung, nicht wahr, Cardigan?«

»Ja«, sagte Jake. »Kommen Sie jetzt bitte zur Sache!«

»Die Luft in Rio ist schlecht für meine Augen.« Er steckte das Fläschchen wieder weg. »Sparey wurde nicht getötet. Er lebt noch.« Aus einer Seitentasche zog er einen Elektroschwamm hervor und schaltete ihn ein. »Wissen Sie, als er über den letzten Krieg berichtete, hat er einige Leute getroffen.« Sargento begann, sein Haar mit dem summenden Kamm zu bearbeiten.

»Was für Leute?«

»Der Wichtigste von ihnen war . . . Ah, dankeschön, Edna!«

Die Robotkellnerin war zu ihrer Nische geschwankt und hatte scheppernd ein Tablett vor Sargento abgestellt. »Sie sehen heute recht schick aus, Chef«, bemerkte sie mit rostiger Stimme.

»Findest du wirklich? Ist mein Haar so in Ordnung?«

»Es sieht phantastisch aus!«

»Du mußt wissen, Edna, daß ich heute abend eine Begegnung mit ein paar Kerlen hatte, die mich etwas in Unordnung gebracht haben.«

»Davon ist nichts mehr zu erkennen. Sie sehen einfach . . .«

»Danke, das wär's«, unterbrach Gomez sie.

»Wie Sie wünschen, mein Herr.«

»Einen Augenblick, Edna. Erst noch meine Augen!«
»Sehr ausdrucksstark!«
»Sie waren in letzter Zeit ständig blutunterlaufen.«
»Oh, sie sind blutunterlaufen, Chef, aber deswegen können sie trotzdem ausdrucksstark sein. Ganz bestimmt!« sagte die Robotkellnerin. »Ach, es tut mir leid wegen des rötlichen Staubs auf dem Pflaumenkuchen. Es war das allerletzte Stück, und es ist mir in der blöden Speisekammer ein paarmal runtergefallen.«
»Mach dir nichts draus, Edna.«
»Könnten wir jetzt zu Sparey zurückkommen?« drängte Jake.
Sargento fuhr noch einmal mit dem Elektrokamm über seine ergrauten Schläfen. »Ich habe die Erfahrung gemacht, daß das äußere Erscheinungsbild in dieser Welt von größter Wichtigkeit ist. Das und die Muße zu einem netten Gespräch in . . .«
»Die Betancourts haben sich offensichtlich von Ihrem gepflegten Äußeren nicht beeindrucken lassen.« Gomez langte über den Tisch und packte den Arm des Mannes. »Konzentrieren Sie sich bitte darauf, uns etwas über Sparey zu erzählen.«
»Dazu sind ein paar Hintergrundinformationen vonnöten, Gomez. Und genau die habe ich Ihnen gerade zu vermitteln versucht.« Er entzog Gomez seinen Arm. »Sparey arbeitete also für das größte Tek-Kartell in dieser Gegend. Es wurde seinerzeit von einem Herrn namens Antonio Bulcao geleitet.« Er schaltete seinen Kamm aus. »Ich habe gehört, daß Sparey eine Menge Schulden hatte«, sagte er und sah Jake an.
Jake nickte bestätigend. »Er hat gerne gespielt.«
»Aus diesem Grund arbeitete er für Bulcao, da er seine vielen Kontakte hier in Brasilien nutzen konnte«, sagte der kleine Mann. »Er wurde immer tiefer in das Tek-Geschäft hineingezogen. Vielleicht war er sogar am Mord einiger Rivalen des Kartells beteiligt. Schließlich, so habe ich gehört, beschloß er, daß es viel sicherer für ihn sei, wenn die Welt von seinem Hinscheiden überzeugt wäre.«
»Warum hat er seiner Tochter nicht erzählt, was er vorhatte?«
»Er hielt es für das Beste, wenn auch sie glauben würde, daß er tot ist. Allerdings hat Sparey ein Treuhandvermögen für sie

eingerichtet, das anonym verwaltet wurde«, fuhr Sargento fort. »Natürlich konnte er nicht voraussehen, daß das Mädchen Tek-abhängig werden könnte oder daß man hier nach seinen Spuren sucht.«

»Sie ist schon seit Jahren Tek-abhängig«, warf Gomez ein. »Wieso ist Sparey ausgerechnet jetzt auf die Idee gekommen, sie sehen zu wollen?«

»Schwer zu sagen. Vielleicht weil er gehört hat, daß sie bald abkratzt.« Er zuckte mit seinen schmalen Schultern. »Ich weiß nur mit Sicherheit, daß Sparey aus dem Tek-Geschäft aussteigen will, aber Angst hat, daß Bulcaos Leute das nicht zulassen werden. Also hat er Jean Marie eine Nachricht zukommen lassen, daß Cardigan den Kontakt herstellen soll. Wissen Sie, Cardigan, er vertraut Ihnen.« Sargento preßte die Handflächen gegen die Teetasse. »Er braucht jemanden, der ihn holt und sicher nach Rio bringt. Dann will er mit der Internationalen Drogenkontrollagentur reden und sein Wissen gegen ihren Schutz einhandeln. Außerdem möchte er seine Tochter noch einmal sehen, bevor sie stirbt.«

»Sie glaubt, daß die Leute, die bei ihr waren, zur Organisation Bulcaos gehören«, sagte Jake. »Wie paßt das zusammen?«

»Die Leute gehörten einmal zur Organisation, aber jetzt nicht mehr. Es sind Freunde von Sparey, die ein hohes Risiko für ihn eingegangen sind.«

»Bisher waren es nur Gespräche«, sagte Jake.

Der kleine Mann faßte in seine Anzugjacke und holte eine 3-D-Aufnahme hervor, die er Jake gab. »Ist er das?«

Das Bild zeigte einen stämmigen Schwarzen mit Halbglatze, der unsicher auf einer sonnigen Dschungellichtung stand.

Jake betrachtete die Aufnahme eine Zeitlang. »Es sieht ganz nach Will aus.«

»Sie haben vielleicht bemerkt, daß er nicht mehr der schlanke Jüngling ist wie zu seinen Zeiten als Reporter. Das deutet darauf hin, daß das Foto jüngeren Datums ist.« Jake gab das Bild an seinen Partner weiter. »Ein Foto läßt sich fälschen«, sagte er.

»Was Sie nicht sagen, Cardigan!« Schulterzuckend nahm Sargento die fleckige Teekanne in die Hand. »Möchten Sie auch ein Täßchen?«

»Nein, danke.«

Er goß sich Pfefferminztee in seine riesige Tasse. »Ich habe keine Ahnung, Cardigan«, sagte er. »Ich weiß nur, daß mir das Foto zugespielt wurde mit der Bitte, es Ihnen zu überreichen. Außerdem hat man mich instruiert, was ich zu Ihnen sagen soll. Das Foto könnte echt sein, vielleicht aber auch nur ein Fälschung. Sie können es sich aussuchen.«

»Wie geht es jetzt weiter?«

»Sie müssen sich auf den Weg nach Brasilia machen. Sie wissen, wo das ist?«

»Klar. Und dann?«

»Ein gewisser Senhor Macaco wird sich dort mit Ihnen treffen. Macaco bedeutet irgendwas auf Portugiesisch.«

»Affe«, half Gomez aus.

»Ja, genau. Jeder, der sich selbst einen solchen Spitznamen gibt, hat meiner Meinung nach ein sehr geringes Selbstbewußtsein.« Er nippte an seinem Tee. »Auf jeden Fall wird er sich in den nächsten Tagen dort aufhalten.« Er nahm Gomez das Foto aus der Hand und kritzelte eine Adresse auf die Rückseite. »Ob Sie ihn aufsuchen, liegt ganz bei Ihnen. – Ich nehme an, daß Sie auch nichts von dem Pflaumenkuchen haben möchten, oder?«

12

Ihr Gleiter flog durch einen diesigen Morgen dem Bergland von Brasilien entgegen.

Nachdem er den Kurs in die Armaturen eingegeben hatte, lehnte Jake sich im Pilotensitz zurück.

Gomez, der auf dem Passagiersitz saß, nippte an einer Tasse Kaffeeimitat. »Du hast Will Sparey ziemlich gut gekannt«, sagte er schließlich. »Jedenfalls wesentlich besser als ich.«

»Ja, das stimmt.«

»Kam er dir damals wie jemand vor, der sich auf Tek-Geschäfte einlassen würde?«

»Schwer zu sagen«, antwortete Jake. »Ich weiß nur, daß er sich durch seine Spielleidenschaft immer wieder hoch verschuldet hat.«

»Glaubst du, daß er in Brasilien so sehr in der Klemme steckte, daß die Jungs vom Bulcao-Kartell ihn rekrutieren konnten?«

Jake blickte seinen Partner an. »Worauf willst du hinaus?«

»Wie du weißt, habe ich selbst ein wenig herumspioniert«, antwortete er. »Jeder meiner Gesprächspartner schien fest davon überzeugt, daß Sparey vor vielen Monden wirklich und endgültig verstorben sei.«

»Seine Tochter ist anderer Meinung.«

»Die junge Dame ist sehr krank. Vielleicht will sie nur daran glauben, daß er noch lebt.«

»Genau darauf läuft unser Auftrag hinaus. Wir werden herausfinden, ob er noch lebt, und wenn ja, ihn sicher zurückbringen.«

»Ich weiß nur, daß du vor einiger Zeit mit der kleinen Jean Marie Hoppe-hoppe-Reiter gespielt hast.« Gomez füllte seine Tasse aus der Düse unter dem Amaturenbrett nach. »Aber vergiß nicht, daß sie einst für unseren alten Kumpel Bennett Sands gearbeitet hat.«

»Sands ist tot.«

»Eine beträchtliche Anzahl seiner ehemaligen Kollegen aus der Tek-Branche sind allerdings noch wohlauf.«

»Ich glaube nicht, daß Jean Marie mich hinters Licht führen will«, sagte Jake. »Und selbst wenn, dann möchte ich trotzdem herausfinden, was hier vor sich geht.«

»Aha!«

»Falls jemand uns zu ködern versucht, will ich wissen, wer es ist«, sagte Jake. »Wir werden ihn finden und ihm das Handwerk legen.«

»Damit dürfte er keine so große Bedrohung unseres Wohlergehens mehr sein.«

»Und das Wohlergehen von Beth«, fügte Jake hinzu.

Ein scharfer Wind wehte über Brasilia, als Jake ihren Gleiter hinunter auf die Stadt lenkte. Dichter, gelblicher Staub wirbelte durch die unkrautüberwucherten Straßen und wurde gegen die schlichten Glas- und Metallgebäude getrieben.

In den wirbelnden Staubwolken unter ihnen leuchtete eine Neonschrift auf, die SICHERES PARKEN! versprach.

»Wir nehmen lieber einen anderen Landeplatz«, riet Gomez ihm. »Nach meinen Informationen ist der Platz, der von der Gonsalvez GmbH unterhalten wird, wesentlich zuverlässiger.«

»Da vorne ist er, hinter dem ausgetrockneten See.«

Die Leuchtschrift am Gonsalvez-Landeplatz versprach 99 Prozent SICHERHEIT! VON BEWAFFNETEN ROBOTERN BEWACHT!

Als Jake gerade die Landekoordinaten eingeben wollte, kam ein purpurroter Lastgleiter genau auf sie zugeschossen.

Jake griff hastig nach der manuellen Steuerung, ließ den Gleiter absacken und vermied so einen Zusammenstoß.

Als der rote Lastgleiter dicht an ihnen vorbeizog, war ein wütendes Hupen zu hören.

Gomez blickte stirnrunzelnd zu dem anderen Gleiter hoch. »Ich vermute, daß man von Leuten, die ihr Fahrzeug mit Neonschlangen und Totenschädeln verziert haben, keinen rücksichtsvollen Flugstil erwarten kann.«

»Ach die Jugend!« sagte Jake.

Als ihr Gleiter auf einem Rechteck im gelblich-braunen Boden aufsetzte, drang eine Stimme aus dem Lautsprecher in den Armaturen. »Bleiben Sie bitte in Ihrem Fahrzeug, *senhores,* während wir eine Routineüberprüfung durchführen. Wir wollen nur feststellen, ob das Fahrzeug gestohlen ist, in ein Verbrechen verwickelt war oder sonstwie unerwünscht ist. *Muito obrigado.*«

»Habe ich schon erwähnt«, sagte Gomez, »daß Brasilia einen sehr zwielichtigen Ruf wegen seiner Freizügigkeit hat?«

»Nein, aber das habe ich mir schon gedacht.«

Dem Bürogebäude vor ihnen fehlten die oberen Wände. An zwei verrosteten Stahlträgern hing ein Leuchttransparent mit der Aufschrift: DER BILLIGSTE SEX IN DER STADT! Daneben stand ein Spielkasino, dessen Fenster schon vor langer Zeit durch Plastikplanen und große Wellblechstücke ersetzt worden waren. Auf der staubigen Straße neben dem Landeplatz beobachteten etwa zwei Dutzend Leute einen Hundekampf und schlossen Wetten über den Ausgang ab.

»Ihr Fahrzeug ist überprüft worden«, verkündete die Stimme des Landeplatz-Computers. »Sie können es jetzt verlassen und Ihren Geschäften nachgehen. Vergessen Sie nicht, im voraus zu zahlen und Ihre Landepässe mitzunehmen. Jeder, der dieses Gelände ohne Landepaß betritt, wird erschossen.«

»Jetzt fühle ich mich wirklich sicher.« Gomez stieg aus und streckte sich.

Neben einem zitronengelben Gleiter ein paar Meter weiter stand ein großer, schwarz emallierter Wachroboter, in dessen rechte Hand eine Laserwaffe eingebaut war. »Trödeln Sie hier nicht herum!«

»Wir möchten uns weder auf Ihrem Landeplatz noch in Ihrer schönen Stadt lange aufhalten«, sagte Gomez.

Sie hatten sich gerade einen halben Block vom Landeplatz entfernt, als der purpurrote Lastgleiter plötzlich vor ihnen auf der Straße niederging.

Die Tür auf der Fahrerseite öffnete sich, und ein hagerer Jugendlicher kam heraus. Er trug Leuchthosen und ein Animationshemd, das nackte tanzende Frauen zeigte. Um seinen Hals hing ein Elektromesser an einer goldenen Kette. Sein kahlgeschorener Kopf war von tätowierten Schlangen bedeckt, deren Muster sich mit Narben jüngeren Datums verwob.

»He, ihr Dreckskerle!« rief er.

Gomez blieb stehen. »Könnte es sein, daß dieser Flegel uns meint? Was denkst du?«

Jake blieb ebenfalls stehen. »Das wäre nicht sehr nett von ihm.«

Eine weitere Tür sprang auf, aus der zwei ähnlich gekleidete Jugendliche hervorkamen.

»Ihr Arschlöcher hättet uns fast gerammt!« sagte der größte von ihnen.

Jake verzog das Gesicht zu einem leichten Grinsen. »Ich

möchte euch einen gutgemeinten Rat geben«, sagte er. »Treibt dieses Spiel nicht weiter!«

»Wollt ihr uns etwa herumkommandieren?« fragte der junge Mann mit den Narben und nestelte an seinem Messer. »Erst hättet ihr uns fast aus der Luft geputzt, und jetzt . . .«

»Jungs!« sagte Gomez. »Verschwindet lieber von hier, bevor etwas Unangenehmes passiert!«

»Eurem Arsch wird gleich was Unangenehmes passieren!« drohte ihnen der Große. Sein linker Arm bestand aus Metall und sah aus, als hätte er ihn einem Chrom-Roboter abgenommen. In seinen silbernen Fingern hielt er eine zerbeulte Laserpistole. »Ihr hättet uns fast gerammt. Jeder, der sich mit unserem schönen Gleiter anlegt, bekommt große Schwierigkeiten.«

»Wir werden euch zeigen«, rief der Hagere mit den Narben, »daß wir uns nicht verscheißern lassen!«

Jake seufzte. Dann hielt er plötzlich seine Betäubungspistole in der Hand.

Er schoß auf den jungen Mann mit dem Metallarm.

Der Junge riß die Augen auf und erstarrte. Als sich seine Hand öffnete, fiel die Laserpistole in den gelben Staub.

Auch Gomez hatte seine Waffe gezogen. Mit dem Daumen seiner linken Hand zeigte er himmelwärts. *»Bon voyage«*, sagte er.

Der Junge, den Jake betäubt hatte, fiel zu Boden und wirbelte eine große Staubwolke auf.

»Ihr hättet ihn fast getötet!« beschwerte sich der Fahrer des Lastgleiters.

»Nein, wir töten niemanden . . . schon beim ersten Mal«, beruhigte ihn Gomez. »Erst dann, wenn es so aussieht, als hätten die Leute ihre Lektion nicht gelernt.«

»Kommt, wir verschwinden!« sagte der dritte Jugendliche und flüchtete in den Gleiter.

»Na gut«, sagte der andere und ließ sein Messer los. »Diesmal wollen wir noch gnädig sein. Aber ihr solltet in Zukunft etwas vorsichtiger fliegen.«

Jake und Gomez steckten ihre Waffe erst wieder ein, als sie sich mehrere Blocks von dem Landeplatz entfernt hatten.

13

In den Fenstern des Büros gab es kein Plastglas. Der Wind trieb gelblichen Staub über die zerbrochenen Mosaikfliesen am Boden und ließ ihn über den Luzittisch und das halbe Dutzend Stühle rieseln, die sichtlich unter den Wettereinflüssen gelitten hatten.

»Das hier ist nicht mein richtiges Büro«, erklärte Senhor Macaco.

»Das ist beruhigend zu wissen.« Gomez wischte sich mit einem Taschentuch den Staub von der Stirn. »Die Vorstellung, Sie müßten den Rest Ihres Lebens hier verbringen, wäre uns sehr unangenehm.«

Jake saß rittlings auf einem wackligen Stuhl neben dem Schreibtisch und beobachtete den runzligen kleinen Mann. »Was können Sie uns über den Verbleib von Will Sparey sagen?«

Macaco pflückte sich eine Banane von dem grünen Büschel auf seinem staubigen Schreibtisch. »Ich hoffe, daß Ihnen klar ist, *senhores*, daß ich nicht mehr als ein Mittelsmann in dieser ganzen Angelegenheit bin«, erklärte er und begann, die Banane zu schälen. »Sollten sich daraus etwaige unangenehme Konsequenzen ergeben, möchte ich klarstellen, daß ich lediglich meine Arbeit tue und keinesfalls ein Parteigänger bin.«

Jake nickte. »Wie kommen wir zu Sparey?« fragte er.

»*Um momento.*« Der kleine Mann im weißen Anzug legte die teilweise geschälte Banane beiseite. Aus der Innentasche seiner zerknitterten Jacke zog er ein dickes Bündel aus Zetteln und Fotos hervor. Er legte es auf den Tisch und entknotete die Plastschnur, die es zusammenhielt. »Alles auf dieser Welt, *senhores,* ist meiner Meinung nach nur eine Frage der Vorgehensweise und Angewohnheiten.«

»Was hat das mit . . .«

»*Pacienca!*« Macaco breitete langsam und sorgfältig die Zettel aus, beugte sich darüber und faßte sie ins Auge. »Ah, *sim!*« Er wählte ein 3-D-Foto aus und hielt es sich dicht vor die

Augen. »Hier habe ich ein neueres Foto von Ihnen beiden *cavalheiros.«* Nachdem er es ausgiebig mit Jake und Gomez verglichen hatte, nickte er zufrieden. »Sie scheinen diejenigen zu sein, die Sie zu sein behaupten.«

Jake rückte sich auf seinem Stuhl zurecht. »Wie weit ist Sparey von hier entfernt?«

»Vergessen Sie nicht, daß ich diesem Mann niemals begegnet bin.« Er sammelte die Zettel und Fotos sorgfältig ein, um sie ebenso sorgfältig wieder zu verschnüren. »Ich habe den Auftrag, Ihnen eine Landkarte zu übergeben.« Er steckte das Bündel ein und suchte in einer andere Tasche, bis ein gefaltetes Stück blaues Faxpapier zum Vorschein kam. »Das ist die Karte, *senhores.«* Gomez stand auf und nahm sie entgegen. »Könnten Sie uns das hier etwas genauer erklären?« fragte er, nachdem er sie entfaltet und studiert hatte.

»*Sim,* natürlich.«

Gomez breitete die Karte auf dem Schreibtisch aus. »Wo genau liegt dieses Fazenda Cinca?«

Macaco richtete sich in seinem Stuhl auf und sah stirnrunzelnd die Karte an. »Entschuldigen Sie bitte, aber man hat offenbar die Koordination vergessen.« In einer anderen Jackentasche fand er einen Elektrostift, mit dem er etwas auf das Faxpapier kritzelte. »So, damit dürfte diese Frage geklärt sein. Fazenda Cinca, was übrigens Ranch fünf in meiner Sprache bedeutet, liegt etwa fünfhundert Kilometer südwestlich von hier. Vor etwa fünfzig Jahren begann die damalige brasilianische Regierung dort mit einem aufwendigen Wiederaufforstungsprojekt, nachdem der Dschungel durch Brandrodung der früheren Einwohner zerstört worden war. Das Projekt ist schon vor vielen Jahren gescheitert, aber Fazenda Cinca gibt es noch. Es war früher die Operationsbasis für diese Gegend.«

»Und dort versteckt sich Sparey?«

»*Sim,* mit ein paar zuverlässigen Freunden, die sich um ihn kümmern.«

Gomez faltete die Karte zusammen. »Wissen Sparey und diese zuverlässigen Freunde, daß wir zu ihnen unterwegs sind?«

»Sie sind benachrichtigt worden.« Macaco nahm die Banane

und biß ein kleines Stück ab. »Wenn Sie keine weiteren Fragen haben, *senhores,* denke ich, daß unsere kleine Zusammenkunft damit beendet ist.«

Jake stand auf. »Ja, das wär's.«

»Erlauben Sie mir, Ihnen eine sichere Reise in die Wildnis zu wünschen«, rief Senhor Macaco ihnen nach, als sie durch den türlosen Eingang verschwanden.

Unter ihnen breitete sich eine endlose grüne Fläche aus. Als der Tag zu Ende ging, veränderten sich die unzähligen Grünschattierungen des Waldes und wurden immer dunkler.

Gomez saß im Pilotensitz und studierte den winzigen Navigationsbildschirm auf den Armaturen. »Wir müßten Fazenda Cinca in etwa zehn Minuten erreicht haben«, sagte er.

Jake hatte gedankenverloren auf den Dschungel hinuntergestarrt, der mehrere hundert Meter unter ihrem Gleiter vorbeizog. »Wir sollten zuerst eine Weile über den Gebäuden kreisen, bevor wir landen.« Er richtete sich in seinem Sitz auf. »Ich möchte ein ungefähres Bild davon haben, wie viele Leute uns dort unten erwarten.«

»Weil dies hier ein raffiniertes Gefährt ist, läßt sich das leicht von hier oben aus feststellen.«

Jake nickte und schaltete den Scanner-Bildschirm in der Konsole vor ihm ein.

Das Fahrzeug begann mit dem Abstieg, während es draußen immer dunkler wurde. Am Himmel zeigten sich dünne Wolkenstreifen.

»Man kann die Gebäude bereits erkennen«, sagte Gomez. »Da vorne, links von dir. Scheint so, als hätte der Dschungel einige von ihnen zurückerobert.«

In der zunehmenden Dämmerung unter ihnen standen drei große kuppelförmige Gebäude. Dazwischen hatte sich früher eine Lichtung erstreckt, die jedoch schon wieder halb zugewachsen war. Auch über die gewölbten Plastglasdächer des Komplexes hatten sich Kletterpflanzen gerankt.

Gomez übernahm die manuelle Steuerung des Gleiters und

ließ ihn in einer Höhe von fünfhundert Metern über dem Gelände kreisen. »Meine müden, alten Augen können keine Spur von einem Empfangskomitee erkennen«, sagte er nach einer Weile. »Was sagen unsere Apparate?«

Jake tippte etwas in die Tastatur ein, über die der Bildschirm kontrolliert wurde. »Hier ist eine schwache Andeutung von Körperwärme«, sagte er. »Allerdings . . .« Er drückte erneut ein paar Tasten. »Nein, das sind nur kleine Tiere. Keine Menschen.«

Gomez ließ den Gleiter etwas tiefer sinken und drehte dann wieder eine langsame Runde. »Keine Spur von einem seit langem vermißten Reporter?«

»Nicht nach dem, was die Anzeichen . . .«

Plötzlich drang ein schrilles Piepen aus dem Lautsprecher. Gleichzeitig leuchtete Jakes Bildschirm intensiv rot auf.

»Da unten tut sich was«, sagte Gomez, »mit dem unser Sicherheitssystem ganz und gar nicht einverstanden ist.«

Jake schaltete einen anderen Bildschirm ein. »Es kommt aus dem Gebäude in der Mitte des Komplexes. Aber ich kann keine genaueren Werte . . .«

»*Madre!*« rief Gomez.

Sämtliche Funktionen ihres Gleiters erstarben. Das Fahrzeug ruckte noch ein paarmal, dann kippte es nach vorne und ging in Sturzflug über.

14

Es war ein grauer, nebliger Morgen in Berkeley. Beth Kittridges Flug nach Berlin ging in weniger als einer Stunde.

Aber sie hatte noch nicht gepackt.

Erneut ging sie zur Videophon-Nische hinüber. Sie setzte sich und wählte dieselbe Nummer wie schon vor sechs Minuten.

Kurz darauf erschien ein Empfangsroboter auf dem Bildschirm. »Internationale Drogenkontrollagentur, Zweigstelle

San Francisco. Das Büro ist noch nicht besetzt, aber Sie . . . Ach, guten Morgen! Sie sind es wieder, Miss Kittridge.«

»Ist Direktor MacQuarrie schon da?«

»Nein, gnädige Frau, er ist noch nicht eingetroffen. Und ich konnte ihn auch noch nicht anderweitig erreichen.«

Beth unterbrach die Verbindung und wählte eine Nummer in Groß-Los-Angeles.

Dan Cardigan meldete sich. Er war noch im Schlafanzug. »Morgen, Beth. Ich wollte dich gerade anrufen.«

»Hast du schon etwas von ihm gehört?«

Jakes Sohn schüttelte den Kopf. »Nein«, antwortete er. »Ich wollte fragen, ob du ihn erreicht hast.«

Beth schüttelte den Kopf. »Dan, ich möchte die IDKA dazu bringen, meinen Gerichtstermin noch ein paar Tage hinauszuschieben. Dann kann ich nach Rio fliegen und herausfinden, was mit Jake passiert ist.«

»Das ist wahnsinnig sinnlos«, sagte Dan. »Vermutlich stecken er und Gomez irgendwo, wo sie keine Möglichkeit . . .«

»Er ist jetzt schon seit drei Tagen überfällig. Die beiden haben einen Videoanschluß an ihrem Gleiter.«

»Sicher, aber Sparey könnte irgendwo tief im Dschungel stecken, wo man ihn nur zu Fuß erreichen kann oder . . .«

»Sie haben doch auch tragbare Kommunikationsmittel.«

»Aber manchmal ist es zu gefährlich, diese Geräte zu benutzen.«

»Glaubst du ganz ehrlich, daß ihnen nichts passiert ist?«

»Ich versuche es«, antwortete Dan. »Dad hat mir erzählt, daß es bei manchen Ermittlungen zu riskant ist, Informationen nach außen . . .«

»Er hat mir versprochen, bis heute wieder zurück zu sein.«

»Ich weiß, Beth. Aber er und Gomez sind erstklassige Detektive und . . .«

»Hast du heute schon mit Bascom gesprochen?«

»Nein, um diese Zeit ist er noch nicht wach. Aber er hat mich gestern abend angerufen.«

»Mich auch. Er hat den üblichen Sermon heruntergespult, daß Cosmos seine besten Leute auf diesen Fall angesetzt hat und so weiter. Er hat mir auch versprochen, daß er herausfinden wird, warum Jake und Gomez sich so lange nicht gemeldet haben.«

»Cosmos hat eine Menge guter Detektive, die . . .«

»Entschuldige bitte, Dan. Da ist jemand an der Tür. Ruf mich an, sobald du etwas hörst!«

Agent Neal stand vor der Tür. Er sah erschöpft und unglücklich aus. »Sind Sie fertig, Beth? Wir müssen uns beeilen.«

»Ich werde nicht gehen«, sagte sie zu ihm. »Nicht, bis ich etwas von Jake Cardigan gehört habe.«

Neal schüttelte den Kopf. »Direktor MacQuarrie hat sich mit uns in Verbindung gesetzt.«

»So? Ich habe ihn schon seit . . .«

»Direktor MacQuarrie läßt ausrichten, daß er sich wegen Jake Sorgen macht«, fuhr der Agent fort. »Aber wir können die Abreise nach Berlin nicht länger aufschieben.«

»Emmett, es muß doch eine Möglichkeit . . .«

»Wenn Sie nicht freiwillig mitkommen, habe ich die Anweisung, Sie festzunehmen und nach Berlin zu bringen.« Er vermied es, ihr in die Augen zu sehen.

»Ich würde aber lieber hier auf Jake warten.«

»Ich weiß, Beth, aber wir haben unsere Anweisungen.«

»Vielleicht könnte ich persönlich mit MacQuarrie darüber reden.«

»Das wird nicht möglich sein.«

Sie überlegte einen Augenblick. »Okay, ich werde mit Ihnen gehen.«

»Ich helfe Ihnen beim Packen«, bot ihr der Agent an.

Dan beschloß, seine letzte Stunde an der Polizeischule zu schwänzen, um kurz nach drei Uhr im Büro von Cosmos zu sein. Walt Bacom blickte vom Aktenberg auf seinem Schreibtisch auf, als der junge Mann hereinkam. »Haben wir einen Termin, Danny?«

»Nein. Und nennen Sie mich bitte nicht Danny!«

»Also gut, Dan, warum dringst du in meinen privaten . . .«

»Ich habe das Gefühl, daß Sie mir nicht alles über meinen

Vater erzählt haben. Sie verheimlichen mir etwas – und Beth Kittridge.«

»Ich habe gehört, daß Beth auf dem Weg nach Berlin ist.«

»Ja, sie ist heute morgen abgereist.« Dan trat ein paar Schritte auf den Chef der Agentur zu. »Sie wissen, daß mein Vater sie begleiten wollte. Es müßte schon etwas sehr Ernsthaftes passieren, wenn er ...«

»Setz dich, Dan!«

Dan nahm auf dem Stuhl vor dem Schreibtisch Platz. »Ist er tot?«

»Ich habe keine Ahnung, wie es ihm oder Gomez geht«, antwortete Bascom. »Wir wissen nur, daß sie vor drei Tagen nach Brasilia geflogen sind.« Er breitete die Arme aus. »Das ist die letzte Information, die wir über sie bekommen haben.«

»Aber was haben Sie unternommen, um ...«

»Ich habe dir doch schon gesagt, daß ich Agenten nach Rio geschickt habe, die die Sache verfolgen sollen.«

»Aber diese Leute haben nicht das Geringste herausgefunden. So ist es doch, oder?«

»Bis jetzt nicht«, gab Bascom zu.

»Dieses Mädchen ... Jean Marie Sparey. Weiß sie etwas?«

Bascom lehnte sich zurück und verschränkte die dicken Finger. »Ich vermute«, sagte er. »Das Problem ist nur ... Wir können die junge Dame nicht finden.«

»Ich dachte, sie liegt in diesem Krankenhaus im Sterben.«

»Das dachten wir auch. Ich habe sogar einige ehrliche Tränen vergossen, als ich diese erschütternde Videoaufzeichnung gesehen habe.«

»Wo ist sie?«

»Auf jeden Fall nicht im Sao-Jose-Privatkrankenhaus in Rio de Janeiro«, antwortete der Agenturchef. »Jean Marie ist nicht mehr dort – genausowenig wie die zwei Androiden und der menschliche Arzt, die sich angeblich um sie gekümmert haben. Die Krankenhausverwaltung behauptet, man hätte keine Ahnung, wohin sie alle verschwunden sind. Miss Sparey und das Personal wurden zum letzten Mal an dem Morgen des Tages gesehen, an dem dein Vater und Gomez Rio verließen.«

»Dann muß sie Dad und Gomez hinters Licht geführt haben.«

»Das wäre möglich. Vielleicht wurde sie aber auch entführt, damit wir sie nicht befragen können«, sagte Bascom. »Meine Agenten haben außerdem herausgefunden – was meine Stimmung auch nicht aufheitert –, daß die meisten der Leute, mit denen Jake und Gomez dort unten gesprochen haben, ebenfalls vermißt werden.«

»Verdammt!« Dan stand auf. »Dieser ganze Fall war nur ein Vorwand. Dahinter steckt der Plan, sie zu töten.«

»Vielleicht.«

»Vielleicht? Mein Gott, Sie wissen verdammt gut, daß . . .«

»Beruhige dich, Dan! Ich weiß nur eins mit Sicherheit: daß dein Vater und Gomez sich seit drei Tagen nicht mehr gemeldet haben«, sagte Bascom.

»Es muß doch etwas geben, was wir unternehmen könnten! Und zwar sofort!«

»Jake ist ein guter Detektiv. Gomez auch. Ich neige immer noch zu der Ansicht, daß sie sich schon durchschlagen werden, falls sie in Schwierigkeiten geraten sind«, sagte der Chef der Agentur. »Du solltest jetzt nach Hause fahren, Dan. Ich werde mich bei dir melden, sobald irgendwelche Neuigkeiten eintreffen.«

Dan zögerte einen Augenblick. »Okay«, sagte er schließlich, drehte sich um und verließ das Büro.

15

Jake wartete in Berlin auf Beth.

Sie trafen sich an dem Morgen, nachdem Beth in der Stadt angekommen war. Es war ein kalter, grauer Morgen, und es regnete heftig.

Beth, die von den Agenten Neal und Griggs begleitet wurde, stieg gerade aus dem Bodenfahrzeug der IDKA aus, das neben dem Seiteneingang zum Welt-Drogengerichtshof am Potsdamer Platz stand.

Zehn bewaffnete Wächter, Menschen und Roboter, bildeten ein Spalier entlang des Weges vom Bordstein bis zum schmalen Eingangsportal. In der Nähe war eine kleine Menge Schaulustiger mit dunklen Regenschirmen versammelt.

Beth hatte sich nur ein paar Schritte vom Wagen entfernt, als sie Jake sah.

Er kämpfte sich durch die Umstehenden und winkte, um sie auf sich aufmerksam zu machen. »Beth!« rief er und zeigte sein vertrautes Grinsen. »Ich dachte schon, ich schaff's nicht mehr rechtzeitig.«

»Jake!« Ihr Lächeln verwandelte sich in ein erleichtertes Lachen. Sie riß sich von Agent Griggs los und lief ihm die letzten paar Meter entgegen. »Mein Gott, was ist mit dir passiert?«

»Das ist eine lange Geschichte.«

Ein uniformierter Berliner Polizeibeamter stand zwischen Jake und der jungen Frau. Er versuchte ihn mit gezogener Betäubungspistole zurückzuhalten.

»Es ist alles in Ordnung«, sagte Beth zu dem Beamten. »Ich kenne ihn. Bitte lassen Sie mich zu ihm.«

»Es tut mir leid, Miss Kittridge.« Mit seiner freien Hand versuchte er, Beth behutsam zurückzudrängen.

»Jake, ich habe mir solche Sorgen gemacht!« sagte sie und sah ihn über die Schulter des Polizisten an. »Wo warst du?«

»Gomez und ich sind in unerwartete Schwierigkeiten geraten. Ich erzähle es dir später. Wie geht's dir?«

»Gut.« Mit ihrem Ellbogen stieß sie den Polizisten zur Seite.

»Beth, warte einen Augenblick!« Agent Neal kam herbeigelaufen und versuchte, sie am Arm festzuhalten.

»Also wirklich, Emmett!« Sie wich ihm aus und lief um den Polizeibeamten herum. Dann warf sie Jake die Arme um den Hals. »Ich bin so froh ...« In diesem Augenblick gab es eine gewaltige Explosion.

16

Es war eine kleine Stadt am Rand des riesigen Dschungels, nicht mehr als eine Ansammlung niedriger Gebäude und ein paar Straßen, die im hellen Licht der Morgensonne lagen.

Jake entdeckte das Café zuerst. »Dort müßte es ein Videophon geben«, sagte er, verließ den Dschungelpfad und ging darauf zu.

Gomez folgte Jake auf die staubige Straße. Er humpelte ein wenig. »Ich hoffe, daß es dort etwas zu essen und zu trinken gibt«, sagte er. »Nachdem wir mehrere Tage lang von dem, was der Dschungel bietet, gelebt haben, würde ich wirklich gerne wieder einmal . . .«

»Beth müßte inzwischen schon in Berlin sein«, sagte Jake und lief schneller. Seine Schritte wirbelten den Staub auf der Straße auf. »Ich werde das dortige IDKA-Büro anrufen und anfragen, wo ich sie erreichen kann.«

»Wenn wir uns zuerst bei Cosmos melden, müßte Bascom uns sagen können . . .«

»Ich mache es lieber auf meine Weise, Sid.«

An der Vorderseite des Cafés gab eine windschiefe Veranda. Der Name des Ladens war offenbar LIMAO'S – jedenfalls war dieses Wort mit weißer Tünche auf eins der Fenster gemalt worden.

Jake stürmte die wackligen Holzstufen hinauf und durch die morschen Schwingtüren hindurch.

Im Innern befanden sich nur drei Leute, zuzüglich eines schlafenden Hundes und eines steinalten Papageis.

Die zwei Gäste saßen an gesonderten Tischen, und der Kellner, ein ausgemergelter Mann in weißen Hosen und einem zerlumpten Tupfenhemd, lehnte gegen einen schiefen Holzpfeiler. Sie alle starrten auf einen dreckverschmierten Video-Bildschirm an der Wand.

Jake wollte gerade nach dem Videophon fragen, als Beth auf dem Bildschirm erschien.

Es handelte sich um eine Aufnahme, die vor Monaten während einer Konferenz in San Francisco gemacht worden war. Sie lächelte und befand sich auf dem Weg zu einem Vortragssaal. Höflich, aber bestimmt lehnte sie alle Fragen über Professor Kittridges Anti-Tek-System ab.

Ein Reporter begann auf Portugiesisch mit seinen Erklärungen.

Jake konnte nicht jedes Wort verstehen, bekam das meiste aber mit. ». . . Beth Kittridge war siebenundzwanzig, als sie . . . getötet . . . heute morgen . . . in Berlin . . .«

Jake nahm nichts anderes mehr wahr als die Bilder auf der Videowand. Ihm war plötzlich eiskalt.

Er beobachtete, wie Beth an diesem Morgen in Berlin aus einem Auto stieg. Die Agenten Neal und Griggs waren bei ihr.

Jake schien ebenfalls dort zu sein. Am Rand der kleinen Menschenmenge näherte er sich Beth.

Er wußte, was geschehen würde. »Nein! Es ist ein Kamikaze!« versuchte er sie zu warnen.

Aber Beth hörte nicht auf ihn. Sie löste sich von Griggs und lief an Neal und dem deutschen Polizisten vorbei.

»Nein!« brüllte Jake.

Sie umarmte den anderen Jake und küßte ihn.

Dann folgte die Explosion, und sie . . .

Jake wandte sich ab. Er konnte nicht länger zusehen.

»Eine Schande ist das«, bemerkte der magere Kellner.

»Schade um sie«, kicherte ein dicker Mann, der gerade Wurst zum Frühstück verspeiste. »Ein so hübsches Ding!«

Jake stürmte auf ihn zu, packte den Mann am Kragen, riß ihn aus dem Stuhl und schlug ihn, so wuchtig er konnte, ins Gesicht.

Gomez umklammerte Jake von hinten und hielt ihn fest. »Komm schon, Jake! Laß den Kerl zufrieden!«

»Bastard!« Jake wollte immer wieder in das aufgeschwemmte, blutige Gesicht schlagen.

Gomez gab sich alle Mühe, ihn von dem Mann fortzuzerren. »Es ist nicht seine Schuld!«

Jake löste sich aus der Umklammerung seines Partners, stolperte und schwankte. Dann ließ er sich in einen Holzstuhl fallen. »Sie haben sie getötet!« sagte er langsam. »Die Bastarde haben Beth getötet.«

»Ja.«

Jake beugte sich vor und legte seine Hände flach auf die Knie. Leise begann er zu schluchzen. »Das war der Zweck, der hinter dieser Sache steckte«, sagte er mit einer Stimme, die nicht wie seine eigene klang.

17

Ein paar Minuten vor acht Uhr morgens begann Gomez' Hotelzimmer in Rio mit ihm zu reden.

»Bom dia, senhor«, drang es aus dem Lautsprecher an der Wand über dem Kopfende seines Schwebebetts. »In der Lobby ist ein Besucher, der gerne zu Ihnen aufs Zimmer kommen möchte.«

Gomez blinzelte ein paarmal, gähnte ausgiebig und stemmte sich hoch. »So?« sagte er nur.

»*Sim.* Sein Name ist Dan Cardigan.«

»Ach, dann bin ich die falsche Adresse. Sagen Sie's Jake Cardigan im Nebenzimmer.« Damit legte er sich wieder hin.

»Wir haben es bereits in Senhor Cardigans Zimmer versucht, aber es hat sich niemand gemeldet. Soll der junge Mann solange warten, bis . . .«

»Nein, schon gut, schicken Sie den Jungen rauf!« Gomez setzte sich auf die Bettkante, rieb sich die Augen, gähnte noch ein paarmal und stand dann schwerfällig von dem großen, ovalen Bett auf.

Er und Jake waren bis drei Uhr nachts unterwegs gewesen und hatten in ganz Rio Fragen gestellt, um eine Spur von Jean Marie Sparey zu finden. Bisher hatten sie keinen Erfolg gehabt, obwohl die anderen Cosmos-Detektive, die Bascom hergeschickt hatte, ihnen behilflich gewesen waren.

Er fand seine Kleider, wo er sie ein paar Stunden zuvor hingeworfen hatte. Als die Tür einen Besucher meldete, war Gomez angezogen und fast völlig wach.

»Guten Morgen, *amigo«*, sagte er und ließ Dan herein.

»Halte mir jetzt bitte keine Vorträge, daß ich nicht hätte herkommen dürfen!« bat der junge Mann ihn. »Ich habe Sonderurlaub von der Polizeischule bekommen. Es wird also keine Probleme geben. Als ich gestern nachmittag mit Dad am Videophon gesprochen habe ... Nun, da dachte ich mir, daß er mich hier vielleicht gebrauchen könnte.«

»Eine gute Idee.« Gomez führte ihn ins Wohnzimmer.

»Wo ist er?« fragte Dan, nachdem er sich umgesehen hatte.

Gomez ging an die Tür zu Jakes Zimmer und klopfte. Er wartete eine halbe Minute, bis er eintrat. »Die Antwort auf deine Frage findet sich offenbar nicht in diesem Zimmer.«

Dan folgte ihm und blickte in das leere Schlafzimmer. »Er hat nicht einmal in seinem Bett geschlafen.«

»Er muß sich davongestohlen haben, nachdem ich mich hingelegt habe.«

»Wohin?«

Gomez zuckte die Schultern und drehte sich um. »Vielleicht wollte er einer bestimmten Sache nachgehen.«

Dan nahm seinen Arm. »Du hast doch in Wirklichkeit einen anderen Verdacht, nicht wahr, Sid?«

Gomez schaute ihn an, versuchte, arglos auszusehen. »Hm?«

»Du denkst, daß er sich vermutlich in eine Tek-Kaschemme davongestohlen hat. Beths Tod war für ihn so ein Schock, daß ...«

»Ich denke überhaupt nichts, mein Junge!« Er nickte in Richtung des Sofas. »Setz dich erst mal.«

»Keine Lust. Er wirft sich vor, für ihren Tod verantwortlich zu sein, so ist es doch!«

Gomez nickte. *»Si*, das tut er.«

»Aber er konnte doch nicht wissen ...«

»Er meint, daß er eher darauf hätte kommen müssen, daß dies hier nur ein Ablenkungsmanöver war, damit er den Mördern nicht in die Quere kommt.«

»Aber warum sollten sie sich so viel Mühe machen? Ich

meine, wenn sie nicht wollten, daß er Beth beschützt, warum haben sie ihn dann nicht einfach zu töten versucht?«

Gomez schüttelte den Kopf. »Es geht hier nicht um Effizienz und Logik, mein Junge. Diese Kerle, die sich das ausgedacht haben, wollten Beth töten. Aber sie wollten auch Jake verletzen. Weißt du, Rache macht manchmal mehr Spaß, wenn es ein Opfer gibt, das darunter leidet.«

»Willst du damit sagen, daß sie ihn gar nicht töten wollen?«

»Genau, Daniel. Weil sie nämlich wissen, daß sie ihn sehr verletzen, wenn er sich für Beths Tod verantwortlich fühlt.«

»Die Mistkerle müssen ihn wirklich hassen.«

»Das tun sie. In erster Linie wollten sie Beth aus dem Weg räumen, aber es war auch ein Racheakt gegen Jake.«

Dan ging zu den abgeblendeten Fenstern hinüber. »Er hat mir am Videophon nicht viel erzählt«, sagte er. »Was genau ist passiert, nachdem ihr Brasilia verlassen habt?«

»Als wir uns hinaus in die Wildnis wagten, nach Fazenda Cinca, bekamen wir es mit einem sehr leistungsfähigen Disabler zu tun. Sie hatten den Generator in einem der Gebäude aufgestellt. Sobald wir in seine Reichweite kamen, hat das verdammte Ding unseren Gleiter außer Gefecht gesetzt. Nichts ging mehr, der Motor war tot, sämtliche Kommunikationseinrichtungen, sogar die Kaffeemaschine. Jake hat es geschafft, eine relativ harmlose Bruchlandung hinzulegen, aber wir waren dort mitten im Dschungel völlig vom Rest der Welt abgeschnitten.«

»Was habt ihr dann gemacht?«

»Wir sind zurück in die Zivilisation marschiert – oder zumindest etwas Ähnliches«, antwortete der Detektiv. »Wir haben von den Vorräten gelebt, die wir aus dem Gleiter retten konnten. Als die aufgebraucht waren, haben wir unsere Mahlzeiten aus der Flora und Fauna des Waldes bestritten. Das war gar nicht so einfach, da selbst unsere Betäubungspistolen nicht mehr funktionierten.«

»Na gut«, sagte Dan nickend. »Jetzt müssen wir meinen Vater suchen.«

»Nein, zuerst müssen wir das Frühstück bestellen.«

»Mir ist jetzt überhaupt nicht . . .«

»Aber mir«, beharrte Gomez. »Anschließend wirst du hierbleiben und dich von der Videowand unterhalten lassen oder mit dem Aussichtsfenster spielen. Ich werde allein losgehen und . . .«

»Aber es könnte ihn etwas zustoßen, während du unterwegs bist.«

»Sie werden ihn nicht töten, Dan. Jedenfalls nicht im Augenblick. Sie werden es zuerst einmal genießen, ihn leiden zu sehen.«

Damit ging er zum Videophon und wählte den Zimmerservice.

Beth war nicht tot.

Als Jake ihren Bungalow in den Hügeln von Berkeley betrat, war sie dort.

Allerdings war keiner der IDKA-Agenten anwesend. Auch der Wachroboter war nicht auf seinem Posten.

Jake war beunruhigt. »Warum sind keine Wachen hier?« fragte er, bevor er sie in die Arme nahm. »Das ist nicht sehr klug.«

Sie lachte, legte ihm die Arme um den Hals und küßte ihn auf die Wange. »Die Tek-Barone glauben, daß ich tot bin.«

»Sicher, aber trotzdem . . .«

»Beruhige dich, Liebling! Du machst dir wirklich zu viele Sorgen!«

»Nach dem, was in Berlin passiert ist, würde ich . . .«

»Aber das war ich doch gar nicht, Jake. Es war ein Androiden-Doppelgänger«, erklärte Beth und drückte ihn fest an sich.

»Was ist mit Agent Neal? Er wurde auch getötet.«

»Ebenfalls nur ein Androide.«

»Du hättest mir sagen sollen, was du vorhattest.«

»Ich habe es versucht, aber ich konnte dich nicht erreichen.«

»Ja, das war meine Schuld. Ich habe mich an den Arsch der Welt locken lassen.«

»Aber es ist doch alles in Ordnung, Jake. Es ist überhaupt kein wirklicher Schaden entstanden.«

Jake hielt sie fest und spürte ihre Wärme. »Als ich dich sterben sah, war es wie . . .«

»Ich bin nicht gestorben, Liebling. Ich bin hier!« Sie küßte ihn.

»Weißt du, Beth«, sagte er nach einer Weile, »es gibt viele Dinge, die ich dir noch nie gesagt habe. Zum Beispiel, wie sehr ich dich liebe und wie sehr du mein Leben verändert hast.«

»Das weiß ich doch alles«, versicherte sie ihm und lachte leise. »Es gibt bessere Mittel als Worte, um solche Gefühle auszudrücken.«

»Manchmal ist es wichtig, so etwas zu *sagen*«, meinte er. »Ich werde es in Zukunft öfter tun.«

»Ich bin ganz zufrieden mit dir, so wie du bist.«

»Vielleicht bin ich es nicht. Also laß mir meinen Willen, ja?«

Sie lächelte. »In Ordnung.« Sie trat einen Schritt zurück und nahm seine rechte Hand. »Ich will jetzt ganz offen mit dir sein -- laß uns ins Schlafzimmer gehen!«

»Das ist eine gute Idee.«

Doch das Bett war bereits besetzt.

Sie setzte sich auf und kicherte, als Jake über die Schwelle trat. »Hallo, Onkel Jake.«

Jake riß sich wütend von Beth los und ging zu Jean Marie Sparey hinüber. »Was machst du denn hier?«

»Beth und ich sind alte Freundinnen. Hat sie dir das nicht gesagt?«

Er drehte sich zu Beth um. »Dieses Mädchen hat mich reingelegt.«

»Nein, das habe ich nicht, Onkel Jake. Komm jetzt ins Bett, und wir werden dir alles erklären. Nicht wahr, Beth?«

Jake schüttelte den Kopf. »Das ist ja verrückt! Jean Marie dürfte eigentlich gar nicht hier sein.«

Beth kam zu ihm, lächelte und wühlte in seinem Haar. »Schmoll nicht, Jake! Das macht dich älter.«

»Egal! Ich sollte eigentlich alles unter Kontrolle haben, aber das hier . . .«

»Quatsch«, sagte Jean Marie, »du hast überhaupt nichts unter Kontrolle, Onkel Jake.«

»Das stimmt«, pflichtete Beth ihr bei. »Nicht einmal deinen Tek-Rausch, Schatz.«

»Nein«, brüllte Jake die beiden Frauen an. »Ihr seid nicht . . .«

»Willkommen daheim, *amigo.*«

Jake blinzelte und sog scharf den Atem ein. Er war wieder in der schwach beleuchteten Nische der Tek-Höhle. Er saß in einem altertümlichen Polstersessel und war an eine Brainbox angeschlossen.

»Du bist ein verdammt guter Detektiv«, sagte er zu seinem Partner.

»Es war nicht schwer, dich zu finden.« Gomez lehnte sich an eine schmutzige, ehemals rosafarbene Wand.

»Kommt jetzt die Moralpredigt?«

»Nein. Sobald du damit fertig bist, dir selbst leid zu tun, können wir zurück ins Hotel fahren«, sagte er. »Dan wartet dort auf dich.«

»Wie, zum Teufel, ist er . . .?«

»Er hat sich Sorgen um dich gemacht«, erklärte Gomez ihn auf. »Der Junge war der Meinung, du könntest unter der Belastung zusammenbrechen und etwas Dummes tun. Dan hat sich Sonderurlaub genommen und ist hergeflogen.«

»Ich bin nicht wieder Tek-abhängig, Sid.«

»Natürlich nicht! Und das hier ist auch keineswegs eine Tek-Höhle, genauso wenig wie es eine Brainbox ist, woran du deinen *cabeza* angeschlossen hast!«

Jake riß sich die Elektroden vom Kopf. »Ich hoffe, das hier war nur eine einmalige Sache.«

»Wenn ich mich recht erinnere«, sagte sein Partner, »höre ich das jetzt schon zum dritten Mal in der letzten Zeit.«

»Verdammt! Sie ist tot!« Jake stand schwankend auf und ballte die Fäuste.

»Das ist vollkommen richtig, *amigo.* Und zwar ist Beth jetzt genauso tot wie zu dem Zeitpunkt, bevor du angefangen hast, dein Gehirn mit diesem Zeug zu ruinieren.«

»Du weißt nicht, was ich durchgemacht habe«, sagte Jake. »Niemand kann es sich vorstellen.«

»Klar doch. Du bist ja auch der einzige *hombre* auf der Welt, der jemals überraschend eine Frau verloren hat«, sagte Gomez. »Komm schon, *amigo,* wach auf! Darum geht es doch letztendlich nur im Leben: zu lernen, wie man Dinge verliert, von denen man überzeugt war, man könnte gar nicht ohne sie leben.«

»Hattest du mir nicht versprochen, keine Moralpredigten zu halten?«

»Das ist keine Moralpredigt. Es ist ein Vortrag. Und ich finde ihn genauso langweilig wie du.«

Jake seufzte. »Okay, okay«, sagte er. »Ich neige offenbar zu Tek-Rückfällen, wenn mir zu übel mitgespielt wird. Weiß Dan, wo ich bin?«

»Er hat da so eine Ahnung.«

»Ich werde ihm sagen, was ich getan habe«, beschloß Jake. »Es hat keinen Zweck zu lügen.«

»Du sagst es.«

»Das Schlimmste daran ist, daß das verdammte Tek nicht einmal geholfen hat. Ich wollte nur eine einfache, tröstende Illusion. Daß Beth noch am Leben ist.« Er bewegte sich mit unsicheren Schritten auf den Ausgang zu. »Statt dessen hatte ich einen Alptraum.«

»Vielleicht ein defekter Chip.«

»Nein, es liegt an mir. Mein Gehirn hat nicht zugelassen, daß ich mir noch länger etwas vormache.«

»Bist du jetzt fertig, im Selbstmitleid zu schwelgen, *amigo?*«

»Scheint so. Warum?«

»Ich habe einen Anruf von Bascom bekommen, kurz bevor ich losmarschierte, um dich aufzustöbern«, antwortete sein Partner. »Cosmos ist beauftragt worden, die Todesfälle in Berlin zu untersuchen.«

»Wer ist der Auftraggeber?«

»Bascom wollte es nicht sagen, aber er hat angedeutet, es könnte eine Regierungsbehörde sein, der die Morde verdächtig vorkommen.«

»Ich glaube nicht, daß wir hier in Brasilien noch mehr herausfinden werden«, sagte Jake. »Ich wollte sowieso auf eigene Faust nach Deutschland.«

»Bist du in der Lage, diesen Auftrag zu übernehmen?«

»Ja, Sid, mach dir darüber keine Sorgen. Ich werde keinen weiteren Tek-Rückfall haben.«

»Es ist etwas völlig Normales, wenn einen ab und zu etwas aus der Bahn wirft. Nur wenn man . . .«

»Ich werde mich nicht wieder daneben benehmen«, versprach er. »Jetzt möchte ich Dan sehen, und dann schicken wir ihn auf eine sichere Heimreise. Wann geht der Flug nach Deutschland?«

»Fünf Uhr nachmittags«, antwortete Gomez.

18

Die Untergrundbahn kam an der Station Flughafen zum Stehen.

»Von hier aus gelangen Sie zu den Flugsteigen nach Europa, meine Damen und Herren«, verkündeten die Lautsprecher in der Decke des Wagens – zuerst auf Portugiesisch und dann auf Englisch.

Jake und Gomez nahmen ihr Gepäck von der Ablage und gingen mit Dan zur nächsten Wagentür.

Doch die Türen blieben geschlossen.

Auf dem überfüllten Bahnsteig schrie eine Frau.

Eine Gruppe von fünf oder sechs uniformierten Polizisten umringten einen gestürzten Mann, seiner zerschlissenen Uniform nach zu urteilen ein Veteran der Brasilianischen Kriege. Mehrere Polizisten schlugen mit Elektroknüppeln auf ihn ein, während ein weiterer ihn in die Rippen trat.

»Erinnere mich bei Gelegenheit daran«, sagte Gomez, »niemals das zu tun, was dieser *hombre* getan hat.«

Dan sah mit aufgerissenen Augen hinaus. »So dürfen sie ihn nicht behandeln!« protestierte er.

»Du hast recht, aber sag das nie zu ihnen!« riet ihm sein Vater.

Die Lautsprecher meldeten sich wieder. »Meine Damen und Herren, wir werden die Türen öffnen, sobald ein kleiner Zwischenfall bereinigt ist, bei dem es um unerlaubte Bettelei geht.«

Der Bettler schrie vor Schmerz auf, zuckte krampfhaft und wurde schließlich bewußtlos. Drei Flughafenpolizisten packten ihn und schleiften ihn über den Mosaikfußboden fort.

»Kein guter Ort für jemanden ohne Arbeitserlaubnis«, stellte Gomez fest, als die Türen sich endlich zischend öffneten.

Dan war immer noch fassungslos. »Aber kein Polizist sollte einen Verdächtigen auf diese Weise . . .«

»Und Besucher von außerhalb sollten einen Polizisten auf keinen Fall kritisieren«, sagte Jake. »Jedenfalls nicht allzu lautstark.«

»Okay«, sagte Dan mit besorgter Miene, »ich verstehe.«

»Du hast noch anderthalb Stunden Wartezeit, nachdem unser Jet nach Berlin gestartet ist und bevor deiner nach GLA abgeht«, sagte Jake, während sie zu den Flugsteigen nach Europa gingen. »Ich möchte nicht, daß du in der Zwischenzeit irgendwelchen Ärger . . .«

»He, ich bin kein kleines Kind mehr! Ich bin ganz allein hergekommen. Niemand mußte meine Hand halten oder mich mit einer Leuchtplakette versehen«, sagte er zu Jake. »Ich denke, ich finde meinen Flugsteig schon allein.«

»Ich will nur sichergehen, daß du dich nicht in Aktionen der hiesigen Gesetzeshüter einmischst.«

»Weißt du, eigentlich sollte ich mit dir und Sid nach Berlin fliegen. Ich könnte euch bestimmt . . .«

»Du gehst jetzt wieder zurück in die Schule!« unterbrach ihn sein Vater.

»Aber wenn ich euch dort helfen könnte, wäre das eine große Bereicherung meiner Ausbildung, Dad.«

»Ich bezweifle«, sagte Gomez, »daß die Staatspolizei von Südkalifornien der gleichen Ansicht ist, *niño.*«

Dan sah ihn stirnrunzelnd an. »Nenn mich nicht einen kleinen Jungen!«

»Cardigan, was für eine unglaubliche Überraschung, Sie hier anzutreffen!« Durch die große kuppelförmige Halle kam der silberhaarige Larry Knerr auf sie zugelaufen. »Sie sind genau der Mann, den ich unbedingt interviewen muß.«

»Verschwinden Sie!« riet Jake ihm.

»Nein, Ich meine es ernst, mein Freund«, fuhr der Reporter der *GLA Fax Times* unbeirrt fort. »Die Sache ist jetzt eine ganz große Story. Was mich besonders interessieren würde, wäre Ihre Reaktion auf den Tod von Beth Kittridge. Ein paar gefühlvolle Äußerungen und dann einige geistreiche Spekulationen über die Leute, die hinter der . . .«

Jake hatte den jungen Mann am Oberarm gepackt. »Ich bin mir noch nicht völlig im klaren darüber, ob Sie und China Vargas mitgeholfen haben, mich hereinzulegen. In diesem Augenblick habe ich allerdings etwas Wichtigeres . . .«

»Hereinzulegen? Du meine Güte, seit wann leiden Sie unter Verfolgungswahn?« Knerr versuchte sich aus Jakes Umklammerung zu befreien. »Wir haben Ihnen den Auftrag verschafft, erinnern Sie sich? Und Sie können mir glauben, daß wir genauso auf die Sparey-Tochter hereingefallen sind wie Sie. Sie müssen wissen, daß die Familie Vargas sich niemals auf solche . . .«

»*Amigo*, ich glaube nicht, daß dieser *Cabrón* so heftig durchgeschüttelt werden muß«, sagte Gomez zu seinem Partner. »Wenn du darauf verzichten möchtest, die Aufmerksamkeit der Gesetzeshüter auf dich zu lenken, solltest du dieses lebhafte Gespräch lieber beenden.«

Jake sah sich um und entdeckte zwei uniformierte Flughafenpolizisten, die ihn hinter einer künstlichen Palme beobachteten. »Ja, du hast recht.« Er ließ den silberhaarigen Reporter los. »Ich habe keine weiteren Informationen für die Presse. Auf Wiedersehen.«

Knerr taumelte ein paar Schritte zurück und rieb sich den Arm. »Ich habe Sie schon einmal gewarnt, Cardigan, daß es Ihnen besser bekommen würde, wenn Sie uns gegenüber ein wenig entgegenkommender wären.« Wütend drehte er sich um und entfernte sich.

Dan sah ihm nach. »Was hat er mit der ganzen Sache zu tun?«

»Darüber bin ich mir noch nicht ganz sicher«, antwortete Jake.

Dan war ungefähr eine Flugstunde von Rio entfernt und auf dem Heimweg nach GLA, als Larry Knerr zu ihm kam. Der Reporter hatte offenbar einen Sitzplatz im vorderen Teil des Jets. Mit einem Drink in der linken Hand kam er den Gang hinuntergeschlendert und blieb neben Dans Sitz stehen. »Hallo! Das ist ja noch so ein unglaublicher Zufall!« sagte er kichernd. »Wir beide auf demselben Flug!«

Dan sah zu ihm auf. »Mein Vater hält nicht sehr viel von Ihnen.«

»Das ist mir auch schon aufgefallen, und es bestürzt mich. Dabei kann ich mir wirklich nicht vorstellen, warum«, sagte Knerr. »Immerhin habe ich große Anstrengungen unternommen, mich bei dem alten Herrn einzuschmeicheln.«

»Die Sache ist die . . . ich würde es vorziehen, mich nicht mit Ihnen zu unterhalten, Mister Knerr.«

»Damit tun Sie mir Unrecht, junger Mann! Ich möchte doch nur ein paar Hintergrundinformationen von Ihnen.« Knerr beugte sich herab. »Und zwar über die Pläne Ihres Vaters, vor allem, was er drüben in Deutschland vorhat. Und auch Sie kannten Beth Kittridge, also können Sie mir über Ihre eigenen Eindrücke von dieser Tragödie berichten, und wie . . .«

»Ich habe meinem Vater versprochen, daß ich auf der Heimreise keine Schwierigkeiten machen werde«, sagte Dan ruhig. »Also sollten Sie jetzt besser verschwinden, bevor ich mein Versprechen breche.«

»Du meine Güte, Sie sind ja genauso unberechenbar wie Ihr Herr Vater.«

»Das liegt in der Familie.«

Knerr schüttelte den Kopf und nahm schnell einen Schluck aus seinem Glas. »Also gut, junger Mann, ich lasse Sie jetzt mit Ihren Gedanken allein«, sagte er. »Aber denken Sie daran, daß ich Ihnen vielleicht eines Tages helfen könnte.«

»Wenn Sie meinen«, sagte Dan.

19

Es war neblig in Berlin. Ein dichtes Grau umgab den internationalen Flughafen und drückte gegen die Plastglaswände des Korridors, der zum Zoll führte. Die mitternächtliche Stadt war im Nebel nicht zu erkennen.

Gomez zog fröstelnd die Schultern hoch. »Ich ziehe tropisches Klima vor«, bemerkte er.

»Davon habe ich auf unserer Wandertour in Brasilien nicht viel gemerkt.«

»Ich meine doch zum Anschauen, *amigo*!«

Am Ende des Korridors hielt ein großer gußeiserner Roboter Wache, in dessen linke Hand ein Scanner eingebaut war. »Bitte halten Sie Ihre Reisepaß-Karte bereit«, sagte er mehrmals zur Schlange der neu eingetroffenen Flugpassagiere, unter denen sich Jake und Gomez befanden.

»Dan müßte inzwischen zurück in GLA sein«, sagte Jake.

»Wie alt würdest du ihn einschätzen?« fragte sein Partner.

»Er ist fünfzehn. Ich werde doch wissen, wie alt mein . . .«

»Das habe ich nicht gemeint. Wie alt würdest *du* ihn einschätzen?«

Jake dachte nach. »Etwa zehn oder elf Jahre, denke ich«, gab er zu.

»In den meisten Situationen kann er bereits ganz gut für sich selbst sorgen.«

»Ihre Reisepaß-Karte, bitte!« sagte der Roboter auf Deutsch zu Gomez und streckte ihm seine Metallhand hin.

Gomez legte die Karte auf den Scanner. Dann trat er geistesabwesend von einem Fuß auf den anderen. »Wie ich schon sagte, Jake, Dan ist . . .«

»Sie sind Gomez Sid?« fragte der Zollroboter nun auf Englisch.

»*Sí,* auch bekannt als Sid Gomez.«

»Wenn Sie bitte in das Nebenzimmer treten und am Eingang 16 warten würden, Herr Gomez!«

»Warum sollte ich das tun?«

»Ich wurde beauftragt, diese Nachricht zu übermitteln. Leider kann ich Ihnen mit keinen weiteren Einzelheiten dienen.«

Gomez zuckte die Schultern und ging in den großen ovalen Raum. Als Jake seine Karte vorlegte, gab der Roboter ihm dieselben Anweisungen.

Vor dem Eingang 16 warteten zwei Männer. Der größere und ältere war ein blonder Mann Mitte Vierzig. »*Good evening*, Jake«, sagte er freundlich und streckte ihm die Hand hin.

Jake studierte das sonnengebräunte Gesicht des Mannes für einen Augenblick. »Reinhard Spellmann?«

»Richtig. Willkommen in Berlin!«

»Bist du immer noch Wachtmeister bei der Hauptstädtischen Polizei?«

»Ich bin jetzt Assistenzinspektor«, antwortete Spellmann. Er zeigte auf den dünnen, dunkelhaarigen Mann neben sich. »Das ist mein Kollege, Leutnant DeSelms.«

Gomez trat einen Schritt vor. »Ist dies ein Empfangskomitee oder so etwas, Inspektor?«

»Jake und ich sind wirklich alte Bekannte. Wir haben vor ein paar Jahren bei zwei oder drei Ermittlungen in Groß-Los-Angeles zusammengearbeitet«, sagte er. »Heute sind wir allerdings dienstlich hier.«

»Willst du uns verhaften?« fragte Jake.

»Nein.« Spellmann schüttelte den Kopf. »Wir vermuten, daß du wegen des tragischen Todes von Frau Kittridge und der zwei IDKA-Agenten hier bist. So ist es doch, Jake, oder?«

»Ja, aber . . .«

»Unser Vorgesetzter, Oberinspektor Hauser, möchte mit dir reden, bevor du mit deinen Ermittlungen beginnst.«

»Worüber?« wollte Jake wissen.

»Über die Tatsache«, antwortete der Assistenzinspektor, »daß wir den Mann verhaftet haben, der Beth Kittridge ermordet hat.«

Inspektor Hauser von der Hauptstädtischen Polizei war ein untersetzter fünfzigjähriger Mann mit rosiger Haut. Er stand breitbeinig neben der Holo-Bühne mitten in seinem Büro, das sich hoch oben im Hauptgebäude der Polizei ganz in der Nähe des Kurfürstendamms befand. »Bisher haben wir noch nichts an die Nachrichtenmedien weitergegeben, meine Herren«, sagte er gerade. »Assistenzinspektor Spellmann hat mir versichert, daß auch Sie nichts davon nach außen dringen lassen werden.«

»Können Sie uns verraten, wie Sie diesem Mann auf die Spur gekommen sind?« Jake saß rittlings auf einem Metallstuhl neben der runden Bühne.

»Nun, er ist eigentlich von selbst zu uns gekommen«, antwortete Hauser, der eine Fernbedienung in der Hand hielt. Er drückte eine Reihe von Knöpfen.

Von der Holo-Bühne kam ein knisterndes Geräusch. Kurz darauf erschien das lebensgroße dreidimensionale Bild eines großen, hageren Mannes. Er trug einen nicht mehr ganz neuen grauen Anzug und hatte sein sandfarbenes Haar kurzgeschoren. Sein linkes Augenlid hing herunter, und zwei Finger seiner rechten Hand waren gekrümmt. Er saß kerzengerade in einem Metallstuhl und hatte Knie und Fersen eng zusammengepreßt.

»Wiederholen Sie bitte Ihren Namen!« forderte eine unsichtbare Stimme ihn auf.

»Will Goldberg.«

»Alter?«

»Neunundzwanzig.«

»Warum haben Sie diese Menschen getötet?«

»Ich wollte nur die Frau töten.«

»Sie meinen Beth Kittridge?«

»Ja. Sie war meine einzige wahre Liebe.«

Jake stand auf. »Wer, zum Teufel, ist dieser Kerl?«

»Bitte sehen Sie sich auch noch die folgenden paar Minuten an, Herr Cardigan!« bat ihn der Oberinspektor.

». . . waren zusammen am Südkalifornischen Technologie-Institut, wo ich mich in sie verliebte«, fuhr Goldberg fort, der immer noch regungslos dasaß. »Wir hatten eine sehr enge Beziehung.«

»Haben Sie mit Ihr geschlafen?«

»O nein! Unsere Beziehung war rein geistiger Natur, alles

andere wäre unangemessen gewesen. Beth hat ab und zu vorgeschlagen, daß wir... gewisse Dinge tun sollten. Aber ich wollte nicht darauf eingehen. Es hätte alles verdorben und...«

»Dieses Arschloch war niemals mit Beth befreundet!« schimpfte Jake, ging um die Bühne herum und stach mit seinem Finger in das lebensgroße Bild.

»Laß uns zuhören, wie es weitergeht«, sagte Gomez, der sich an einen Tisch gelehnt hatte.

»... mehrere Jahre war ich Beths engster Freund. Dann wurde dieser schreckliche Mensch ihr Liebhaber.«

»Wen meinen Sie, Herr Goldberg?«

Ein schmerzhaftes Zucken ging durch den hageren Körper. »Ich möchte seinen Namen nicht aussprechen.«

»Jake Cardigan?«

»Ja. Er hat sie geschändet. Er hat mir meine Beth weggenommen und sie verdorben.« Er hielt beide Augen fest geschlossen. »Ich habe sie angefleht, dem sündigen Leben mit ihm zu entsagen, doch sie hat mich nicht angehört. Als ich erkannte, daß sie ihn niemals aufgeben würde, wußte ich, daß es nur einen Weg gab, um ihre Seele vor der Verdammnis zu retten.«

»Indem Sie Beth töten?«

»Ja. Ihr Körper mußte geopfert werden, damit ihre Seele gerettet werden konnte.« Er lächelte zufrieden. »Jetzt ist sie erlöst.«

»Wie haben Sie das bewerkstelligt, Herr Goldberg?«

»Zufällig kenne ich mich recht gut in der Robotik aus. Das war eins der vielen Interessen, die Beth und ich gemeinsam hatten. Ich begann vor mehreren Monaten, einen Androiden-Doppelgänger von... jenem bösen Mann zu konstruieren. Ich wußte, daß irgendwann der Tag kommen würde, an dem ich ihn benutzen könnte, Beth zu erlösen.«

»Wie haben Sie diesen Androiden nach Berlin geschafft?«

»Freunde haben mir geholfen, ihn einzuschmuggeln. Ich hatte ihn in Einzelteile zerlegt«, erklärte der junge Mann. »Hier habe ich ihn wieder zusammengebaut und den Sprengsatz eingefügt.«

»Ihr Androide ist den Kamikazes, die von den Tek-Kartellen benutzt werden, sehr ähnlich.«

»Natürlich. Ich habe mir diese Androiden als Vorbild genommen. Allerdings war meiner, soweit ich das beurteilen kann, wesentlich ausgefeilter und effizienter.«

»Sie behaupten also, daß Sie nicht für eins der Tek-Kartelle arbeiten?«

»Ich arbeite nur, um Gottes Wille zu erfüllen.«

Das Bild verschwand von der Projektionsfläche.

Jake wandte sich Oberinspektor Hauser zu. »Dieser Kerl ist ein Schwindler«, sagte er ungerührt.

Der dicke Mann schüttelte verneinend den Kopf. »Ganz und gar nicht, Herr Cardigan.«

»Jedes Detail seiner Geschichte ist überprüfbar, Jake«, fügte Spellmann hinzu. »Wir haben sogar die drei Leute, die ihm halfen, den Androiden ins Land zu bringen.«

Jake schüttelte den Kopf. »Es ist mir egal, was Sie herausgefunden haben. Will Goldberg war niemals mit Beth Kittridge befreundet.«

»Auch diese Aussage entspricht den Tatsachen«, sagte Hauser ruhig. »Wir haben sie ebenfalls genauestens überprüft. Goldberg und Frau Kittridge waren tatsächlich zusammen am Technologie-Institut in Groß-Los-Angeles, Herr Cardigan. Mehrere zuverlässige Zeugen haben bestätigt, daß sie einen sehr engen und vertraulichen Umgang miteinander hatten.«

»Das stimmt doch überhaupt nicht!«

Spellmann hüstelte. »Was macht dich so sicher, Jake?«

»Beth hat mir von den Männern erzählt, mit denen sie eine Beziehung hatte.«

»Vielleicht hatte sie einen Grund, die Beziehung mit Goldberg zu verschweigen.«

»Was willst du damit sagen, Reinhard?« Jake ging zu Spellmann hinüber und baute sich vor ihm auf. »Verdammt, ich habe sie besser gekannt als sonst jemand. Sie hat mich nie angelogen und mir nie etwas Wichtiges verheimlicht.«

»Zumindest hattest du diesen Eindruck.«

»Nein, ich wußte es!«

»Jake, die Geschichte dieses Mannes gibt bislang keinen Anlaß zu Zweifeln«, sagte der Assistenzinspektor eindringlich. »Natürlich untersuchen wir noch ein paar Einzelheiten, aber ich muß dir sagen . . .«

»Komm schon, du glaubst doch nicht wirklich, daß ein fanatischer Einzelgänger für die Morde verantwortlich ist?« bedrängt Jake ihn. »Es kann doch nicht nur ein Zufall sein, daß die Tek-Kartelle von Beths Tod profitieren!«

»Ein guter Ermittler sollte einen Fall nicht mit allzu vielen Vorurteilen angehen, Herr Cardigan«, gab Hauser zu bedenken.

»Ja, aber ein guter Ermittler sollte auch nicht auf einen offensichtlichen Schwindler hereinfallen.«

»Dann hat man Sie in Rio wohl nicht hereingelegt, oder?« fragte Hauser. »Vielleicht sollten Sie . . .«

»Lassen Sie mich mit Goldberg sprechen!« verlangte Jake.

»Das ist im Augenblick leider nicht möglich.«

»Ich könnte ihn dazu bringen, die Wahrheit zu sagen.«

»Er befindet sich in der psychiatrischen Abteilung. Wenn man dort mit ihm fertig ist, wäre es vielleicht . . .«

»Wie lange wird das dauern?«

»Noch ein paar Tage.«

»Inspektor Hauser, in ein paar Tagen könnten die wahren Mörder längst . . .«

»Herr Cardigan, da Inspektor Spellmann sich so sehr für Sie eingesetzt hat, habe ich gegen meine Überzeugung gehandelt und Ihnen streng vertrauliche Informationen zugänglich gemacht«, sagte Hauser. »Ich hoffe, daß Sie jetzt meinen Rat annehmen und diesen Fall nicht weiter auf eigene Faust verfolgen.«

Jake atmete tief ein und aus. »Ich bin Ihnen sehr dankbar für diese Informationen«, sagte er. »Wir werden zu niemandem darüber sprechen, während wir in der Stadt sind.«

»Dann beabsichtigen Sie also, in Berlin zu bleiben?«

Jake grinste. »Zumindest für eine Weile.«

20

Eine junge Blondine saß auf dem Kunstledersofa im Salon ihrer Suite im Palasthotel, als sie eintrafen. Sie trug einen schwarzen Freizeitanzug, schwarze Handschuhe und Stiefel. An ihrem rechten Zeigefinger baumelte eine silberne Laserpistole.

»Ich mag es nicht, wenn man mich so lange warten läßt«, sagte sie. »Wo habt ihr die ganze Zeit gesteckt, ihr Idioten?«

Gomez ließ sie nicht aus den Augen, während er mit seinem Absatz die Tür hinter sich zustieß. »Gehören Sie zufällig zur Zimmerausstattung, Miss?«

»Ach ja, richtig, Gomez, du bist ja der Witzbold in eurem Team.« Sie ließ die Waffe zweimal herumwirbeln, bevor sie sie in ihr Schulterholster zurückschob. »Ihr hättet schon vor mehreren Stunden eintreffen müssen. Was ist passiert?«

Jake nahm ihr gegenüber Platz. »So, nun werde ich die Gesprächsführung übernehmen«, sagte er. »Zuerst verraten Sie uns einmal, wer Sie überhaupt sind!«

»Wißt ihr das etwa nicht?«

»Ich weiß nur, daß Sie jemand sind, der sich alle Mühe gibt, uns zu beeindrucken. Ansonsten habe ich nicht die leiseste Ahnung, wer Sie sein könnten«, verriet er ihr.

»Außerdem ist sie entweder sehr schlau, oder sie hat gute Beziehungen. Immerhin hat sie es geschafft, hier einzudringen«, fügte Gomez hinzu.

»Beides ist zutreffend«, sagte sie. »Mein Name ist Jenny Keaton.«

Gomez ging zu einem Sessel. »Sie sprechen Ihren Namen auf eine Art und Weise aus, als würden Sie von uns erwarten, mit den Fingern zu schnippen und zu sagen: ›Ach, natürlich!‹«

Sie zog die Stirn in Falten. »Hat Bascom euch nicht gewarnt, sich vor mir in acht zu nehmen?«

Jake schüttelte den Kopf. »Nein.«

»Dann hat er euch auch nicht von dem Ärger erzählt, den ich mit Direktor Waugh hatte?«

»Spielen Sie vielleicht auf Gerald H. Waugh von der Behörde für Innere Sicherheit der Vereinigten Staaten an?«

»Ja, sicher. Auf wen denn sonst?«

Gomez schnippte mit den Fingern. »Ach, natürlich!«, sagte er. »Waugh und Bascom sind alte Kumpel. Die BIS muß jene Regierungsbehörde sein, die Cosmos mit diesem Fall beauftragt hat.«

»Du hast den Nagel auf den Kopf getroffen«, sagte Jenny. »Ich dachte, ihr zwei wüßtet, für wen ihr arbeitet.«

»Bascom pflegt uns gelegentlich darüber im unklaren zu lassen, wer unser Auftraggeber sein könnte«, erklärte Gomez.

»Also, ich habe Waugh gesagt, daß ich sehr wohl in der Lage bin, allein mit der Sache fertig zu werden«, erwiderte die junge Frau. »Und daß ich hier in Berlin keine zwei altersschwachen Exbullen gebrauchen kann, die sich nur zum Clown machen und mir ständig in die Quere kommen.«

Gomez lächelte sie an. »Ich möchte wetten, Sie haben an der Schule niemals Stunden in Öffentlichkeitsarbeit oder Diplomatie belegt!«

»Arbeiten Sie für die Innere Sicherheit, Miss Keaton?« fragte Jake.

»Offensichtlich. Die BIS hat den Auftrag zu untersuchen, ob jemand aus der IDKA in diese Morde verwickelt sein könnte.«

»Haben Sie irgendwelche Papiere?«

Mit einem ungeduldigen Murren zerrte sie ein Ausweisetui hervor und warf es ihm entgegen. »Hier!«

»Haben Sie uns vielleicht deshalb aufgesucht, um vorzuschlagen, gemeinsam an diesem Fall zu arbeiten, *chiquita*?« wollte Gomez wissen. »Auf daß wir unsere Fähigkeiten zusammentun und als unschlagbares Team . . .«

»Ich wüßte nicht, von welchen Fähigkeiten du redest.« Sie stand auf. »Nein, ich wollte euch Trottel nur warnen.«

Jake gab ihr die Ausweispapiere zurück. »Sie sind echt«, sagte er. »Demnach sind Sie Assistenzdirektor bei der BIS. Ich bringe es immer durcheinander – ist das nun mehr oder weniger als ein stellvertretender Direktor?«

»Weniger.« Sie verstaute die Papiere wieder in ihrer Jacke.

»Sie wollten uns vor irgend etwas warnen«, erinnerte Gomez sie.

»Ihr sollt mir nicht in die Quere kommen«, sagte sie. »Ich mußte bitten und betteln, diesen Fall übertragen zu bekommen. Ich will nicht, daß einer von euch mir die Sache vermasselt.«

»Könnte es sein«, überlegte Jake, während er langsam aufstand, »daß Direktor Waugh eine unabhängige Agentur eingeschaltet hat, weil er seinen eigenen Leuten nicht mehr ganz über den Weg traut?«

»Mir vertraut er.«

»Immerhin mußten Sie bitten und betteln, wie Sie gesagt haben.«

»Also gut. Ihr wißt sicherlich, daß Geld aus Tek-Geschäften manchmal auch die höheren Kreise erreicht«, sagte sie. »Im Augenblick sieht es so aus, als würden sich etliche Leute in Washington gegenseitig verdächtigen. Ich persönlich habe überhaupt keinen Zweifel, daß irgend jemand aus unserer Behörde nicht zuverlässig sein könnte.«

»Aber Sie konnten Waugh nicht davon überzeugen, stimmt's?«

»Nicht ganz«, gab sie zu. »Aber ich habe ihn dazu gebracht, daß ich mich mit dem Mordfall befassen kann. Und zwar unabhängig und auf eigene Faust.« Sie machte sich auf den Weg zur Tür. »Und jetzt noch einmal zum Mitschreiben, meine Herren: Lassen Sie mich bitte in Ruhe, dann werde auch ich Sie in Ruhe lassen. Denken Sie daran, daß ich Ihnen Schwierigkeiten machen werde, wenn ich feststelle, daß Sie falsches Spiel treiben.«

»Wir haben verstanden.« Jake öffnete ihr die Tür. »Wir werden uns genauso verhalten.«

Es war früh am Morgen, als Jake an die Tür zu Gomez' Zimmer klopfte. Er öffnete und trat ein.

Gomez setzte sich auf. »Probleme, *amigo*?«

»Nein, ich wollte dir nur sagen, daß ich mich jetzt auf die Socken mache.«

»Wenn meine innere Uhr richtig geht, würde ich sagen, daß es eine unchristliche Zeit für ein solches Vorhaben ist.«

»Es ist sechs Uhr früh«, sagte Jake. »Ich wollte nur vermeiden, daß du mich in den Berliner Tek-Höhlen suchst, wenn du feststellst, daß ich nicht da bin.«

»Was hast du vor?«

»Mit Will Goldberg reden.«

»Ich hatte den Eindruck, die Berliner Polizei möchte das nicht.«

»Als Spellmann vor einigen Jahren in GLA war, habe ich ihm hin und wieder einen Gefallen getan.«

»Und jetzt hast du ihn überzeugt, daß er dir noch einen Gefallen schuldig ist?«

Jake nickte. »Spellmann wird mich in das Hospital einschleusen, in dem Goldberg festgehalten wird.«

»Und ich werde mich vermutlich noch mindestens eine Stunde im Bett herumlümmeln«, sagte sein Partner. »Dann werde ich aufbrechen, um einige alte Bekannte hier in Berlin aufzusuchen.«

»Du scheinst wohl überall gute Kontakte zu haben.«

»Entgegen der Ansicht von Jenny Keaton bin ich ein sehr sympathischer und gewinnender Charakter«, sagte Gomez. »Und während meines letzten Auftrags in Berlin war ich mit Trink- und Schmiergeldern sehr großzügig. Aus diesem Grund werden mich viele hiesige Informanten in bester Erinnerung haben.«

21

Der Himmel über Berlin war immer noch neblig, als Inspektor Spellmann am frühen Morgen mit dem Polizeigleiter zur geschlossenen psychiatrischen Anstalt flog.

»Ich weiß nicht, ob du dich dazu in der Lage fühlst«, sagte er zu Jake, »aber heute nachmittag gibt es eine Trauerfeier für Beth Kittridge und die zwei IDKA-Agenten.«

»Wann und wo?«

»Um drei, in der Kapelle der amerikanischen Botschaft.«

»Vielleicht gehe ich hin.«

»Wir sind nicht gerade die dicksten Freunde, Jake«, sagte der Polizist, als sie durch den nebligen Morgen flogen. »Aber ich kenne dich jetzt schon seit vielen Jahren.«

»Bevor und nachdem ich in Ungnade gefallen bin.«

»Beths Tod hat dich offenbar sehr hart getroffen«, sagte Spellmann. »Es ist möglich, daß deine Gefühle dir bei deinen Ermittlungen . . .«

»Du meinst, wenn ich im Augenblick nicht etwas von der Rolle wäre, könnte ich es ohne weiteres akzeptieren, daß Will Goldberg sie getötet haben soll?«

»Vielleicht würdest du die Tatsachen dann etwas unbefangener in Augenschein nehmen.«

»*Tatsache* ist, daß Beth durch einen Kamikaze-Androiden getötet wurde, wie er von den Tek-Baronen benutzt wird«, sagte Jake. »Goldberg ist ein Schwindler, der den Verdacht ablenken soll.«

»Wie gesagt, haben auch wir diese Möglichkeit in Betracht gezogen, Jake.«

»Aber dann seid ihr sofort wieder auf diesen Quatschkopf zurückgekommen.«

»Die Leute von der Spurensicherung untersuchen gerade die Überreste des Androiden«, sagte Spellmann und beugte sich vor, um die Landekoordinaten einzugeben. »Bisher weist nichts darauf hin, daß dein Doppelgänger nicht in Südkalifornien gebaut wurde.«

»Das will ich überhaupt nicht abstreiten. Genauso wenig die Möglichkeit, daß Goldberg das Ding tatsächlich selber zusammengebastelt hat«, sagte Jake. »Aber dieses Arschloch war niemals mit Beth befreundet.«

»Unsere Nachforschungen deuten aber darauf hin.«

»Habt ihr jemanden nach Groß-Los-Angeles geschickt?«

»Nein, aber wir haben die Polizei von GLA beauftragt, die entsprechenden . . .«

»Verdammt, es hat keinen Sinn, sich darüber zu streiten«,

sagte Jake, während der Gleiter auf dem Dach des mehrstöckigen schwarzen Gebäudes in der Nähe des Volksparks niederging. »Du wirst mich nie davon überzeugen können, daß Beth eine Affäre mit diesem religiösen Fanatiker gehabt hat. Und erst recht nicht, daß er meinetwegen übergeschnappt ist und sie deswegen töten wollte.«

»Zugegeben, der Mann handelt nicht sehr vernünftig, aber ich finde, das macht seine Geschichte nur um so glaubwürdiger.«

»Ich bin dir zu Dank verpflichtet, daß du mich hier einschleust«, sagte Jake.

»Ich hoffe, daß dieser inoffizielle Besuch dich davon überzeugt, daß wir den wahren Mörder gefunden haben und du dich nicht länger in Berlin herumtreiben mußt.« Er öffnete die Tür und trat auf den nebligen Landeplatz hinaus. »Mit diesen Papieren hier kannst du dich als Dr. Warren Steiner vom Frankfurter Krankenhaus ausweisen.«

Jake nahm die falschen Ausweispapiere an sich. »Vermutlich denkst du jetzt, daß ich in der Rolle eines Patienten wesentlich überzeugender wäre«, sagte er.

Das Café Electric befand sich in der Karl-Marx-Allee, gleich neben einem Nazi-Souvenirladen. Gomez ging leise vor sich hin pfeifend daran vorbei und betrat das kleine Café.

An den Tischen saßen knapp zehn Gäste, und der einzige Kellner, ein schwergewichtiger Androide in Lederhosen, lag ausgestreckt auf dem Rücken neben dem Frühstücksbuffet. »Der Kellner ist kaputt«, rief der junge Chinese im Mantel. Er stand auf und winkte Gomez mit seinem rechten Metallarm heran. »Du wirst dich schon selbst vom Buffet bedienen müssen.«

Gomez trat an den Tisch. »Ich möchte kein Frühstück, sondern Informationen, Timecheck.«

Als der Informant sich wieder setzte, betrachtete er eine der Uhren, die in seinen Arm eingebaut waren. »Du hast ziemlich lange gebraucht, Kumpel«, stellte er fest. »Ich habe dich um 6 Uhr 14 angerufen, und jetzt ist bereits 6 Uhr 31 durch.«

»Ich habe mich zwischendurch angezogen«, sagte Gomez und setzte sich. »Was machst du hier in Deutschland?«

»Ich sehe mir die Welt an«, antwortete Timecheck. »Niemand scheint sich darüber im klaren zu sein, wie wenig Zeit uns zur Verfügung steht. Daher habe ich beschlossen, noch etwas von der Welt zu sehen, bevor ich ins Gras beiße.«

»Du hast angedeutet, du hättest ein paar interessante Neuigkeiten zu verkaufen.«

»Hast du schon gefrühstückt?« Vor dem Chinesen stand eine große Platte mit Speisen.

»Unterwegs auf die Schnelle.«

»Komm, hol dir eine Currywurst mit Kartoffelsalat.«

Gomez verzog das Gesicht. »Um diese Tageszeit ziehe ich Cornflakes vor.«

»Das ist ebenfalls so eine Sache, über die die meisten Leute nie nachdenken. Das Leben ist kurz, und es gibt so viele Gerichte auszuprobieren. Aber wir hängen an unseren Gewohnheiten und lehnen es ab ...«

»Ich kann nie genug von Cornflakes bekommen. Also, was wolltest du mir ...«

»Kannst du dir meine Überraschung vorstellen, Kumpel, als ich Wind davon bekam, daß du dich ebenfalls in Berlin herumtreibst?« Timecheck klopfte gegen seinen Metallarm und nahm eine der Uhren genauer in Augenschein. »Die verdammte Uhr mit der kalifornischen Zeit geht schon wieder vier Sekunden nach.«

»Laß uns jetzt zum geschäftlichen Teil kommen!«

Timecheck machte sich mit seiner Gabel über den Rotkohl her. »Warum nimmst du dir nicht wenigstens eine Portion Strudel?«

»Was weißt du über den Mord an Beth Kittridge?«

»Darüber *weiß* ich überhaupt nichts«, antwortete Timecheck. »Aber ich habe in den letzten Tagen ein paar interessante Sachen *gehört*. Weißt du, Gomez, das ist einer meiner besonderen Vorzüge, daß ich nämlich ein besseres Gehör als die meisten Leute habe.« Er steckte sich eine Gabel Rotkohl in den Mund. »Ich wollte eigentlich auch Spätzle essen, aber das Zeug sieht nicht sehr vertrauenerweckend aus. Gerade als ich mit dem Kellner darüber reden wollte, gab seine Batterie den Geist auf, und er fiel einfach um. Jetzt liegt er da. Seit etwa . . .« Er schob den Ärmel seiner karierten Jacke zurück, um seine Uhren zu konsultieren. ». . . etwa dreizehn Minuten und zehn Sekunden. Offenbar sieht man das alles hier nicht so eng. Wenn ein Kellner umfällt, stört sich niemand daran.«

»Sag mir jetzt«, drängte Gomez, »was du gehört hast!«

Timecheck stützte beide Ellbogen auf die Tischplatte. »Dieser Goldberg ist ein Schwindler«, sagte er.

»Zu dieser Erkenntnis sind wir bereits von selbst gekommen.«

»Er ist ein gescheiterter Elektronik-Freak und ein eifriger Tek-User«, fuhr der Informant fort. »Er glaubt tatsächlich daran, daß man ihn bald auslösen und ihm eine beträchtliche Summe zahlen wird.« Timecheck lachte, schüttelte den Kopf und aß weiter. »Als sie sein Gehirn mit ein paar falschen Erinnerungen versehen haben, die jeder polizeilichen Untersuchung standhalten, haben sie auch eine kleine Überraschung eingebaut«, sagte er kauend.

»Und die wäre?«

»Ich will es mal so ausdrücken: Goldbergs Zeit ist – ohne sein Wissen – äußerst begrenzt«, sagte Timecheck. »Der Kerl ging tatsächlich mit Beth Kittridge an die Uni, nur daß sie niemals befreundet waren. Das ist einer der Gründe, warum sie Goldberg als Sündenbock für diesen Mord ausgesucht haben. Seine Vergangenheit ließ sich problemlos aufpolieren, um die Liebesgeschichte glaubhaft zu machen.«

»Wer steckt hinter der Sache?«

»Ich weiß es noch nicht. Aber es könnte sich um eins der größeren Tek-Kartelle handeln.«

»Hast du sonst noch etwas?«

Timecheck lachte erneut. »Würde ich dir zweitausend Dollar für das berechnen, was ich dir bisher verraten habe? Du solltest mich besser kennen, Kumpel.«

»Dann streng dich an, um dir die restlichen eintausendfünfhundert Dollar zu verdienen.«

»Goldberg hat den Doppelgänger von Jake nicht gebaut«, sagte der Informant. »Wer hat es also getan? Nun, um das herauszufinden, mußt du nur mit dem Einzigartigen Otto sprechen.«

»Der Einzigartige Otto?« wiederholte Gomez ohne besondere Begeisterung. »Wer ist das?«

»Ein Zauberer.«

»Und?«

»Der Kerl, der weiß, wer den Killer-Androiden wirklich gebaut hat.« Timecheck gab ihm eine Adresse. »Du solltest ihn mal besuchen.«

»Das werde ich.«

»Aber warum probierst du nicht erst von diesem Strudel?«

Jake und Inspektor Spellmann gingen durch mehrere grellweiße Korridore. In jedem Stockwerk kontrollierte ein weiß emaillierter Medo-Roboter ihre Ausweise und gestattete ihnen dann den Zutritt ins nächsttiefere Stockwerk.

»Du kannst nur ein paar Minuten mit Goldberg sprechen«, sagte Spellmann leise.

»Das könnte schon genügen.«

»Natürlich wirst du ihm auf keinen Fall drohen oder Gewalt anwenden.«

»Natürlich nicht.«

»Er liegt in einem Einzelzimmer gleich hinter der nächsten Ecke.«

Sie betraten einen Korridor, der genauso weiß wie die vorherigen war. Ein kleines Stück weiter stand eine weiße Tür offen.

»Ist das sein Zimmer?« fragte Jake.

Spellmann rannte los. »Ja, das ist es!«

Im Zimmer standen ein weißes Bett und zwei weiße Metallstühle. Die Bettdecke lag unordentlich auf dem Fußboden.

Will Goldberg war nirgendwo zu sehen.

22

Das alte Theater ›Mechanische Bühne‹ lag im Halbdunkel und hallte von Gomez' Schritten wider. Als er sich durch den Mittelgang über den abgewetzten Fußbodenbelag der hell erleuchteten Bühne näherte, stiegen ihm die Gerüche von Feuchtigkeit, Schimmel und Verwesung in die Nase, aber er roch auch frisch gebrauten Kaffee.

Auf der Bühne war eine üppige Festtafel aufgebaut worden, an der ein Dutzend feierlich gekleideter Männer und Frauen saß.

Ein kleiner graubärtiger Mann im Smoking schob seinen geschnitzten Stuhl zurück und kam an den Bühnenrand. »Herr Gomez, nicht wahr?«

Gomez blieb kurz vor dem Orchestergraben stehen. »Und Sie sind der Einzigartige Otto?«

»Ja, der bin ich«, sagte er auf Deutsch und verbeugte sich. Als er sich wieder aufrichtete, hob er seinen linken Arm, der aus Metall bestand, und pflückte einen Strauß gelber Rosen aus der Luft. »Bevor dieses Theater vor vielen Jahren zu einer Androiden-Bühne umgebaut wurde, war ich hier die Hauptattraktion.« Er warf die Blumen hoch, die mitten im Flug in einem goldenen Lichtblitz verschwanden.

»Beeindruckend.« Gomez musterte die Gruppe, die an der Tafel saß. »Und die anderen sind auch Androiden, oder?«

»Ja, Herr Gomez. Ich bin jetzt der Hausmeister, und ich frühstücke nicht gerne allein«, erklärte er. »Aber ich mag kein geistloses Geschwätz, so daß ich die Kollegen meistens ausgeschaltet lasse. Darf ich Sie vielleicht zu einer Tasse Kaffeeimitat einladen?«

»*Sí*, vielen Dank.« Er kam über die Seitenstiege auf die Bühne.

»Timecheck hat mir mitgeteilt, daß Sie kommen würden, und mir ein Bild von Ihnen gegeben.« In seiner Metallhand erschien ein Fax-Foto. »Sie müssen ein wenig zugenommen haben.«

Gomez nahm das Bild und betrachtete es. »Nur um den Bauch herum.«

Der Einzigartige Otto packte einen gutaussehenden Schauspiel-Androiden am Kragen seines Smokings und hob ihn aus dem Stuhl. »Ihr Platz wird anderweitig benötigt, Herr Baron!«

Der Androide fiel mit einem lauten Krachen auf die Bühne.

Gomez stieg über ihn hinweg und setzte sich neben eine reglose rothaarige Frau. »Timecheck sagte, Sie hätten mir einiges zu erzählen«, sagte er zu dem graubärtigen Zauberer.

Der Einzigartige Otto ging zu seinem Platz zurück. »Es könnte äußerst gefährlich für mich werden, wenn ich Ihnen verrate, was ich weiß.« Er starrte in den dunklen Zuschauerraum hinaus. »Bis jetzt wissen glücklicherweise nur Sie und Timecheck, daß ich zufällig etwas aufgeschnappt habe. Es ist eine sehr wertvolle Information.«

»Wie wertvoll?«

Der Einzigartige Otto richtete seinen metallenen Zeigefinger auf eine leere Tasse, die sich daraufhin mit dampfendem Kaffeeimitat füllte. »Was ich weiß, ist schätzungsweise fünftausend Dollar wert.« Er reichte Gomez die Tasse.

»Sie haben einen sehr praktischen Finger.«

»Ich verfüge über ein eingebautes Arsenal von über fünfhundert Tricks und Zauberapparaturen«, sagte der Zauberer stolz. »Kein anderer Künstler in ganz Deutschland kommt dem auch nur nahe.«

»Beeindruckend«, wiederholte Gomez. »Bekommen wir für diesen Preis die Identität des Herstellers des Androiden, durch den Beth Kittridge ums Leben kam?«

Der Zauberer nahm einen Schluck Kaffee. »Ja, ich kann Ihnen sagen, wer ihn gebaut hat«, versprach er.

»Das ist höchstens dreitausend Dollar wert.«

»Nein, fünftausend Dollar!«

Gomez schüttelte den Kopf und erhob sich. »Er sieht ganz so aus, als könnten wir nicht . . .«

»Viertausendfünfhundert Dollar.«

»Viertausend.«

Der Einzigartige Otto sackte leicht in seinem Stuhl zusammen. »Also gut, Herr Gomez.«

»Wurde der Kamikaze hier in Berlin hergestellt?«

»Ja, ganz in der Nähe. Daher habe ich davon erfahren.«

»Wer hat das Ding gebaut?«

Der Zauberer hielt zwei Metallfinger hoch. »Es waren zwei«, antwortete er. »Ein Ehepaar, um genau zu sein. Im Augenblick sind sie in der Schweiz auf Reisen, aber bis letzte Woche waren sie . . .«

»Sie sind heute morgen äußerst geschwätzig, alter Mann!« Am gegenüberliegenden Ende des Tisches war einer der Androiden aufgestanden. In der behandschuhten Rechten hielt er eine Laserpistole.

Sie fanden Will Goldberg in der Notaufnahme. Der geständige Mörder war an ein weißes Medo-Bett geschnallt. Zwei weiße Roboter und ein dicker menschlicher Arzt kümmerten sich um ihn.

Der junge Mann wand sich in Krämpfen auf dem Bett. Er hatte die Augen zugekniffen und knirschte mit den Zähnen. Seine Haut war kalkweiß, und sein Atem ging rasselnd.

Jake und Inspektor Spellmann beobachteten die Szene von draußen durch die durchsichtige Plastglaswand.

»Was ist los mit ihm?« fragte Jake.

Spellmann tippte etwas in die Tastatur unter dem Videoschirm an der Wand ein. Auf dem grünlichen Bildschirm erschien ein Bericht über den Zustand des jungen Mannes. »Nach dem, was hier steht, liegt er im Sterben«, sagte der Inspektor. »Er hat ein synthetisches Virus – auch als Zeitbomben-Virus bekannt.«

»Etwas, das man ihm verabreicht hat, bevor er hierher gebracht wurde?«

»Genau. Vor höchstens zehn Tagen, haben die vorläufigen Tests ergeben. Es hat offenbar um fünf Uhr heute morgen zugeschlagen.«

»Kann man ihn retten?«

Spellmann drückte erneut ein paar Tasten und zeigte auf den Schirm. »Sieh selbst!«

»Irreversibel«, las er ab.

»Vielleicht könntest du jetzt endlich deine Theorie aufgeben . . .«

»Vielleicht kann ich trotzdem noch etwas herausfinden.« Jake ging zur Tür des Krankenzimmers und riß sie auf.

»Du kannst dort nicht hinein!« Der Inspektor lief hinter ihm her.

Jake stürmte ins Zimmer, wich einem Roboter aus und blieb neben dem Bett stehen. »Goldberg!«

»Bitte treten Sie zur Seite!« sagte der schwergewichtige blonde Arzt. »Dieser Mann ist in kritischem Zustand!«

Jake nahm Goldbergs Arm. »Hören Sie zu – ich bin Jake Cardigan.«

»Ich muß Sie bitten, sofort zu gehen« beharrte der Arzt.

»Lassen Sie mich in Ruhe!« warnte Jake ihn. Er beugte sich tiefer zu dem Sterbenden hinunter. »Goldberg, ich bin Jake Cardigan. Ich bin es, den Sie angeblich hassen.«

Die Augenlider des jungen Mannes flatterten und öffneten sich dann einen Spalt. »Jake . . .«

»Wer hat Sie bezahlt? Wer steckt hinter der Sache?«

Der junge Mann öffnete sein rechtes Auge ganz und starrte Jake an. »Ein falsches Spiel«, sagte er mit heiserer Stimme. »Ich habe . . . vertraut Sonn . . . Sonne . . .«

»Wer?« Jake schüttelte ihn. »Wer hat das angezettelt? Wer hat Sie betrogen?«

»Sands . . . Sonn . . .« Dann gab er gurgelnde Geräusche von sich und begann heftig zu zittern.

Der Arzt drängte Jake zur Seite und beugte sich über Goldberg. »Sie Idiot, jetzt stirbt er!«

»Er lag schon im Sterben, bevor ich hereinkam.«

»Sonn . . .« Goldberg riß beide Augen auf und versuchte sich aufzusetzen. »Man hat mich reingelegt . . .«

Dann verließ ihn das Leben. Er sackte zusammen und spuckte mit seinem letzten Atemzug Blut aus.

23

Der Schauspiel-Androide war groß und gutaussehend. Er lächelte Gomez und den Einzigartigen Otto an, während er seine Laserpistole in Hüfthöhe hielt. »Herr Gomez, es gibt für mich keinerlei Grund, *Sie* zu töten«, beruhigte er ihn mit tiefer, volltönender Stimme.

»Das weiß ich sehr zu schätzen«, sagte Gomez und rutschte unruhig in seinem Stuhl hin und her. »In gewisser Weise bin ich lediglich ein unbeteiligter Zuschauer.« Er machte eine unbeholfene Geste mit der rechten Hand, wobei er gegen die reglose Schauspiel-Androidin neben sich stieß. »Hoppla!« er lachte entschuldigend, packte sie an der nackten Schulter und richtete sie wieder auf.

»Wer hat dich aktiviert?« fragte der Zauberer den Androiden. »Eigentlich dürfte sich niemand an den Schauspielern zu schaffen machen, die hier gelagert . . .«

»Man will vermeiden, daß Sie Ihr Wissen ausplaudern«, erklärte der Androide. Er stützte sich mit der freien Hand auf der Tischfläche ab. Der Lauf seiner silbernen Laserwaffe war genau auf den Einzigartigen Otto gerichtet.

»Was meinst du damit?«

»Im wesentlichen beziehe ich mich auf gewisse Dinge, die Sie zufällig über einen gewissen Kamikaze erfahren haben, Herr Otto.« Der Schauspieler drehte den Kopf in Gomez' Richtung. »Sobald ich ihn getötet habe, können Sie gehen, Herr Gomez.«

»Das ist wirklich sehr großzügig von Ihnen«, sagte Gomez mit einem nervösen Zittern in der Stimme. »Übrigens sollten Sie wissen – da Sie ja die ganze Zeit anwesend waren und sich totgestellt haben, wie man so sagt –, daß ich bisher noch rein gar nichts vom Einzigartigen Otto erfahren habe.« Damit machte er wieder eine ausladende Geste.

Diesmal stieß er heftiger gegen die Schauspiel-Androidin. Sie kippte langsam nach rechts und fiel vom Stuhl, bevor Gomez sie auffangen konnte.

Wie Gomez erwartet hatte, wurde der Androide dadurch veranlaßt, in ihre Richtung zu blicken.

Gomez warf sich zurück und ließ sich mit seinem Stuhl nach hinten fallen. Er vollführte einen geschickten Purzelbaum und sprang in den Orchestergraben. Im Fallen zog er seine Betäubungspistole.

Er rollte über den verstaubten Boden und kam wieder auf die Beine.

Oben auf der Bühne schob der Androide die umgefallene Schauspielerin zur Seite, damit er an die Rampenlichter treten konnte. Gomez feuerte seine Betäubungspistole auf ihn ab.

Die gutaussehende Maschine erstarrte, schwankte und stürzte dann zurück gegen die Festtafel. Geschirr fiel zu Boden; dann rührte der Androide sich nicht mehr.

»*Bueno*«, stellte Gomez fest, als er zurück auf die Bühne kletterte.

»Menschen sind wesentlich schwieriger auszutricksen als mechanische Schauspieler, finden Sie nicht auch, Herr Gomez?« Zwei große Männer mit glänzenden Kahlköpfen waren von links aus den Kulissen auf die Bühne gekommen.

Jeder von ihnen trug eine Laserwaffe. Der stämmigere der beiden, der Gomez angesprochen hatte, kam an den Bühnenrand.

»Ich hätte die Möglichkeit einer Rückendeckung in Betracht ziehen sollen«, sagte Gomez und sah zu ihm auf.

»Werfen Sie bitte Ihre Waffe auf die Bühne«, verlangte der große Mann und ging in die Hocke, wobei er seine Laserwaffe auf Gomez gerichtet hielt.

Unwillig holte Gomez mit dem Arm aus, um seine Pistole zu übergeben.

In diesem Augenblick kamen knisternde, rote Feuerzungen aus den Ohren des Einzigartigen Otto.

Damit lenkte er die Aufmerksamkeit beider Männer auf sich.

Gomez nutzte die Gelegenheit und schoß mit seiner Betäubungspistole auf den Mann, der über ihm in die Hocke gegangen war.

Der kahlköpfige Mann keuchte, sackte in sich zusammen und fiel zu Boden.

Gomez nahm Anlauf, um wieder auf die Bühne hinaufzuspringen.

Der graubärtige Zauberer ließ gerade eine Betäubungswaffe in der Luft materialisieren und feuerte damit auf den immer noch verblüfften zweiten Mann.

Dieser trat ein paar Schritte zur Seite, ließ seine Waffe fallen und ging in die Knie.

In dieser Stellung verharrte er noch etwa zehn Sekunden, bis er mit dem Gesicht nach unten zu Boden stürzte.

»Das war äußerst belebend«, bemerkte der Einzigartige Otto. »Ich glaube, ich habe die Brennende-Ohren-Nummer seit mindestens einem Jahrzehnt nicht mehr gebracht.«

»Ich bin froh, daß Sie die Nummer heute wieder in Ihr Repertoire aufgenommen haben«, sagte Gomez. »Jetzt sollten wir am besten ein ruhigeres Plätzchen aufsuchen, wo wir unser Gespräch fortsetzen . . .«

»Ich werde auch mitkommen.« Am linken Bühnenrand trat Jenny Keaton von der Behörde für Innere Sicherheit aus den Kulissen.

Der Oberinspektor zeigte mit einem Finger auf Jake. »Sie hatten kein Recht, hier zu sein«, sagte er anklagend. »Es ist sehr wahrscheinlich, Herr Cardigan, daß Sie damit den Tod des armen Teufels beschleunigt haben.«

Jake, Spellmann, der Arzt, der Will Goldberg versorgt hatte, und Oberinspektor Hauser waren in einem grellweißen Büro versammelt.

Jake saß in einem steifen weißen Stuhl.

»Sein Tod war bereits besiegelt, bevor er sich Ihnen stellte. Goldberg war von Anfang an ein bloßes Ablenkungsmanöver«, sagte er.

»Ich gebe zu«, sagte Hauser, der den großen Metallschreibtisch in Besitz genommen hatte, »daß die Umstände seines Todes äußerst verdächtig sind.«

»Das haben Sie sehr vorsichtig ausgedrückt«, erwiderte Jake. »Damit wollte man Sie und die anderen Ermittlungsbehören nur auf eine falsche Spur locken. Zumindest so lange, bis man die Sache vertuscht hat.«

»Es besteht immerhin noch die Möglichkeit, daß der Junge Mann sich die tödliche Injektion selbst verabreicht hat«, sagte Hauser. »Damit würde es sich um nichts weiter als den Selbstmord eines Verdächtigen handeln.«

Jake zuckte die Schultern. »Selbstmörder beschweren sich gewöhnlich nicht darüber, daß man sie betrogen hat«, sagte er. »Ich würde wetten, daß Goldberg überrascht war, was mit ihm geschah.«

»Anscheinend hat er noch ein paar Worte gesprochen, bevor er verschied«, sagte Oberinspektor Hauser.

»Dieser Kerl hat ihm buchstäblich die Worte herausgeschüttelt«, sagte der korpulente Arzt mit anklagender Miene. »Meiner Meinung nach ist er . . .«

»Schon gut, Herr Doktor.« Der Oberinspektor wandte sich an Spellmann. »Was genau hat Goldberg zum Schuß gesagt?«

»Daß man ein falsches Spiel mit ihm getrieben und ihn reingelegt hat«, antwortete er. »Dann murmelte er noch etwas von Sonne und Sand.«

»Was, glauben Sie, wollte er damit sagen?« fragte Hauser Jake.

»Vielleicht war es die Halluzination eines Sterbenden. Er glaubte, er wäre irgendwo in der Wüste. Sonne und Sand . . .«

»Das Wort klang eher wie *Sands*«, mischte sich der Arzt ein. »Mit einem *s* am Ende.«

Hauser nickte Jake zu. »Könnte er damit Bennett Sands gemeint haben, Herr Cardigan?«

Jake zuckte erneut die Schultern. »Bennett Sands ist tot.«

»Wenn wir mal davon ausgehen, daß er nicht *Sonne*, sondern *Sohn* gesagt hat«, schlug Hauser vor, »wollte Will Goldberg Sie vor seinem Tod vielleicht warnen, daß einige von Sands' Anhängern Ihrem Sohn etwas antun wollen?«

»Das erscheint mir nicht sehr wahrscheinlich.«

Der dicke Arzt mischte sich erneut ein. »Wenn Sands ein Name ist, dann sprach der Patient über Sands' Sohn und nicht den Sohn dieses Mannes.«

»Was halten Sie davon, Herr Cardigan?«

»Das Problem ist, daß Sands keinen Sohn hatte, Inspektor, sondern eine Tochter.«

»Wenn du mit uns kooperieren würdest, Jake«, sagte Spellmann, »und dich nicht in Schweigen hüllst, würde uns das sehr helfen.«

»Ich weiß nicht, was er mir sagen wollte ... außer, daß er hereingelegt wurde«, erwiderte Jake und stand auf. »Muß ich damit rechnen, wegen irgendwas angeklagt zu werden?«

»Nicht im Augenblick«, sagte Hauser. »Eigentlich wäre es sogar eine gute Idee, wenn Sie Berlin jetzt verlassen würden.«

»Bis ich kam, haben sich alle damit begnügt, in Goldberg den Schuldigen gefunden zu haben. Und jetzt ...«

»Wir haben uns nicht damit begnügt, Herr Cardigan, sondern lediglich die Tatsachen überprüft.« Hauser stand nun ebenfalls auf.

Jake ging zur Tür des Büros. »Danke für deine Hilfe, Reinhard. Ich hoffe, ich habe dir deine Karriere nicht zu sehr vermasselt.« Mit einem Kopfnicken verabschiedete er sich.

24

Ächzend und murrend hatte Gomez es endlich geschafft, sich den schwereren der beiden bewußtlosen Männer auf die Schulter zu wuchten. »So eine Zeitverschwendung, *chiquita*«, sagte er zu Jenny.

Sie zerrte den zweiten Mann an den Armen über die Bühne. »Ich hatte zwar noch nie eine sehr hohe Meinung von dir«, erwiderte die blonde Agentin. »Aber daß du so schludrig arbeitest ...«

»Eine nähere Überprüfung dieser beiden Schläger wird nicht sehr viel bringen.« Mit leicht zitternden Knien folgte er ihr in die Kulissen. »Das Klügste wäre, sie einfach hier liegenzulassen.«

»Im Gegenteil, ich bin mir verdammt sicher, daß . . .«
»Sie arbeiten freiberuflich und wurden nur für diesen Auftrag angeheuert.«
Der Einzigartige Otto folgte ihnen. »Wir sollten das Theater so schnell wie möglich verlassen. Sie werden doch sicherlich weitere Killer auf mich ansetzen, oder?«
»Ich wäre schon längst verschwunden«, sagte Gomez, »würde ich mich nicht verpflichtet fühlen, Miss Keaton einen Gefallen zu erweisen. Immerhin ist sie zur Zeit in gewisser Weise meine Arbeitgeberin.«
»Das sind doch alles Routineangelegenheiten, Gomez!« Sie ließ den bewußtlosen Mann neben dem Hintereingang fallen und zog ihre Betäubungspistole. Vorsichtig öffnete sie die schwere Tür.
Nachdem sie eine Weile gelauscht hatte, trat Jenny auf die neblige Seitenstraße hinaus.
»Alles in Ordnung hier draußen«, sagte sie schließlich.
Gomez brummte etwas vor sich hin und schleppte seinen Schläger hinaus.
In der Straße stand Jennys Lastgleiter, dessen glänzende schwarze Oberfläche mit Nebelreif beschlagen war. »Wirf ihn rein!« sagte sie.
»Sehr wohl, gnädige Frau.« Gomez trug den großen Mann hinüber und ließ ihn auf den Rücksitz fallen, nachdem Jenny die Tür geöffnet hatte.
»Würdest du jetzt bitte zurückgehen und den zweiten holen?«
»Caramba!« fluchte Gomez, tat aber wie geheißen.
Der Zauberer stand im offenen Hintereingang und behielt die Umgebung im Auge. »Treiben Sich vielleicht noch mehr von ihnen hier herum, Herr Gomez?«
»Nein. Kommen Sie jetzt, und hüpfen Sie in den Gleiter!« Gomez zog es vor, den zweiten Mann zu ziehen, statt ihn zu tragen. »Wir werden einen kleinen Rundflug machen und dabei unser Gespräch fortsetzen.«
»Warum hast du so lange gebraucht?« fragte Jenny und nahm im Fahrersitz Platz. »Der zweite Kerl ist doch viel leichter!«

»*Verdad*, aber ich hatte noch kein gebrochenes Rückgrat, als ich den ersten Gauner durch die Gegend geschleppt habe.«

Er wuchtete den bewußtlosen Mann in den Gleiter und ließ ihn neben seinem Kollegen liegen.

Mit einem skeptischen Blick bestieg der Einzigartige Otto den Gleiter, wobei er es vermied, den beiden Schlägern zu nahe zu kommen. »Ich bin zu dem Entschluß gelangt, Herr Gomez«, verkündete er, »daß mein Wissen wesentlich mehr als fünftausend Dollar wert ist.«

»Das glaube ich gern«, sagte Gomez und setzte sich neben Jenny auf den vorderen Beifahrersitz. »Miss Keatons Behörde wird zweifellos für die Differenz aufkommen, die zwischen unseren vereinbarten viertausend Dollar und dem Preis liegt, den Sie uns jetzt sicher nennen werden.«

Jenny schnaubte verächtlich und ließ den Lastgleiter in den grauen Morgenhimmel steigen.

Als Jake über Videophon mit der Detektivagentur Cosmos in GLA sprach, wurde das Bild des Robot-Angestellten plötzlich von Walt Bascom persönlich ersetzt.

Der Chef der Agentur sah besonders zerknittert und zerzaust aus. »Warum hältst du dich so lange mit einer Maschine auf und redest nicht mit mir, alter Junge?« fragte er.

»Da es bei euch mitten in der Nacht ist, dachte ich, du wärst schon längst zu Hause.«

»Ich schlafe nur selten. Was ist der Grund deines Anrufs?«

Jake saß in einer der abhörsicheren Nischen in der Lobby seines Hotels. »Erstens möchte ich mehr über eine Dame namens Jenny Keaton wissen, Walt.«

»Ein richtiger Wildfang, eine harte Nuß und eine Nervensäge im Spionagegeschäft.«

»Sie behauptet, wir würden im Auftrag ihrer Behörde arbeiten.«

»Man könnte es so ausdrücken«, gab es der Cosmos-Chef zu. »Die BIS möchte eine unparteiische Untersuchung der Berliner Mordanschläge.«

»Offenbar scheinen sie der IDKA und sich selbst nicht ganz zu vertrauen.«

»Das ist unter Regierungsbeamten so üblich.« Bascom gähnte, rieb sich die Augen und kratzte sich unterm Arm. »In den Behörden herrscht nun mal nicht das offene, ehrliche und vertrauensvolle Verhältnis wie unter Cosmos-Mitarbeitern.«

»Keaton hat Direktor Waugh bequatscht, an diesem Fall zu arbeiten. Jedenfalls behauptet sie das. Ist das wahr?«

Bascom nickte. »Wie ich bereits sagte, sie ist eine harte Nuß und sehr überzeugend.«

»Könntest du deinem Kumpel Waugh nicht mitteilen, daß sie uns nicht in die Quere kommen soll?«

»Also seid ihr Keaton bereits begegnet!«

»Ja, sie hat uns einen Antrittsbesuch gemacht.«

»Ich bin sicher, daß du und Gomez euch nicht von jemandem habt einschüchtern lassen, der höchstens einhundertundzehn Pfund wiegt und ...«

»Wir fühlen uns nicht eingeschüchtert, aber belästigt«, sagte Jake. »Als nächstes wollte ich den Agentur-Roboter bitten, mal nachzusehen, was wir über den seligen Will Goldberg haben.«

»Den geständigen Mörder?«

»Genau den. Woher weißt du von ihm? Die Berliner Polizei hat bisher noch keine Informationen ...«

»Auch ich bin Detektiv, vergiß das nicht! Aber ich wußte noch nicht, daß er tot ist.«

»Er starb vor wenigen Stunden an einem Zeitbombenvirus.«

»Du bist offenbar nicht der Meinung, daß dieser Typ der Mörder war.«

»Genau.«

»Ich auch nicht. Brauchst du sonst noch etwas von uns?«

»Als Goldberg merkte, daß man ihn reingelegt hat, sagte er noch etwas zu mir«, erzählte Jake. »Es hörte sich an, als wollte er mich vor Bennett Sands' Sohn warnen.«

Bascom verzog nachdenklich die Stirn. »Wenn Sands einen Sohn hätte, dürfte der ganz schön sauer auf dich sein«, sagte er schließlich. »Bevor du Sands auf die Schliche kamst, hielt ihn jeder für einen ganz gewöhnlichen Mulitmillionär. Dann hast du seine Verbindungen zum Hokori-Kartell und anderen . . .«

»Könnte es noch einen Sohn geben, sei er nun ehelich oder nicht?«

»Nicht daß ich wüßte, aber wir werden der Sache nachgehen«, versprach Jakes Chef. »Da wäre noch etwas«, sagte Jake. »Ich habe gerade mit Dan gesprochen, und es scheint ihm ganz gut zu gehen. Aber ich habe mir gedacht . . .«

»Ich habe schon ein paar Cosmos-Leute abgestellt, die auf ihn aufpassen, Jake, obwohl er nichts davon weiß«, sagte Bascom. »Ich habe mich persönlich darum gekümmert.«

»Danke, Walt.«

»Habt ihr schon Fortschritte gemacht?«

»Vielleicht hat Sid etwas herausgefunden. Aber was mich betrifft, habe ich das Gefühl, auf der Stelle zu treten«, mußte Jake zugeben.

25

Gomez hatte sich in einem Sessel im Salon ihrer Suite ausgestreckt, als Jake zurückkam. »Ich habe bislang doch ein untadeliges Leben geführt, oder?« fragte er.

»Das hast du. Du bist für alle Menschen, die dich kennen, stets ein Vorbild gewesen.«

»Und dennoch konfrontiert das Schicksal mich immer wieder mit hinterhältigen und jähzornigen Frauen – mit verrückten Reporterinnen, amoklaufenden Spioninnen und arroganten Regierungsbeamtinnen.«

»Bist du wütend auf Jenny Keaton?«

»*Sí.* Sie ist der jüngste Dorn in meinem Auge.«

Jake setzte sich auf die Armlehne des Sofas. »Bist du ihr wieder begegnet?«

»Oh, ja«, antwortete Gomez. Dann erzählte er ihm vom Einzigartigen Otto und den Ereignissen im Theater.

»Woher wußte sie von Otto?« fragte Jake.

»Sie sagte, sie wäre einem ganz anderen Hinweis nachgegangen.«

»Bist du sicher, daß sie nicht nur dir nachgegangen ist?«

»Ich merke es, wenn man mich beschattet – besonders, wenn es von einem großen schwarzen Lastgleiter aus geschehen würde«, erwiderte Gomez. »Jedenfalls hat diese *mujer* darauf bestanden, daß wir – beziehungsweise ich – diese zwei Gorillas in ihren Gleiter verfrachteten. Ihre Kutsche steckt voll mit den neuesten kriminologischen Apparaturen.«

»Sie hat die Typen gecheckt?«

»*Sí*. Sie hat ihre Netzhautmuster, ihre Fingerabdrücke und sogar die DNS-Muster untersucht. Vielleicht hat sie sogar ihre Temperatur gemessen. Dann hat sie die Daten ans Zentralarchiv in Washington geschickt.« Gomez versank noch tiefer in seinem Sessel. »Willst du wissen, was dabei herauskam?«

»Die Kerle haben keine nachweisbaren Verbindungen zu den Tek-Kartellen. Allerdings sind sie gut bekannt, und zwar als Auftragsgauner, die für jeden arbeiten, der gut bezahlt«, antwortet Jake. »Sie wurden angeheuert, um den Einzigartigen Otto auszuschalten, bevor er etwas ausplaudern konnte, und haben vermutlich keine Ahnung, wer ihr Auftraggeber ist.«

»Volltreffer.«

»Was hat dir der Zauberer erzählt?« fragte Jake. »Verkauft«, berichtigte Gomez ihn. »Er kennt ein Ehepaar namens Bonseca. Miguel und Roma Bonseca. Die beiden betreiben das ›Fahrende Puppenspiel‹, ein Theater, das mit elektronischen Puppen arbeitet.«

»Sind das die Leute, die meinen Androiden-Doppelgänger gebaut haben?«

»Otto behauptet es steif und fest«, sagte sein Partner. »Die Bonsecas haben eine Wohnung ein paar Blocks vom Theater entfernt, wo er als Hausmeister arbeitet. Er besucht sie ab und zu. Vor einigen Wochen hat er zufällig gesehen, wie sie an deinem Doppelgänger bastelten. Damals hat er sich nicht viel dabei gedacht, was sich jedoch änderte, als er die Nachrichtensendungen von . . . von dem, was geschehen ist, sah.«

»Du kannst ruhig ›Nachrichtensendungen von Beths Ermordung‹ sagen«, beruhigte Jake ihn. »Ich werde nicht losstürmen und mich in die nächste Brainbox einklinken.«

»He, ich bin ja bei dir, *amigo*!« beschwichtigte Gomez ihn.

»Ich weiß«, sagte Jake. »Tut mir leid.«

»Otto erwähnte außerdem, daß er den Verdacht hat, die Bonsecas könnten bereits in der Vergangenheit einige zwielichtige Arbeiten übernommen haben.«

»Sind sie noch in Berlin?«

»Seit dem Tag des Mordanschlags machen sie eine Rundreise durch die Schweiz. Ich habe eine Kopie ihrer geplanten Reiseroute.«

»Dann solltest du dich so schnell wie möglich auf die Socken machen.«

»Kommst du nicht mit?«

»Ich möchte noch eine Weile in Berlin bleiben, um zu sehen, ob ich mehr über Goldbergs Aktivitäten herausbekomme.«

»Der hiesigen Polizei könnte das unter Umständen nicht gefallen.«

»Ja, das ist möglich.«

Gomez seufzte. »In einem Augenblick geistiger Umnachtung habe ich mich einverstanden erklärt, daß wir bei den nächsten Ermittlungen mit Jenny Keaton zusammenarbeiten«, gestand er. »Ich wußte da noch nicht, daß ich allein mit ihr zwischen schneebedeckten Berggipfeln . . .«

»Ich habe sie von Bascom überprüfen lassen. Er sagt, daß sie genau das ist, was sie zu sein behauptet.«

»Weiß du sonst noch etwas über die Dame?«

»Sie wiegt einhundertundzehn Pfund.«

»Zumindest in dieser Hinsicht habe ich ihr etwas voraus.« Gomez seufzte erneut.

Der Nebel war einem leichten Nieselregen gewichen.

Jake hatte die Hände tief in den Hosentaschen vergraben und lief noch einmal langsam an der Kapelle der Amerikanischen Botschaft Unter den Linden vorbei.

Auf der anderen Straßenseite hatte sich eine Menschenmenge auf dem Bürgersteig versammelt. Uniformierte Beamte der Stadtpolizei versuchten, die Trauergäste und die Schaulustigen voneinander zu trennen.

Über der regennassen Straße schwebten drei Nachrichtengleiter, der größte war von *Newz*. Außerdem hatte Jake mindestens weitere zwei Dutzend Reporter – Menschen sowie Roboter – am Boden entdeckt.

Jake verlangsamte seine Schritte und blieb schließlich neben einer künstlichen Linde stehen.

Der Himmel über den grauen Botschaftsgebäuden war voller Gleiter, die zu landen versuchten, um Passagiere abzusetzen oder einfach nur einen Blick auf die Geschehnisse zu werfen.

Jake stellte fest, daß er fror, obwohl es gar nicht so kalt war. Es war eine Kälte, die aus seinem Innern zu kommen schien.

»Es besteht keine Veranlassung«, beschloß er, »daß ich daran teilnehme.«

Er wollte sich nicht auf diese Weise von Beth verabschieden.

Aus der Kapelle drang nun traurige Orgelmusik. Die Andacht hatte begonnen.

»Ich habe sie zweimal verloren«, murmelte er.

Einmal in Mexiko, als die Androiden-Doppelgängerin von Beth sich selbst geopfert hatte, um ihn zu retten. Und jetzt zum zweiten Mal – diesmal war es allerdings die echte Beth.

»Mein Gott!« sagte er laut.

Die Menschenmenge zwängte sich in die bereits überfüllte Kapelle.

»Es war ein Fehler herzukommen.« Jake drehte sich um und ging fort.

Ein schlanker junger Mann in einem langen dunklen Mantel lief von der anderen Straßenseite auf ihn zu. »Herr Cardigan?«

»Ja?« sagte Jake und erstarrte.

Der junge Mann reichte ihm ein zusammengefaltetes Stück Papier. Dann machte er auf dem Absatz kehrt und rannte durch den dunstigen Regen davon.

Jake entfaltete den Zettel.

Darauf standen nur drei Worte: »Sie lebt noch!«

26

Gomez trug einen einzelnen Koffer und kämpfte sich durch das überfüllte Hauptgebäude des Berliner Flughafens. Er pfiff leise vor sich hin und lächelte ab und zu, wenn er nur knapp einen Zusammenstoß mit einem Passanten vermieden hatte.

Er war noch etwa hundert Meter vom Flugsteig zweihundertsiebenundzwanzig entfernt, als über die Lautsprecher verkündet wurde: »Letzter Aufruf für den Flug S-09 nach Bern. Alle anderen Passagiere werden zum Flugsteig zweihundertsiebenundzwanzig gebeten.«

Gomez beschleunigte seine Schritte. »Guten Tag, *Chiquita*!«

Jenny Keaton stand mit verschränkten Armen neben dem Schalter und hatte einen Fuß auf den kleinsten ihrer drei Koffer gestellt. »Habe ich nicht schon einmal gesagt, Gomez, daß ich es überhaupt nicht mag, wenn man mich warten läßt?«

»*Sí*, das hast du«, gab er zu, während er dem silbernen Roboter am Eingang sein Ticket zeigte. »Ich erinnere mich so gut daran, weil ich jedes Wort schätze, das von deinen lieblichen Lippen kommt, und weil jedes einzelne einen Ehrenplatz in meinem Gedächtnis erhält.«

»Du hast wirklich nur dummes Zeug im Kopf«, stellte die Agentin der Behörde für Innere Sicherheit fest. Sie zeigte mit einem Nicken auf ihr Gepäck. »Könntest du mir vielleicht beim Tragen behilflich sein?«

Er nahm zwei ihrer Koffer in die Hand. »Ich hatte immer gedacht, du wärst viel zu selbständig, als daß du Hilfe annehmen würdest, welcher Art auch immer.«

Jenny folgte ihm die Gangway hinauf. »Warum machst du diese unerträglichen ächzenden Geräusche?« fragte sie.

»Ach, es hat nicht zu bedeuten, *bonita*«, antwortete er. »Seit ich diese betäubten Schläger für dich herumgeschleppt habe, verursacht mir das Gewicht von mehreren hundert Pfund überflüssigen Gepäcks schreckliche Schmerzen. Aber laß dich dadurch nicht beunruhigen.«

»Du bist noch schlimmer, als die Berichte behaupten.«

»Ich gebe mir alle Mühe.«

Zwei hübsche blonde Androidinnen begrüßten sie an Bord und führten sie zu ihren Plätzen im mittleren Teil des Flugzeugs.

Nachdem das Gepäck verstaut war, setzte Jenny sich ans Fenster. »Es gibt da etwas, daß ich mit dir besprechen möchte, Gomez.« Er rieb sich eine Stelle auf seinem Rücken. »Ja?«

»Es geht um Cardigan.«

»Wenn du Fragen über Jake hast, frag Jake!«

»Ich finde, dieser Mann sollte einfach nicht an diesem Fall arbeiten.«

»Wenn ich es richtig verstehe, denkst du dasselbe von mir.«

»Du bist nur ein lästiger Schwachkopf«, sagte sie. »Cardigan dagegen ist viel zu sehr emotional in die Sache verstrickt, um noch objektiv . . .«

»Ich arbeite schon seit langer Zeit mit Jake zusammen«, sagte Gomez. »Er hat so seine Launen, das stimmt, aber er ist ein verdammt guter Detektiv und . . .«

»Du weißt sicher, daß es üblich ist, einem Agenten den Auftrag zu entziehen, wenn es dabei um jemanden geht, zu dem er eine persönliche Beziehung hatte.«

»Bei Cosmos ist das durchaus nicht üblich«, erwiderte er. »Und jetzt schlage ich vor, daß du mit der Nörgelei aufhörst, damit wir beide einen angenehmen Flug haben.«

»Ich nörgle nicht«, widersprach sie. »Jeder, dessen Gehirn größer als eine Erbse ist, müßte das einsehen. Sinnvolle Vorschläge sind niemals . . .«

»Hör jetzt bitte auf!« sagte Gomez ruhig.

Jenny sah ihn eine Weile an und wandte sich dann ab, um aus dem Fenster zu starren.

Der hagere Mann in dem langen schwarzen Mantel stolperte.

Jake, der immer noch den Zettel in der Hand hielt, war einen halben Block hinter ihm. Er wurde langsamer und wartete darauf, daß der junge Mann das Gleichgewicht wiederfand und weiterlief.

Der Regen wurde immer heftiger. Eine korpulente Blondine,

die ein paar Schritte vor ihm ging, schaltete das Kraftfeld ihres Regenschirms ein.

Der Mann war nun wieder auf den Beinen und lief mit ausladenden und wackligen Schritten weiter. Sein weiter Mantel bauschte sich und flatterte im Wind.

Ein dicker Mann kam aus einer Wurstbude rechts von Jake. Er hielt ein großes Paket mit Soja-Currywürsten in der Hand. Seine Glatze war mit einem blutroten Hakenkreuz tätowiert.

Weiter vorne huschte der junge Mann um eine Ecke.

Jake öffnete die Hand und las die Nachricht noch einmal: »Sie lebt noch!«

Er wünschte, daß es die Wahrheit wäre. Und wenn Beth noch am Leben war, mußte er sie finden.

»Aber das kann nicht sein!« sagte er.

Er hatte sie doch sterben sehen, in der entsetzlichen Explosion auf dem Videobildschirm!

Er überlegte, ob es eine Fälschung gewesen sein könnte.

Das war unwahrscheinlich. Der Mord an Beth und den anderen war von der Berliner Polizei und verschiedenen amerikanischen Stellen untersucht worden.

»Aber die Sache ist noch nicht von *mir* untersucht worden!« sagte er zu sich selbst.

Der junge Mann im schwarzen Mantel war in einen kleinen Park eingebogen. Es war ein heruntergekommener, unkrautbewachsener Platz, in dessen Zentrum sich ein verrosteter Bogen erhob. Trübe Plastikglühbirnen bildeten darauf das Wort UNTERGRUNDSTADT.

Jake konnte hören, wie sich das rostige Metalltor quietschend öffnete.

Der Mann, dem er folgte, zwängte sich durch das alte Tor und hastete die dunklen Stufen unter dem Metallbogen hinunter.

Als Jake den Eingang erreichte, hörte er Schritte, die aus dem Untergrund zu ihm heraufhallten.

Er zog seine Betäubungspistole aus dem Schulterhalfter und schob sie in die Jackentasche, ohne die Waffe loszulassen.

Die Metallstufen gehörten zu einem defekten System von

Rolltreppen, die bis tief unter die Straßen von Berlin führten. Alle paar Meter waren schwache gelbliche Lampen angebracht, die kaum die Dunkelheit vertreiben konnten.

In der Luft war ein Geruch nach feuchter Erde und eine schneidende Kälte.

Nachdem er ein paar Minuten lang hinabgestiegen war, blieb Jake stehen, um zu lauschen. Er hörte immer noch die Schritte unter sich, die tiefer und tiefer in die verlassene unterirdische Stadt vordrangen.

Als er die nächsttiefere Ebene erreichte, hörte er Lärm und sah einen Lichtschein in den Tunnel dringen. Menschen lachten, und ein Robotpiano spielte. Überall sah er Schriftzüge aus bunt leuchtenden Neonröhren. Er erkannte die deutschen Worte für Essen, Wurst, Bier und Sex.

Dann sah er wieder den jungen Mann, der gerade in einer winzigen Bar verschwand. Über dem Eingang stand mit Leuchtfarbe der Name MAULWURF CLUB. Während seine rechte Hand in der Jackentasche immer noch die Waffe umklammert hielt, stieß Jake die Schwingtüren mit der linken auf.

Der Raum dahinter war klein und kalt und roch modrig. Nur einer von den zehn winzigen Tischen war besetzt, und hinter der Theke stand ein großer Robot-Barkeeper, der vor langer Zeit einmal purpurrot angemalt gewesen war.

Von dem jungen Mann war nichts mehr zu sehen.

Am Tisch direkt neben dem Eingang saß ein Mann in grauem Anzug. Er hatte ein rosiges Gesicht und einen Schnurrbart; sein dünnes blondes Haar war in der Mitte ordentlich gescheitelt, und er trug eine randlose, blaugetönte Brille.

Er hob seinen kupfernen Humpen und lächelte Jake zu. »Willkommen, Herr Cardigan«, sagte er. »Wir haben gute Nachrichten für Sie. Ja, sehr gute Nachrichten!«

27

Der Morgen war hell und klar im Bezirk Santa Monica von Groß-Los-Angeles. Das Gleitertaxi entließ Dan Cardigan am Rand des zwei Hektar großen Geländes der Polizeischule von Südkalifornien und stieg dann wieder in den Morgenhimmel. Daniel war der einzige Kadett, der hier ausstieg, da es noch ziemlich früh war. Dan zeigte dem Wachtroboter hinter dem hohen Plastglastor seinen Ausweis und wurde hereingelassen. Er ging einen breiten Weg entlang, der durch ein Stück Kunstrasen führte, kam am Wohnheim vorbei und erreichte schließlich die kuppelförmige Forschungsabteilung.

Der verchromte Wachtroboter am Eingang machte ein belustigtes Geräusch. »Es sind noch ganze zwei Wochen bis zu den Prüfungen, Kadett Cardigan«, sagte er.

»Man kann gar nicht genug büffeln, Casex.«

Dan betrat das Gebäude und lief die Rampe zum zweiten Stock hinauf. An einer Tür mit der Aufschrift RECHERCHE & IDENTIFIKATION blieb er stehen und sah sich um. Er war ganz allein in dieser Sektion. Nachdem er noch einmal tief Luft geholt hatte, betrat er den großen Raum.

Ein kupferfarbener Roboter saß in einem Schaukelstuhl und hatte die Füße auf eine Kiste gelegt. »Ach, gibt es schon wieder Ärger?« fragte er.

»Nein, Rex. Ich wollte dich nur um einen kleinen Gefallen bitten.«

Rex/GK-30 stellte seine Metallfüße auf den Boden. »Weißt du eigentlich, wie viele Beziehungen ich spielen lassen mußte, um einen so lockeren Job wie diesen zu bekommen, Daniel? Wenn ich dich ständig hier hereinspazieren lasse . . .«

»Diesmal dauert es höchstens fünf Minuten. Vor allem, wenn du dich nicht mit mir herumstreitest, sondern mir hilfst.«

»Mein Problem – eins meiner Probleme ist, daß ich viel zu liebenswürdig bin.« Der Schaukelstuhl knarrte, als er aufstand. »Ich kenne deinen Vater aus der Zeit, als ich noch einen Job bei . . .«

»Ich brauche alle verfügbaren Informationen über einen Mann namens Larry Knerr«, sagte Dan. »Gegenwärtig arbeitet er für die *GLA Fax-Times.*«

»Ach, dieses Käseblatt!« Rex/GK-30 bewegte sich schwerfällig zu den Terminals unter den Monitoren an der rechten Wand des großen Saals. »Die bringen ja nicht mal ein vernünftiges Kreuzworträtsel. Ich habe es jedesmal in weniger als drei Minuten gelöst.«

»Was ist so interessant an Larry Knerr?« fragte eine junge Frauenstimme.

Dan drehte sich um und sah ein schlankes, dunkelhaariges Mädchen, das im Eingang stand und ihn angrinste.

»Komm rein, Molly, und mach endlich die Tür zu!« sagte Dan. »Was, zum Teufel, machst du . . .«

»Ich habe von meinem Zimmerfenster aus gesehen, wie du dich vorbeigeschlichen hast«, erklärte Molly Fine, die ein knappes Jahr älter als Dan war. »Da bin ich schnell in meine Schuluniform geschlüpft und dir gefolgt. Reine Neugierde.«

»Verschwinde!« sagte Dan.

»Eben gerade hast du mich hereingebeten.«

»Damit wollte ich nur vermeiden, daß du Larry Knerrs Namen durch die Gegend brüllst«, sagte Dan. »Eigentlich dürfte ich gar nicht . . .«

»Ich stecke ganz schön in der Patsche, wenn jemand dahinterkommt«, fügte der Roboter hinzu. »Wenn ich nicht so ein netter Kerl wäre, würde ich euch beide hochkant rauswerfen.«

Molly kam näher an Dan heran. »Wer ist dieser Larry Knerr?«

»Jemand, für den ich mich interessiere.«

»Hast du den Mann in Brasilien getroffen?«

Dan wandte sich von ihr ab. »Warum spionierst du ständig hinter mir . . .«

»Weil ich eine gute Freundin bin. Ein Kumpel, der dir hilft, wann immer du in Not bist. Und so weiter.«

»Nein, das bist du nicht. Ich kann dich nicht besonders leiden, und du mich auch nicht.«

»Ich habe dich durchschaut, Dan«, sagte Molly mit Überzeugung. »Du gibst vor, dich nicht für mich zu interessieren, weil du denkst, du müßtest immer noch so tun, als wärst du in Nancy Sands vernarrt. Aber sei doch mal ehrlich, sie geht in Frankreich zur Schule, und du bist hier in GLA. Sie hat sich seit fast zweieinhalb Wochen nicht mehr bei dir gemeldet.«

Er sah das dunkelhaarige Mädchen verärgert an. »Woher weißt du das?«

»Ich bin Detektiv.«

»Du bist Polizeikadett und hast lediglich ein unangebrachtes Interesse an meinen Privatangelegenheiten.«

Sie zuckte die Schultern und rieb sich die Hände. »Wollen wir an die Arbeit gehen?«

»Na gut. Es wäre zuviel Streß, dich loszuwerden. Außerdem habe ich es eilig.« Er ging zum Roboter hinüber. »Was kannst du über Knerr herausfinden, Rex?«

Der große Roboter deutete auf einen der brusthohen Bildschirme. »Während ihr beiden Turteltauben euch die Federn gerauft habt, habe ich diese Datei aufgespürt.«

Die linke Hälfte des Bildschirms zeigte verschiedene Fotos des silberhaarigen Knerr, und auf der rechten lief Text durch.

»Hier dürfte etwas sehr Interessantes sein«, sagte Molly und drückte eine Taste, die den Fließtext stoppte. »Bevor dieser Knerr vom Vargas-Nachrichtenimperium angestellt wurde, war er bei den sehr erfolgreichen Ampersand-Filmstudios beschäftigt.«

»Ach, ja?« sagte Dan.

Sie schüttelte den Kopf und seufzte enttäuscht. »Weißt du etwa nicht, wem früher die meisten Anteile an Ampersand gehörten?«

»Nein, keine Ahnung.«

»Dem seligen Bennett Sands, dem Vater deiner schweigsamen Freundin, dem berühmten Geschäftsmagnaten und berüchtigten Tek-Baron«, sagte Molly. »Sands war nicht gerade ein guter Freund deines Vaters.«

Nachdenklich las Dan die Informationen auf dem Bildschirm. »Sands ist tot, aber . . .«

»Wir müssen uns viel genauer über Knerrs Vergangenheit

sachkundig machen«, unterbrach Molly ihn. »Vielleicht wäre es ganz nützlich, wenn wir den Kerl beschatten würden. Ich bin mir noch nicht sicher, ob wir irgendwelche elektronischen Überwachungen benutzen sollten, aber ...«

»*Wir* werden überhaupt nichts unternehmen«, sagte Dan. »*Ich* werde an dieser Sache arbeiten, und *du* wirst augenblicklich von hier verschwinden und mich zufriedenlassen!«

Molly lachte. »Nein, das werde ich auf keinen Fall.«

28

Der Dicke mit dem rosigen Gesicht winkte Jake an seinen Tisch heran. »Darf ich Ihnen ein Bier ausgeben, Herr Cardigan?«

»Nein.« Jake setzte sich und legte den Zettel auf den Tisch. Nachdem er ihn auseinandergefaltet hatte, schob er ihn zu dem Mann hinüber. »Haben Sie mir das hier geschickt?«

»Ja«, antwortete er lächelnd.

»Wen haben Sie damit gemeint?«

»Wir wissen beide, daß ich damit Beth Kittridge gemeint habe. Sie wären sicher nicht in ein so anrüchiges Stadtviertel von Berlin gekommen, wenn Sie nicht gewußt hätten ...«

»Okay, lassen wir das«, unterbrach Jake ihn und beugte sich vor. »Wer sind Sie? Und was wissen Sie?«

Der Mann lächelte noch breiter. »Mein Name ist Ulrich Kreuz«, antwortete er. »Der Journalist!«

»Nie von Ihnen gehört. Tut mir leid.«

Kreuz seufzte. »Offenbar bin ich außerhalb meines Heimatlandes nicht sehr bekannt.« Er nahm einen Schluck Bier. »Ich arbeite als Reporter für die Deutsche Nachrichten-Agentur und ...«

»Wenn Sie mich nur hergelockt haben, um ein Interview über Beth zu bekommen, dann ...«

»Nein, Sie verstehen nicht. Mein Arbeitgeber repräsentiert die eher konservativen Kreise in Deutschland, die im Augenblick keinerlei politischen Einfluß haben«, erklärte der Reporter. »Ich habe Sie herbestellt, weil ich ein paar Informationen für Sie habe, Herr Cardigan.«

»Warum?«

»Damit Sie der Wahrheit auf die Spur kommen und einige Dinge ans Licht bringen, die der gegenwärtigen Regierung Kopfschmerzen bereiten wird. Als Gegenleistung verschaffen Sie mir Material für eine erstklassige Skandalgeschichte.«

Jake musterte das aufgeschwemmte, rosige Gesicht des Reporters, der heftig zu schwitzen begonnen hatte. »Sagen Sie mir, was Sie über Beth Kittridge wissen!«

»Ich schlage vor, daß Sie Kontakt mit einem Herrn namens Horst van Horn aufnehmen. Er . . .«

»Moment, Mister Kreuz! Van Horn ist doch der Direktor der Berliner Gerichtsmedizin!«

»Ja, genau.«

»Er leitet das Team«, sagte Jake, »das die Autopsie von . . . der Opfer durchführte. Ich . . .« Jake räusperte sich. »Ich habe seine Berichte gelesen.«

»Möchten Sie nicht doch ein Bier? Es wird Ihnen guttun, Herr Cardigan.«

»Nein, danke.« Jake stützte sich mit den Ellbogen auf der Tischplatte ab. »Was ist mit van Horn?«

»Nach meinen Quellen, die mir recht zuverlässig erscheinen, hat Doktor van Horn sich auf einen Schwindel eingelassen, was den Autopsie-Bericht über Fräulein Kittridge betrifft.«

»Was wollen Sie damit sagen?«

»Sie müssen wissen, daß ich keinerlei Beweise habe«, erklärte der Reporter. »Dennoch bin ich überzeugt, daß es durchaus möglich ist, daß es sich bei der Frau, die ein so gewaltsames Ende gefunden hat, nicht um Beth Kittridge handelt.«

Jake spürte plötzlich einen stechenden Schmerz in der Brust. Er verzog das Gesicht und packte den Mann am Handgelenk. »Man hat einen DNS-Test . . . der Überreste durchgeführt. Ich habe die Resultate gesehen«, sagte er mit einer Stimme, die ihm plötzlich fremd vorkam. »Danach besteht überhaupt kein Zweifel . . .«

»Sie scheinen nicht zu verstehen.« Der Reporter befreite seinen Arm aus Jakes Griff. »Nach meinen Informationen hat van Horn diesen Bericht gefälscht!«

Jake lehnte sich zurück. Er fühlte sich, als hätte er gerade einen Marathonlauf hinter sich. »Ich denke, ich sollte einmal mit van Horn reden«, sagte er, als sein Atem sich wieder normalisiert hatte.

»Eine ausgezeichnete Idee«, stimmte Kreuz zu und lächelte.

Das Gebäude, das Jake suchte, befand sich ein paar Ecken vom Reichstag entfernt. Er betrat die Eingangshalle des Gerichtsmedizinischen Zentrums ein paar Minuten vor fünf Uhr nachmittags. In der großen, grauen Halle war es kühl.

Einer der schwarz emaillierten Wachtroboter hinter den weiten Eingangstüren trat auf ihn zu. »Was wünschen Sie, mein Herr?« fragte er.

»Ich möchte mit Dr. van Horn sprechen.«

»Das dürfte nicht möglich sein.«

»Vielleicht sollten Sie zuerst mal fragen, wer ich bin, bevor Sie mich hinauswerfen!«

»Das hat überhaupt nichts mit Ihnen zu tun«, grollte der Roboter mit der breiten Brust. »Dr. van Horn ist viel zu beschäftigt, um Besucher empfangen zu können.«

»Hat er eine Sekretärin?«

»Ja, natürlich.«

»Könnte ich mit ihr sprechen?«

Der Roboter ließ ein ungeduldiges Seufzen hören. »Folgen Sie dem Gang«, sagte er schließlich, »bis zum Tresen Nummer vier.«

Jake tat wie geheißen und traf dort auf einen silbernen, kugelköpfigen Roboter. »Ich möchte einen Termin mit Dr. van Horn vereinbaren.«

»Das dürfte nicht möglich sein.«

»Das habe ich schon einmal gehört«, sagte Jake. »Hören Sie, mein Name ist Jake Cardigan, und ich arbeite für die Detektivagentur Cos . . .«

»Ja, das ist mir bekannt.« Der Roboter hatte einen kleinen grünen Monitor in seinem Metalltresen aktiviert. »Hier gibt es außerdem eine Notiz, daß Sie bisher nur Ärger gemacht haben, Herr Cardigan, seit Sie in Berlin sind.«

»Im Gegenteil, ich habe mir alle Mühe ...«

»Beispielsweise haben Sie sich gewaltsam Zugang in eine Heilanstalt verschafft und den Tod eines Häftlings mitverschuldet.«

»Er lag schon im Sterben, als ich dazukam.«

Der silberne Roboter schüttelte den Kopf. »Sie sind aufgefordert worden, Berlin zu verlassen«, sagte er. »Doch offenbar haben Sie diesen Rat nicht ...«

»Ich muß mit van Horn reden. Ich versuche, auf höfliche, legale und ehrliche Weise, einen Termin zu bekommen«, sagte Jake ruhig. »Wenn ich es so nicht schaffe, dann ...«

»Wollen Sie uns drohen, Herr Cardigan?«

Jakes Gesicht verzog sich zu einem schwachen Grinsen. »Nein«, antwortete er, »ich mache nur meinen Standpunkt deutlich.«

»Sie können den Doktor nicht sprechen«, sagte der Roboter. »Wenn Sie nicht freiwillig gehen, werden wir genügend Wachtroboter alarmieren, um Sie hinauszuwerfen.«

»Okay, ich gehe ja schon«, sagte Jake und drehte sich um. »Aber ich werde mit van Horn reden – ganz gleich wie.«

29

Gomez kam aus dem Badezimmer von Jennys Mini-Chalet und nickte. »Das war das letzte Zimmer«, sagte er, als er ein kleines Gerät in seiner Jackentasche verschwinden ließ. »Keine Wanzen oder sonstige Abhörvorrichtungen in deiner ...«

»Ich habe dir doch schon gesagt, daß ich die ganze Bude bereits mit meiner eigenen Ausrüstung gecheckt habe«, sagte die blonde Agentin. Sie stand an einem der Bleiglasfenster im

Salon, durch die man auf den Fluß Aare hinuntersehen konnte. »Wir können uns hier vollkommen ungestört unterhalten.«

Am spätnachmittäglichen Himmel flog ein Gleiter der Stadtverwaltung vorbei, der künstlichen Schnee über die Stadt rieseln ließ.

»Ich werde das Gefühl nicht los, daß man unsere Ankunft in Bern erwartet hat.« Gomez setzte sich auf die Kante ihres Bettes. »Deshalb wollte ich völlig sichergehen, daß niemand . . .«

»Kümmere ich lieber um dein eigenes Mini-Chalet. Wenn ich sage, daß meine Zimmer abhörsicher sind, dann kannst du es mir glauben.«

Gomez trommelte mit den Fingern auf die Bettdecke. »Nach der Reiseroute, die wir vom Einzigartigen Otto bekommen haben, werden die Bonsecas und ihre elektrischen Puppen morgen nachmittag im Städtchen St. Norbert aufkreuzen«, sagte er. »Das ist von hier aus etwa eine Stunde Fahrt mit dem Auto, also . . .«

»Ja, gut«, unterbrach sie ihn. »Du kümmerst dich um einen Mietwagen, dann werden wir morgen gegen zwei Uhr losfahren.«

»Du wirkst irgendwie unruhig und besorgt, *chiquita*.«

»Ich hatte noch keine Gelegenheit zum Auspacken – und ich würde nach dem Flug gern ein Nickerchen machen«, erklärte sie, während sie immer noch hinaus in die zunehmende Dämmerung starrte. »Warum kommst du nicht in . . . sagen wir, zwei Stunden zurück. Dann können wir etwas essen. Wenn wir schon gemeinsam unterwegs sind, sollten wir auch das Beste daraus machen.«

»Ich sollte lieber ein Auge auf die *mujer* halten«, sagte er zu sich selbst. »Wenn sie sich davonstiehlt, wäre es eine gute Idee, ihr nachzuschleichen.«

Dann betrat er seinen düsteren Salon.

Als er gerade auf sein Schlafzimmer gehen wollte, war vom anderen Ende des Zimmers ein leises Summen zu hören.

Dann traf ihn der Strahl einer Betäubungspistole in die Brust.

Als Jake sein Hotelzimmer betrat, meldete das Videophon einen Anruf. Er ging zur Nische hinüber. »Ja?«

Der Bildschirm blieb schwarz. »Jake Cardigan?«

»Ja, der bin ich.« Er setzte sich vor den Monitor.

Ein paar Sekunden lang war gar nichts zu hören. »Ja, Sie scheinen tatsächlich Jake Cardigan zu sein«, sagte die unsichtbare Stimme dann.

»Das sagte ich doch schon. Und wer sind Sie?«

Langsam wurde ein Bild auf dem Videoschirm sichtbar. Ein grauhaariger Mann um die Fünfzig mit gepflegtem Bart saß vor einer kahlen grauen Wand. »Ich habe erfahren, daß Sie sich um ein Gespräch mit mir bemüht haben«, erwiderte er mit leiser, nasaler Stimme. »Ich bedauere es, daß Sie so unhöflich abgewiesen wurden. Aber Sie müssen verstehen, daß es nicht sehr klug gewesen wäre, wenn . . .«

»Dann sind Sie Dr. van Horn?«

»Ja. Und ich würde mich gern mit Ihnen unterhalten, Herr Cardigan.«

Jake beugte sich vor. »Wissen Sie etwas über Beth Kittridge?«

Van Horn nickte. »Der Autopsie-Bericht, den Sie offenbar gelesen haben, entspricht nicht ganz der Wahrheit.«

»Ist sie . . . ist Beth am Leben?«

»Ich bedauere, daß ich gezwungen war . . .« Er zögerte und blickte sich nervös um. »Ich weiß nicht, wie sicher mein Videophon ist. Könnten Sie in einer Stunde zu mir nach Hause kommen?« Er nannte Jake eine Adresse.

»Natürlich. Aber ist sie . . .?«

»Ich kann Ihnen im Augenblick nichts mehr erzählen.« Damit wurde der Bildschirm wieder schwarz.

Das Gleittaxi setzte Jake neben einem kleinen Park in der Nähe des Brandenburger Tores ab, wo ein Konzert auf einer erleuchteten Bühne veranstaltet wurde. Die rotgekleideten Robotmusiker, die Marschmusik spielten, schienen im nächtlichen Nebel zu schweben.

Irgendwo kläffte wütend ein kleiner Hund

Jake schob die Hände in die Hosentaschen und ging über die Straße.

Dr. van Horns Haus war von einem hohen schmiedeeisernen Zaun umgeben. Das Tor stand ein Stück offen.

Jake ging den Weg zur Vordertür des schmalen, zweistöckigen Wohnhauses entlang.

Als er die Stufen vor dem Haus hinaufstieg, öffnete sich lautlos die Haustür. »Kommen Sie doch herein!« begrüßte ihn die Stimme des Hauscomputers.

Jake trat über die Schwelle und befand sich in einem schwach beleuchteten Flur.

Rechts von ihm glitt die Tür zu einem Wohnzimmer auf. »Hier herein, bitte, Herr Cardigan!«

Das Zimmer lag im hellen Licht von etwa einem Dutzend Schwebelampen.

In einem Metallstuhl saß Dr. van Horn. Über seine Brust zog sich eine blutige Wunde, die von einer Laserwaffe hinterlassen worden war.

»Jake«, rief jemand aus dem Flur. »Warum hast du diesen armen Teufel umgebracht?«

30

Als Dan das zweite Mal zum Fenster seines Zimmers mit Blick aufs abendliche Meer hinaussah, entdeckte er sie am Strand.

Molly winkte fröhlich und gestikulierte, daß er sie in seine Wohnung lassen sollte.

Er zuckte resignierend mit den Schultern und bedeutete ihr, zur Vordertür zu kommen.

»Laß das Mädchen rein!« sagte er zur Tür.

»Wie du meinst, Danny.«

»He, ich bin kein Kind mehr! Von jetzt ab nennst du mich Dan, ist das klar?«

»Wie du meinst, Dan.«

Die Tür glitt zischend auf, und Molly trat herein. »Hast du gerade mit deinem Hauscomputer gesprochen?«

»Ja.«

»Sein Akzent klingt aber sehr britisch und hochnäsig.«

»Es handelt sich nicht direkt um einen britischen Akzent, wenn Sie mir die Bemerkung erlauben, Madam«, sagte der Computer zu ihr, »sondern eher um den der gebildeten Oberschicht Neuenglands.«

»Auf jeden Fall hochnäsig. Könntest du dafür sorgen, daß er uns in Ruhe läßt, Dan?«

»Unterbrich uns jetzt bitte nicht mehr!« sagte Dan zum nächsten Lautsprecher.

»Ich weiß sehr wohl, was sich gehört, Sir.«

Dan blickte die dunkelhaarige junge Frau aus zusammengekniffenen Augen an. »Was ist der genaue Grund deines Besuchs, Molly?«

»Habe ich dir schon gesagt, wie viele Typen an der Schule in mich verknallt sind?«

»Nein, ich sehe auch keinen Grund . . .«

»Mehr als ein Dutzend.«

»Ja, das könnte hinkommen. Es dürfte an der Schule ungefähr ein Dutzend Schwachköpfe geben. Worauf willst du hinaus?«

»Daß du verdammtes Glück hast, wenn ich dich mit meiner Gegenwart beehre.« Sie setzte sich auf das Sofa. »Dieses Ding ist ungefähr so gemütlich wie ein Klotz aus Kunstbeton.«

»Was willst du von mir?«

»Wir arbeiten zusammen an einem Fall. Hast du das vergessen?«

»Nein, *ich* arbeite an . . .«

»Weißt du, wie eine Lawine entsteht?«

»Ich glaub' schon.«

»Dann solltest du dir meinen Einfluß auf dein Leben als Lawine vorstellen«, riet sie ihm grinsend. »Früher oder später läßt es sich kaum vermeiden, daß ich dich umhaue.«

»Äh-hmm«, räusperte sich der Computer.

»Was ist?« fragte Dan.

»Vielleicht sollten wir der jungen Dame eine Erfrischung anbieten.«

»Nein. Aber halt dich bereit, die Tür zu öffnen, wenn sie geht.«

Molly lachte und griff in eine Tasche ihres Rocks. »Ich habe einiges über Larry Knerr für dich in Erfahrung gebracht«, sagte sie und brachte ein gefaltetes, blaßgrünes Stück Papier zum Vorschein.

»Was ist das?«

»Eine Auflistung aller Videophon-Anrufe, die er von seinem Hotelzimmer aus gemacht hat, während er in Rio de Janeiro war.«

»Wie, zum Teufel, hast du das . . .«

»Ich kann sehr hartnäckig und überzeugend sein«, erklärte sie und wedelte mit dem Stück Papier. »Ich werde dir eine kurze Zusammenfassung . . .«

»Schon gut. Sag mir, wohin er angerufen hat.«

»*Wen* er angerufen hat«, korrigierte sie ihn. »Nur weil du Polizist werden willst, mußt du nicht gleich . . .«

»Sag es mir, Molly!«

»Knerr hat fünfmal China Vargas angerufen. Zweimal in ihrem *Fax-Times*-Büro und dreimal zu Hause in Beverly Hills.«

Dan setzte sich auf die Armlehne eines Sessels. »Das ist nicht überraschend. Schließlich arbeitet der Kerl für sie.«

»Und sechs Anrufe gingen an Roddy Pickfair.«

»Den jungen Chef der Ampersand-Filmstudios?«

»Genau den. Pickfair ist übrigens nur vier Jahre älter als du.«

»Knerr hat für Ampersand gearbeitet«, sagte Dan. »Was ist so erstaunlich daran, wenn er dort anruft?«

»Für mich ist es erstaunlich, wenn jemand so oft bei einer Firma anruft, die bis vor kurzem von Bennett Sands kontrolliert wurde.« Sie klopfte auf das Papier, das auf ihrem bloßen Knie lag. »Knerr hatte mehr Kontakte zu Pickfair als zu seiner Chefin.«

»Vielleicht sind er und Pickfair alte Freunde.«

»Knerr hat außerdem dreimal Lorenzo Mingus angerufen«, sagte Molly.

Dan stand auf. »Es gibt Gerüchte, daß Mingus Kontakte zur Tek-Szene haben soll.«

»Mingus *hat* solche Kontakte!«

»Dann könnte dasselbe auf Knerr zutreffen«, sagte Dan nachdenklich. »Vielleicht ist Mingus aber auch nur einer von Knerrs Informanten.«

»Vielleicht verraten sie sich auch gegenseitig die neuesten Kosmetik-Tips. Aber ich bezweifle es.« Sie stand auf und steckte die Liste wieder in die Tasche. »Ich habe ein ganz passables Fischrestaurant unten am Strand entdeckt. Können wir uns ein Abendessen leisten?«

»Ich denke schon, aber . . .«

»Gut. Ich unterhalte mich lieber bei einem guten Essen als auf der Studentenbude.«

»Wir werden zusammen essen gehen, Molly«, sagte er. »Aber anschließend machst du dich auf den direkten Weg nach Hause und versprichst, hier nicht wieder hereinzuplatzen. Okay?«

»Wußtest du übrigens« fragte sie, »daß deine Bude überwacht wird?«

Inspektor Spellmann kam mit einer Laserpistole in der rechten Hand in das Wohnzimmer. »Du hättest meinen Rat befolgen und die Stadt verlassen sollen, Jake.« Er schüttelte bedauernd den Kopf. In der linken Hand hielt er eine Plasttüte, die er jetzt auf den Boden fallen ließ. »Statt dessen bleibst du in Berlin und benimmst dich wie ein Verrückter. Du stürmst in das Gerichtsmedizinische Zentrum und bedrohst den armen Dr. van Horn. Dann kommst du hierher und bringst ihn um, weil du offenbar die verrückte Idee hast, er hätte gelogen, was Beth Kittridge betrifft.«

Jake setzte sich grinsend auf einen der Metallstühle. »Ist die Waffe, die ich benutzt habe, in dieser Tüte?«

»Ja, und zwar zusammen mit der Tek-Ausrüstung, die man neben dir finden wird.«

»Und dann werde ich vermutlich nicht mehr in der Lage sein, irgend jemanden darauf hinzuweisen, daß diese ganze Sache von dir fingiert wurde.«

»Nein, weil du dann nämlich tot sein wirst, Jake. Ich mußte dich leider erschießen, weil du mich angreifen wolltest.«

Jake beobachtete den Polizisten eine Zeitlang. »Wie lange stehst du schon auf ihrer Gehaltsliste, Reinhard?«

»Ich würde es eher so ausdrücken, daß ich von gewissen Tek-Kreisen unterstützt werde«, berichtigte der Inspektor. »Es sind jetzt fast drei Jahre. Mein Engagement begann in der Zeit, als du in der Frostkammer warst.«

»Du wußtest von Anfang an, daß sie Beth töten würden«, sagte Jake.

»Ach, jetzt siehst du also endlich ein, daß sie tot ist?« Spellmann kicherte. »Ich dachte schon, wir würden es noch schaffen, dich vom Gegenteil zu überzeugen.«

»Ich würde das gerne glauben, ja«, gab Jake zu. »Und als euer Mann mir den Zettel überbrachte, habe ich es auch eine Zeitlang geglaubt.«

»Aber jetzt nicht mehr?«

»Nicht mehr seit dem Treffen mit Kreuz.«

»War der Mann etwa nicht überzeugend genug? Ich habe ihn doch . . .«

»Ihr wart sehr nachlässig, einen Doppelgänger statt des echten Kreuz zu benutzen.« Jake schüttelte den Kopf. »Als ich ihn überprüfte, habe ich festgestellt, daß der echte Kreuz gerade an einer Story in London arbeitet.«

»Zugegeben, das war ein bißchen riskant.«

Jake erhob sich aus dem Stuhl. »Ich verstehe nicht, wozu ihr euch diese ganze Mühe gemacht habt. Nur damit du mich jetzt töten kannst?«

»Vergiß nicht, mein Freund, daß ich diese Sache nicht geplant habe«, sagte Spellmann. »Für meinen Geschmack war das alles viel zu gewalttätig. Aber jemand – jemand ganz weit oben – wollte, daß wir ein bißchen mit dir spielen, bevor du erledigt wirst.«

»Und jetzt hat dieser Jemand genug vom Spiel?«

»Scheint so.«

»Ich werde dir was sagen«, erklärte Jake. »Ihr habt mich in Brasilien ganz schön hereingelegt, nachdem ihr mich dazu gebracht habt zu glauben, daß Will Sparey noch lebt. Aber zweimal hintereinander könnt ihr das nicht mit mir machen.«

Inspektor Spellmann runzelte die Stirn. »Wenn du eine Falle gewittert hast, warum bist du dann hier hereinspaziert?«

»Weil ich sehen wollte, wer die Falle aufgestellt hat«, antwortete Jake. »Jetzt wirst du mir sagen, für wen du arbeitest.«

Spellmann fuchtelte mit seiner Waffe herum. »Warum sollte ich das tun?«

»Weil ich dich davon überzeugen werde.« Jake nickte in Richtung Flur. »Komm rein! Du wirst gebraucht«, rief er.

31

Timecheck kam mit einem Lasergewehr in das Wohnzimmer des Toten. »Ich gebe Ihnen siebenundzwanzig Sekunden, um Ihre Waffe fallen zu lassen, Inspektor«, sagte der Chinese.

»Ich hatte draußen zwei von meinen Leuten postiert«, sagte der überraschte Polizist. »Warum haben die Männer Sie nicht aufgehalten?«

»Ich würde die beiden an Ihrer Stelle nicht wieder beschäftigen. Sie stellen sich nicht sehr geschickt an«, sagte Timecheck. »Sie haben übrigens noch zwölf Sekunden.«

Spellmann spreizte die Finger und ließ die Laserpistole fallen. »Ich habe dich unterschätzt, Jake«, sagte er. »Ich war davon ausgegangen, daß du sofort herkommen würdest, sobald sich van Horns Doppelgänger mit dir in Verbindung gesetzt hatte. Statt dessen hast du für Rückendeckung gesorgt und . . .«

»Für wen arbeitest du?« Jake trat näher an ihn heran.

»Dir müßte klar sein, daß ich dir das nicht verraten kann.«

»Du scheinst nicht richtig zugehört zu haben.« Jake packte den Mann am Ellbogen und stieß ihn wuchtig gegen die Wand. »Du hast mitgeholfen, Beth Kittridge zu ermorden. Jetzt wirst du mir die Namen der Leute nennen, die dafür verantwortlich waren, einschließlich deines Auftraggebers. Wenn du es nicht tust – werde ich dich auf der Stelle töten und es von jemand anderem erfahren.«

Spellmann lachte tonlos. »Du bist ein anständiger Kerl, Jake«, sagte er. »Du wirst niemanden einfach so umbringen, nur weil . . .«

»Ich *war* mal ein anständiger Kerl«, erwiderte Jake. »Das war damals, als du mich in Groß-LA kennengelernt hast. Seitdem haben die Tek-Barone meine Frau korrumpiert, mich angeschwärzt und für vier Jahre in die Frostkammer geschickt. Und jetzt haben sie die Frau getötet, die ich liebe.« Er legte seine rechte Hand an Spellmanns Kehle. »Ja, ich habe gesehen, wie sie getötet wurde, wie sie in Stücke gerissen wurde! Verdammt, jeder hat es gesehen! Es war ja im Fernsehen!« Seine Finger schlossen sich leicht zusammen. »Sag mir, was ich wissen will, oder ich werde das Leben aus dir herausquetschen!«

Der Inspektor machte ein würgendes Geräusch. »In Ordnung, ich werde dir die Namen sagen«, versprach er keuchend. »Aber nimm bitte die Hand weg, Jake!« Jake verstärkte den Druck noch ein wenig. »Noch nicht«, sagte er.

Die Vögel hatten zu zwitschern begonnen, und allmählich drang das Sonnenlicht in Gomez' Schlafzimmer. Als er erwachte, stellte er fest, daß er einen purpurroten Pyjama trug und ordentlich in seinem Bett lag. »Oh! Es ist *mañana*«, bemerkte er, »aber ich kann mich nicht an die *noche* erinnern.«

Sein Kopf fühlte sich schwammig an, wie gewöhnlich nach einem Betäubungsschuß, und die meisten seiner Knochen, vor allem sein Rückgrat, schmerzten. Mit äußerster Vorsicht schlug er die Bettdecke zurück und begann mit der schmerzhaften Prozedur des Aufstehens.

Die Vögel zwitscherten immer noch in der Morgensonne draußen vor seinem Mini-Chalet. »Hört sofort auf damit, *por favor*!« sagte er in Richtung des nächsten Fensters.

Seine Kleidung und seine Schuhe, die ihm jemand sorgfältig ausgezogen hatte, lagen ordentlich übereinandergelegt neben dem Bett.

Behutsam zog Gomez sich unter beträchtlichem Wimmern und Fluchen an.

Um Punkt acht Uhr brüllte der Zimmercomputer los. »Sie wollten um acht Uhr geweckt werden, Herr Gomez! Es ist Zeit zum Aufstehen!«

»Ich bin schon aufgestanden.« Er blickte zum Lautsprecher an der Decke hinauf. »Um welche Uhrzeit habe ich diese Bitte geäußert?«

»Gestern abend um genau 22 Uhr 47. Sie haben sich angehört, als wären Sie gerade von einer Zechtour zurückgekommen, wenn Sie mir eine solche Bemerkung gestatten.«

»Das ist durchaus möglich. Ich bin nun mal ein lustiger Vogel. Vielen Dank!«

Schnell suchte Gomez seine Sachen zusammen und warf sie in den einzigen Koffer, den er dabeihatte. Sein Zimmer war gründlich durchsucht worden, aber es fehlte nichts.

Er verließ sein Mini-Chalet, ging zu Jennys hinüber und klopfte an die Tür.

Es dauerte fast eine Minute, bis die Tür sich halb öffnete und eine dicke grauhaarige Frau in einem geblümten Bademantel herausschaute. »Ja, bitte?«

Gomez lächelte und machte eine leichte Verbeugung. »Ich führe eine Umfrage durch, gnädige Frau«, sagte er höflich. »Darf ich davon ausgehen, daß Ihnen eine gewisse Jenny Keaton völlig unbekannt ist?«

»Wer?«

»Und wenn ich Sie fragen würde, seit wann Sie dieses Chalet bewohnen, wäre Ihre Antwort sicher . . .«

»Mein Mann und ich sind schon die ganze Woche hier«, antwortete sie. »Sind Sie der Kerl, der letzte Nacht die laute Party gefeiert hat?«

»Höchstwahrscheinlich.« Er verbeugte sich noch einmal und ging dann den Weg zum Empfangsschalter der Hotelanlage hinunter.

An der Rezeption warf er dem Robot-Angestellten seinen Elektroschlüssel zu.

»Sie reisen ab, Herr Gomez?«

»Schweren Herzens, ja«, antwortete er. »Gehe ich recht in der Annahme, daß in Ihren Akten keine Jenny Keaton registriert ist?«

Der Roboter drückte auf eine Taste und konsultierte einen der Monitore, die auf seinem Tresen angebracht waren. »Richtig.«

Gomez nickte, nahm seinen Koffer wieder auf und ging.

Erst nachdem er drei Blocks hinter sich gelassen hatte, war er überzeugt, daß ihm niemand folgte. Dann ging er zu einem Autovermieter und nahm sich ein Fahrzeug.

Als Gomez den Stadtrand von Bern erreichte, bog er auf einen Parkplatz neben einem weitläufigen Restaurantkomplex mit roten Ziegeldächern ein. Er betrat eine der Videophonzellen und rief die Detektivagentur Cosmos in Groß-Los-Angeles an.

Bascom meldete sich persönlich. »Du siehst ein wenig lädiert aus«, stellte er fest.

»Setz dich mit deinem Kumpel von der Inneren Sicherheit in Verbindung«, sagte Gomez, »und laß ihn wissen, daß Jenny Keaton aus ihrem Hotel in Bern verschwunden ist, und zwar irgendwann zwischen gestern abend und heute morgen.«

»Wer ist dafür verantwortlich?«

»Keine Ahnung, *jefe*«, antwortete Gomez achselzuckend. »Vielleicht wurde das Mädel von der Gegenseite geschnappt, oder sie hat ihr Verschwinden selbst arrangiert. Die Hotelgäste und das Management behaupten, daß sie nie hier gewohnt hat, und ich habe weder die Zeit noch die Lust, dieses Spielchen mitzuspielen.«

»Was hast du vor?«

»Ich bin unterwegs nach St. Norbert, einem Städtchen, in dem ich die Bonsecas anzutreffen hoffe.«

Bascom blickte ihn nachdenklich an. »Und du fühlst dich nicht verpflichtet, in Bern zu bleiben und die Suche nach dem vermißten Fräulein zu organisieren?«

»Irgend jemand hat mich gestern abend betäubt«, erklärte Gomez. »Es könnte sein, daß dein vermißtes Fräulein das eingefädelt hat. Aber ganz gleich, wie der Fall liegen mag, ich habe nicht die Absicht, in Bern herumzuhängen und mich mit dem Problem zu befassen.«

»Deine Sentimentalität ist auch nicht mehr das, was sie mal war«, sagte sein Chef.

»Ganz recht«, stimmte Gomez zu. Dann unterbrach er die Verbindung und ging zum Mietwagen zurück.

32

Timecheck schlug den Ärmel seines Mantels zurück, um seinen künstlichen Arm zu konsultieren. »Dein Magnetbahn-Expreß nach Wien fährt in acht Minuten und zweiundzwanzig Sekunden«, sagte er zu Jake und deutete auf den eleganten silbernen Zug, der am unterirdischen Bahnsteig stand. »Das heißt, wenn er sich tatsächlich an die Abfahrtzeit 9 Uhr 13 hält.«

»Du mußt mich nicht verabschieden.«

»Ich will dich lediglich mit meiner Vielseitigkeit beeindrucken«, erklärte der Chinese. »Du hast mich als zuverlässige Informationsquelle schätzen gelernt. Doch letzte Nacht habe ich dir geholfen, Inspektor Spellmann das Handwerk zu legen.«

»Ich bin dir sehr dankbar für diese Unterstützung in einem Notfall.«

»Heute möchte ich nur dafür sorgen, daß du sicher aus Berlin abreist«, sagte er. »Ich hoffe, du bist mir nicht böse, daß ich letzte Nacht abgehauen bin, bevor die Polizei kam.«

»Nein, überhaupt nicht.«

»Es hat sich doch alles ganz gut entwickelt, oder?«

»Ja«, sagte Jake. »Spellmann hat beschlossen, Inspektor Hauser seine Tek-Verbindungen zu offenbaren. Auch wenn er ihm nicht die Namen verraten hat, die er mir genannt hat – noch nicht. Spellmann wurde verhaftet, und ich habe die Gelegenheit, in Wien die Leute aufzuspüren, für die er gearbeitet hat. Damit bin ich der Polizei ein ganzes Stück voraus.«

»Du solltest jetzt äußerst vorsichtig sein«, warnte Timecheck ihn. »Mit an Sicherheit grenzender Wahrscheinlichkeit werden dich einige dieser Leute bereits dort erwarten.«

»Darauf bin ich vorbereitet.«

Er sah wieder auf seinen Arm. »Noch drei Minuten und sechsundvierzig Sekunden«, verkündete Timcheck. »Du solltest jetzt besser einsteigen.«

Jake nahm seinen Koffer. »Nochmals vielen Dank.«

»Du hast gestern ein ganz schöne Show abgezogen. Sehr eindrucksvoll«, sagte er zu Jake. »Als du zu Spellmann sagtest, du würdest ihn töten, wenn er nicht redet, klang das verdammt überzeugend.«

»Ich bin mir nicht sicher, ob ich lediglich eine Show abgezogen habe.« Damit bestiegt Jake den Zug.

Als er die kleine Stadt St. Norbert in den Bergen erreichte, hatte sich Gomez' Kopf wieder einigermaßen geklärt. Auch die sonstigen Nachwirkungen eines Betäubungsschusses waren verschwunden, bis auf einen leichten Schmerz, der sich ab und zu an seinem Rückgrat entlangbewegte.

Er stellte sein gemietetes Fahrzeug in der Nähe des Marktplatzes ab. Nachdem er mit seiner Banx-Karte die Parkgebühr entrichtet hatte, fragte er den Robot-Wächter: »Wie komme ich zur Elektrischen Bühne?«

»Das ist gar nicht schwer«, antwortete die Maschine und zeigte bergab. »Sie gehen zuerst diese Straße hinunter, bis Sie zum Blumenbrunnen kommen, dann halten Sie sich links. Drei Blocks weiter kommt der Abendmahlbrunnen. Dort nehmen Sie die Gasse rechts. Nach fünf Blocks überqueren Sie den Soldatenplatz und biegen in die Schlummergasse ein. Am Ende finden Sie die Elektrische Bühne.«

»*Gracias*, sehr freundlich von Ihnen!«

Die Vormittagsluft war frisch und klar. Rund um die Stadt erhoben sich die schneebedeckten Gipfel der Berner Alpen.

»Beeindruckend«, stellte der Detektiv fest, während er über das künstliche Kopfsteinpflaster schritt.

Er holte eine Gruppe von zehn Touristen mittleren Alters ein, die von einem weiß emaillierten Robotführer durch die Stadt begleitet wurden. Er trug einen Tirolerhut.

Gomez wich der Gruppe aus und ging schnell auf den Brunnen zu. Aus seiner Mitte erhob sich ein zehn Meter hoher Metallobelisk, der mit Hunderten von bunt glitzernden Metallblumen geschmückt war. Im klaren Wasser darunter schwammen echte Fische.

Gomez wandte sich nach links und machte sich auf den Weg zu seiner nächsten Landmarke.

Als er an einem kleinen Café vorbeikam, erinnerte ihn der Geruch nach Kakao und Zimtkuchen daran, daß er noch nicht gefrühstückt hatte.

Ein schwergewichtiger Androide in weißem Anzug und Kochmütze winkte ihn heran.

»Erst die Arbeit!« rief Gomez und ging weiter.

Etwa einen Block nach dem nächsten Brunnen hatte er den Verdacht, daß er nicht mehr in die richtige Richtung ging. An der Ecke entdeckte er einen uniformierten Wachtroboter.

»Ich suche die Elektrische Bühne«, sagte er zu dem künstlichen Polizisten.

»Oh, ja«, sagte der Roboter. »Das war nur ein paar Blocks von hier entfernt.«

Gomez blinzelte. »Es war . . .?«

»Es hat eine Explosion gegeben.«

»Wann ist das passiert?«

Der Roboter sah auf seine Uhr. »Vor etwa zweieinhalb Stunden«, antwortete er.

Auf dem Videoschirm explodierte die Elektrische Bühne noch einmal. Feuer, rußiger Rauch und Trümmer aus Metall und Plastglas wurden in den klaren Morgen hinaufgeschleudert.

»Halten Sie hier an!« Gomez trat näher an die Wand heran und zeigte auf die rechte untere Ecke des Bildschirms. »Diese Person habe ich gemeint.«

»Ja, natürlich«, sagte Sergeant Dibble von der Polizei von St. Norbert. »Beim ersten Mal ist sie mir gar nicht aufgefallen.«

»Sie scheint eine Art religiöses Gewand zu tragen.«

»Moritz, wie war noch gleich ihr Name?« fragte der Sergeant

den Robot-Polizisten, der an einem der zwei kleinen Schreibtische des Büros saß.

»Schwester Jonquil. Die junge Dame befand sich ganz in der Nähe des Theaters, wo sie für wohltätige Zwecke sammeln wollte, bevor sich die Explosion ereignete.«

Der Film ging weiter. »Sieht aus, als würde die Druckwelle sie umwerfen«, sagte Gomez.

»Leider.« Der pummelige Sergeant zupfte an seinem borstigen Schnurrbart. »Sie wurde ganz schön durchgeschüttelt.«

»Ist sie ernsthaft verletzt?«

»Wir hatten nicht den Eindruck, Herr Gomez. Aber im Augenblick wird sie im hiesigen Hospital untersucht. – Moritz, denk daran, später anzurufen und dich nach Schwester Jonquils Ergehen zu erkundigen.«

»Das hatte ich sowieso vor.«

Der Film war zu Ende. »Die Aufnahmen, sagten Sie, wurden von Ihrem Kamera-Überwachungssystem gemacht?« fragte Gomez.

»Wir haben automatische Kameras, die über der Stadt kreisen und ihre Bilder an unser zentrales Überwachungssystem schicken. Auf diese Weise haben wir jederzeit einen Überblick über alles, was in St. Norbert geschieht.«

»Dieser Schnipsel, den Sie mir freundlicherweise gezeigt haben«, sagte der Detektiv, »ist nicht besonders lang. Man kann nicht sehen, ob irgend jemand das Theater betreten hat, nicht einmal Schwester Jonquil.«

Der Sergeant nickte bedauernd. »Aufgrund unserer letzten Etatkürzungen können wir die Kameras nicht mehr ständig laufen lassen.«

Gomez lehnte sich gegen die Wand. »Haben Sie schon feststellen können, was die Explosion verursacht hat?«

»Noch nicht«, antwortete Dibble. »Aber wir sind sicher, daß es kein Unfall war.«

»Was ist mit den Bonsecas?«

»Die Ärmsten!« seufzte Moritz.

»Tot?«

»Wir haben in den Ruinen des Theaters die Überreste zweier

Menschen gefunden«, sagte Dibble. »Ein Mann und eine Frau. Und die Reste von etwa fünfundzwanzig mechanischen Puppen. Es wurde noch nicht endgültig bestätigt, daß es sich bei den Leichen um die von Bonseca und seiner Frau handelt.«

»Aber sie sind nirgendwo sonst aufzutreiben«, gab Moritz zu bedenken.

»Richtig. Die Puppenspieler haben ihr Hotel verlassen und wollten offenbar ins Theater. Das war eine gute Stunde vor der Explosion. Das ist die letzte Information, die man über sie hat.«

»Wo ist das Krankenhaus?«

Der Polizeisergeant gab Gomez die Adresse. »Warum ist die ehrenwerte Detektivagentur Cosmos so sehr an zwei umherziehenden Puppenspielern interessiert?« fragte er.

»Nur eine Versicherungsangelegenheit«, log Gomez. Lächelnd machte er sich auf den Weg zum Ausgang.

Gomez runzelte die Stirn. In der Hand hielt er einen Strauß gelber Plastrosen. »Sind Sie sicher, Herr Doktor?«

Der gutaussehende blonde Androidenarzt nickte. »Wir haben ihr angeraten, noch eine Weile hierzubleiben«, sagte er. »Aber sie bestand darauf, auf eigene Verantwortung zu gehen. Sie mußte sofort in ihr Kloster zurück.«

Die Eingangshalle des Krankenhauses bestand aus Plastglaswänden, durch die man einen überwältigenden Blick auf die Alpengipfel hatte.

Gomez ließ seinen Blumenstrauß sinken. »Ich vermute, daß Schwester Jonquil nicht erwähnt hat, welchem Kloster sie angehört?«

»So ist es«, erwiderte der Androidenarzt.

»Wie ist sie abgereist – mit einem Auto oder einem Gleiter?«

»Sie hat einen unserer Robot-Internisten gebeten, ihren eigenen Wagen herzuholen, den sie auf dem Parkplatz ihres Hotels zurückgelassen hat.«

»Wissen Sie, in welche Richtung sie sich dann gewandt hat?«

»Ich habe nur gesehen, daß sie bergab fuhr«, sagte der Arzt.

»Sie scheinen sehr daran interessiert zu sein, sie zu finden, mein Herr!«

»Ich verspüre ein plötzliches Bedürfnis nach religiösem Beistand«, erklärte Gomez und reichte ihm die Blumen. »Geben Sie sie irgend jemanden, der keine hat.«

»Vielen Dank. Wollen Sie versuchen, sie zu finden?«

»Das habe ich vor, ja.«

»Das ist ein fast unmögliches Vorhaben, nicht wahr?«

»Das ist es«, sagte Gomez. »Aber ich fühle mich dadurch herausgefordert.«

Zehn Robothunde begannen zu bellen, als Gomez den Laden betrat.

»Seid still, ihr Teufel!« rief der Besitzer der Schneehund GmbH. »Hört sofort mit diesem nervtötenden Lärm auf!«

»Ich suche nach Helmut Kolb junior!« brüllte der Detektiv.

Der Eigentümer, ein schlanker, kahlköpfiger Mann um die Fünfzig, kam hinter dem Tresen hervor. »Eigentlich dürften sie gar nicht so laut bellen«, sagte er entschuldigend. »Ruhe!«

Im Ausstellungsraum gab es fünfzehn mechanische Hunde, die meisten von ihnen Bernhardiner-Nachbauten. Jedes der verchromten Robottiere hockte auf einem eigenen Sockel. Sieben von ihnen bellten immer noch mit tiefen, blechernen Stimmen.

»Finde ich hier irgendwo Helmut Kolb junior?« fragte Gomez laut.

»Einen Augenblick, bitte!« Der Ladenbesitzer zog eine Betäubungspistole.

Auch Gomez zog sofort seine Waffe. »Wenn Sie beabsichtigen . . .«

»Nein, nein, beruhigen Sie sich! Ich will damit nur diese blöden Blechhunde in Schach halten«, erklärte er. »Seht her, ihr Teufel! Seht ihr diese Waffe? Hört sofort mit dem Gekläffe auf!«

Alle außer einem Hund verstummten.

Es war ein großes glänzendes Exemplar, das Gomez anfunkelte und immer noch wütend bellte.

»Ich habe dich gewarnt!« Dann schoß der Mann.

Der Strahl traf den Robothund in die Brust. Er hörte sofort zu bellen auf und schloß sein Maul mit einem lauten Klappen. Dann geriet er auf seinem Podest ins Taumeln, bis er herunterfiel. Mit einem hallenden Krachen stürzte er auf den Boden des Ausstellungsraums. »Kein Wunder, daß das Geschäft so schlecht läuft.« Der Eigentümer steckte die Waffe wieder ein. »Niemand will einen Berghund mieten, der schlechte Manieren hat.«

Gomez ließ seinen Blick vom gestürzten Schneehund zum kahlköpfigen Mann wandern. »Man hat mir gesagt, ich würde hier Helmut Kolb junior treffen.«

»Ja, ich habe einen großen Fehler begangen.«

»Welchen?«

»Indem ich dem Faulpelz meinen Namen gegeben habe.« Er kehrte zu seinem Tresen zurück und hockte sich darauf. »Dadurch ist mir die Möglichkeit genommen, jede Beziehung zu ihm abzustreiten.«

»Ist er hier?«

»Was wollen Sie von ihm?«

»Einer meiner Informanten gab mir den Tip . . .«

»Ist ja auch egal. Es würde mir vermutlich mein armes, altes Herz brechen, wenn ich erfahre, was er jetzt schon wieder angestellt hat«, sagte Helmut Kolb senior. »Obwohl ich sagen muß, daß Sie nicht so abgeranzt und zwielichtig aussehen wie die gewöhnlichen Unterwelter, die sich sonst hier nach meinem Jungen erkundigen.«

»*Gracias.* Wo ist er?«

Der Ladenbesitzer zeigte auf eine grüne Tür hinter sich. »Da hindurch.«

»Verbindlichsten Dank.«

»Sie haben nicht zufällig Interesse, einen Schneehund zu mieten? Ich kann Ihnen einen großzügigen Rabatt gewähren.«

»Ich werde kaum Zeit für eine Bergtour haben.« Gomez ging zur Tür. »Andernfalls würde ich es mir überlegen.«

»Ich habe nicht ernsthaft geglaubt, daß Sie einen wollen. Niemand will einen!«

Gomez trat durch die Tür, ging einen schmalen Korridor entlang und kam dann in einen kleinen quadratischen Raum, der mit elektronischen Geräten, Computerterminals und mehreren Pinup-Animationsbildern vollgestopft war.

Helmut Kolb junior war ein dicker junger Mann um die Dreißig. Er trug ein geblümtes Hemd und weiße Hosen. Er saß in einem Korbstuhl und starrte nachdenklich das Eclair an, das er in der linken Hand hielt. »Sie sind Gomez, nicht wahr?«

»Der bin ich.«

»Ich wurde benachrichtigt, daß Sie vorbeikommen würden. Riechen Sie mal daran.« Er hielt ihm das Eclair hin. Gomez schnupperte gehorsam daran. »Und jetzt?«

»Ich finde, es riecht merkwürdig.«

Gomez nahm in einem Stuhl Platz. »Man hat mir gesagt, Sie wären der einzige in der Stadt, der ...

»Finden Sie nicht, daß es merkwürdig riecht?«

»Überhaupt nicht. Was ich von Ihnen wissen ...«

»Dann werde ich es riskieren.« Kolb nahm einen kräftigen Bissen. »Es schmeckt auch nicht mehr ganz frisch.« Damit legte er es auf einen Stapel Disketten. »Mein Honorar beträgt fünfhundert Dollar.«

»Die Summe, die mir genannt wurde ...«

»Es spielt keine Rolle, was Ihnen irgend jemand gesagt hat.«

»Vierhundert Dollar.«

»Vierhundertundsiebzig.«

»Vierhundertfünfzig.«

»Abgemacht. Was wollen Sie wissen?«

»Ich bin an den Reisen einer jungen Dame interessiert, die St. Norbert vor ein paar Stunden in einem Mietwagen verließ.« Gomez fügte eine Beschreibung von Jenny Keaton und ihrem Auto hinzu. »In letzter Zeit ist sie als Schwester Jonquil aufgetreten, aber ich vermute, daß sie sich inzwischen einen anderen Namen zugelegt hat.«

»Eigentlich schmeckt es gar nicht mal so schlecht.« Helmut nahm das Eclair wieder in die Hand und aß es auf. Dann setzte er eine undurchsichtige Brille auf, an denen zwei große Kopfhörer befestigt waren.

Nach einer knappen Minute begann einer der Monitore an der gegenüberliegenden Wand alarmierend aufzublinken. Ein Phantombild von Jenny in einem einfachen grauen Kleid erschien auf dem Bildschirm.

»*Sí,* das ist sie.«

Helmut nahm die Brille und den Kopfhörer ab und drückte auf eine Taste.

Aus einem Lautsprecher neben Gomez' linkem Ohr kam eine hohle, rasselnde Stimme. »Diese Frau, die sich Jillian Kearney nennt, ist vor siebzehn Minuten vom Berner Flughafen abgeflogen.«

»Wohin?«

Draußen im Laden begannen plötzlich neun der Robothunde zu bellen.

»Das Ziel ihrer Maschine ist Wien.«

Das Bellen wurde lauter.

Dann war das Schreien von Helmut Kolb senior zu hören. »Passen Sie auf! Sie werden . . .«

34

Jakes Bodentaxi setzte ihn in der Nähe des Schwarzenbergplatzes ab. Es war ein klarer, windiger Tag in Wien, und die meisten Tische vor dem Café gegenüber waren unbesetzt. Ein auf Hochglanz polierter silberner Robotkellner stand gelangweilt am Eingang, während aus dem Innern verstärkte Zither-Musik drang.

Jake überquerte die Straße und betrat durch einen schmalen Eingang das dreistöckige Ziegelgebäude neben dem Café. Er stieg die Treppe bis zum zweiten Stock hinauf, ging den Korridor entlang und blieb vor der Tür mit der Aufschrift JOHANN GEWITTER, STEUERBERATER stehen.

Eine Überwachungskamera über der Tür nahm ihn von oben bis unten in Augenschein. Dann wurde er von einer künstlichen

Stimme begrüßt. »Willkommen, mein Herr!« Die Metalltür öffnete sich mit einem Klicken und schwang auf.

Jake betrat das Büro. »Sie sind Gewitter?«

Ein gutaussehender blonder Mann um die Vierzig saß hinter einem weißen Schreibtisch und lächelte Jake zu. »Ich bin im Augenblick leider nicht persönlich anwesend«, sagte er freundlich, »aber dieser erstklassige Androiden-Doppelgänger wird sich um Ihr Problem kümmern.«

Jake trat ein paar Schritte näher an den Nachbau heran. »Wann werden Sie zurück sein?«

»Sie sind Jake Cardigan?« fragte der Androide.

»Ja.«

»Setzen Sie sich, Herr Cardigan!« forderte er ihn auf und zeigte auf einen weißen Stuhl. »Timecheck hat uns angerufen und mitgeteilt, daß Sie vorbeikommen würden. Ich bin nicht hier, aber Sonny Boy ist durchaus in der Lage, sich um Ihr Problem zu kümmern.«

»Sie sind Sonny Boy?« Er sah den Androiden nachdenklich an und blieb stehen.

»Es war seine Idee, nicht meine. Setzen Sie sich, bitte!« sagte der Doppelgänger. »In Wirklichkeit bin ich sogar intelligenter als Herr Gewitter – und ich habe kein Magengeschwür.«

»Trotzdem würde ich lieber ...«

»Er ist nicht in der Stadt«, erklärte der Androide. »Eine Wirtschaftsprüfung für den Verein von Betrügern in Salzburg.«

»Ich kann warten.«

»Ich darf Ihnen versichern, daß ich hervorragend für alle Eventualitäten ausgerüstet bin.« Er hielt seine rechte Hand hoch. »Außerdem wurde ich so entworfen, daß ich mit der ganzen hochkarätigen Ausrüstung hier in direkter Verbindung stehe.« Er zeigte auf die Computerterminals und Monitore, die in zwei Wände des weißen Büros eingebaut waren.

Jake setzte sich zögernd auf den harten weißen Stuhl. »Ich muß mich mit einem Herren namens D. E. Nister in Verbindung setzen«, sagte er. Den Namen hatte er von Inspektor Spellmann erfahren. »Er ist Professor für Technobiologie an der Österreichischen Tele-Akademie.«

»Und steht in Verbindung mit dem größten Tek-Kartell in Europa.« Der Androide klopfte auf einen Stapel Papiere, der auf dem Tisch lag. »Ich habe ein paar Erkundigungen über ihn eingezogen, gleich nachdem Timecheck mich kontaktierte.«

»Nach meinen Ermittlungen in Berlin habe ich bereits etwas Derartiges vermutet.« Jake beugte sich vor. »Aber jetzt ist es möglich, daß Professor Nister den Verdacht hat, ich könnte mich für ihn interessieren. Ich brauche einen zuverlässigen Informanten – und als solchen hat Timecheck Sie mir beschrieben –, um herauszufinden, wo der Professor sich verkrochen haben könnte.«

»Dieses Problem ist geradezu eine Herausforderung«, sagte der Androide. »Nister sendet gewöhnlich nicht vom regulären Studio der ÖTA aus. Außerdem handelt es sich bei seinen Vorlesungen der letzten zwei Tage um ältere Aufzeichnungen.«

»Wo wurden sie produziert?«

»In einem Privatstudio in seinem Haus in der Nähe des Riesenrads.«

»Aber er ist nicht zu Hause?«

Der Androide klopfte auf den Bericht. »Nicht nach meinen Informationen«, antwortete er.

»Dann müssen wir herausfinden, wo er ist.«

»Genau, Herr Cardigan.« Der Androide stand auf und ging zur nächsten Wand. »Ich habe bereits einige diskrete Anfragen hinausgeschickt.« Er steckte den Zeigefinger in eine Buchse unter einem der Monitore. »Alle Nachrichten, die während der letzten paar Minuten eingetroffen sind, werden jetzt automatisch in mein Gehirn weitergeleitet. Dann kann ich Ihnen sagen, was ...«

»Wäre es nicht einfacher, wenn ich es einfach ablesen ...«

»Nein, diese besondere Funktion hat eine Menge Geld gekostet. Wenn man sie nicht nutzen würde ... Mein Gott!«

Der Bildschirm war plötzlich rot geworden, und in der Buchse knisterte es. Die Hand des Androiden begann zu glühen und versprühte ein Feuerwerk aus goldgelben Funken. Sein Körper versteifte sich, während er zu heulen anfing. Seine Augäpfel schmolzen und liefen ihm die Wangen hinunter. Sein blondes Haar stand nach allen Seiten ab und verkohlte langsam. Dann wurde er von der Wand zurückgeschleudert.

Der ausgebrannte Androide stürzte auf den Schreibtisch und rutschte zu Boden, wo er zuckend auf der Seite liegenblieb.

Sein Mund öffnete sich, und er spuckte bunte Drähte, winzige Kupferzahnräder und grünliches Öl aus.

Jake schnappte sich den Bericht vom Schreibtisch und steckte ihn in die Tasche. Dann drehte er sich um und lief durch die Tür in den Korridor hinaus. »Es scheint schwieriger zu sein, als ich gedacht hatte, ein gemütliches Beisammensein mit dem Professor zu vereinbaren«, stellte er fest, während er die Treppen hinunterstürmte.

Das Restaurant Neptun war auf den Pazifik hinausgebaut, und die nächtliche Brandung schlug leicht gegen die getönten Plastglaswände. Dan hatte Molly in einer Nische im Speisesaal zurückgelassen und war auf dem Weg zu einem Videophon.

Er wählte die Nummer des Büros der Detektivagentur Cosmos. Als ein Roboter auf dem Bildschirm erschien, sagte Jakes Sohn: »Ich möchte eine Nachricht für Walt Bascom hinterlassen. Fragen Sie ihn bitte, ob . . .«

»Sei nicht so schüchtern, Junge!« Bascoms Kopf tauchte auf dem Bildschirm auf. »Frag mich selbst!«

»Haben Sie jemanden auf mich angesetzt, der mich überwacht?« fragte Dan.

»Wie kommst du darauf?«

»Haben Sie es? Wenn nämlich nicht, dann ist irgend jemand . . .«

»Wie sieht denn die angebliche Beschattung aus?«

»Nun, ich selbst habe den Betreffenden noch gar nicht gesehen. Aber eine Freundin von mir – keine richtige Freundin, meine ich, sondern eine Bekannte aus der Schule, eine Mitschülerin. Jedenfalls hat sie ihn in der Nähe meines Bungalows gesehen«, erklärte Dan. »Ein schlanker Mann, etwa dreißig, kurzes blondes Haar. Ist es einer von Ihren Männern?«

»Ja, das ist McCay«, gestand Bascom. »Wer ist die junge Dame, der er aufgefallen ist?«

»Sie heißt Molly Fine. Eigentlich ist sie eine ganz schöne Nervensäge.«

»Aber sie hat eine gute Beobachtungsgabe.«

»Scheint so. Warum haben Sie . . .«

»Dein Vater macht sich Sorgen, Dan. Und ich auch. Deshalb habe ich Agenten . . .«

»Wenn es Ihnen nichts ausmacht, kann ich ganz gut allein auf mich aufpassen«, versicherte Dan ihm. »Also können Sie McCay zurückpfeifen – und wen Sie sonst noch als Babysitter eingesetzt haben.«

»Vielleicht wäre es klüger . . .«

»Nicht nötig.«

»Na gut«, Bascom nickte liebenswürdig. »Von jetzt an bist du auf dich selbst angewiesen. Okay?«

»Ja, danke.«

Dan ging wieder zu Molly an den Tisch zurück. »Es war wirklich ein Cosmos-Agent«, sagte er. »Mein Dad war offenbar der Meinung, ich hätte ein Kindermädchen nötig.«

»Und?« fragte Molly.

»Bascom zieht ihn zurück«, sagte er. »Außerdem hat er uns geraten, nicht mehr Detektiv zu spielen.«

»Wie hat er das herausgefunden?«

»Auch er ist Detektiv«, sagte Dan. »Auf jeden Fall werde ich die Sache aufgeben. Es ist zu gefährlich. Ich solle mich lieber auf meine Schularbeit konzentrieren. Von jetzt an brauche ich deine Hilfe also nicht mehr, Molly.«

Molly lächelte. »Weder du noch Bascom sind besonders gute Lügner«, bemerkte sie. »Er wird auf keinen Fall die Beschattung einstellen – und du wirst auch nicht aufhören, Nachforschungen über Knerr anzustellen.« Sie lächelte noch freundlicher. »Du mußt dir schon etwas mehr Mühe geben, wenn du mich loswerden willst.«

35

Der erste, der in das Hinterzimmer des Schneehund-Geschäfts gestürmt kam, war ein verchromter Roboter mit einer Pudelmütze und einem roten Parka. In jeder seiner behandschuhten Hände hielt er eine Laserpistole.

Gomez hatte sich hinter einen Haufen Apparaturen geduckt. Helmut Kolb junior hockte neben einem Stapel Kisten und war nur unzureichend gedeckt.

Als der Roboter ihn entdeckte, richtete er beide Waffen auf seinen Rücken. »Aufstehen, Fettarsch!« befahl er.

Gomez sprang auf und feuerte mit seiner Betäubungspistole auf den hereinstürmenden Roboter.

Der Strahl setzte den künstlichen Menschen außer Gefecht, der daraufhin über dem Stuhl zusammenbrach, auf dem Helmut noch vor kurzem gesessen hatte.

Als noch jemand über die Schwelle trat, holte Gomez mit dem Bein aus.

Ein Schrei war zu hören; dann stolperte ein kahlköpfiger Jugendlicher in einer schwarzen Jacke herein.

Gomez schoß noch einmal. Er fing den bewußtlosen Jungen auf und benutzte ihn als Deckung, während er in den Ausstellungsraum hinausstürmte.

Als er fast über den am Boden liegenden Ladenbesitzer gestolpert wäre, ließ er den kahlköpfigen Jugendlichen los. Im selben Augenblick feuerten die anderen zwei Eindringlinge ihre Laserpistolen in seine Richtung ab.

Die Laserstrahlen durchschnitten den Jungen, doch Gomez hatte sich bereits hinter den Metalltresen geduckt.

Er kroch über den Fußboden und erreichte einen der bellenden Robothunde auf den Sockeln. Schnell tippte er ein paar Anweisungen in die Kontrollfläche des Hundes. »Faß!« befahl er.

Der große Metallhund knurrte wild und sprang von seinem Sockel direkt auf den bärtigen Mann zu, der gerade sein schwarzes Lasergewehr auf Gomez richten wollte.

Der Schneehund landete mit den metallenen Vorderpfoten auf dem Brustkorb des großen Mannes und warf ihn um. Aus dem Lasergewehr entlud sich knisternd ein Schuß, der ein Zickzackmuster in die Decke schnitt.

Der letzte Eindringling war ein verkupferter Roboter, der an der Tür zur Straße stand.

Als der bärtige Mann zu Boden ging, hatte Gomez bereits zwei weitere Schneehunde programmiert.

Beide griffen den Roboter an und warfen ihn zu Boden, bevor er seine Waffe auf den Detektiv richten konnte.

Gomez sprintete los und ging neben dem Roboter in die Knie. Er schoß mit der Betäubungspistole auf ihn.

Dann nahm er dem bärtigen Mann das Lasergewehr ab und setzte sich neben ihn. Der Robothund hielt ihn immer noch mit seinen Metallpfoten in Schach.

»Also los, *Hombre*! Wer hat dich geschickt?«

Die übrigen Robothunde bellten immer noch aufgeregt, so daß der Mann fragte: »Was hast du gesagt, Arschloch?«

»Wer hat euch geschickt?« brüllte Gomez.

»Rutsch mir den Buckel runter, Fettarsch!«

Gomez stieß dem am Boden liegenden Mann die Mündung des Lasergewehrs in die Seite. »Ich werde dir sagen, wie ich deine unmittelbare Zukunft sehe«, sagte er zu ihm.

»Nachdem man dich aus dem Krankenhaus entlassen hat, wirst du . . .«

»Red keinen Quatsch! Du wirst die Waffe niemals benutzen. Du bist ein Bulle, also hast du Anweisung . . .«

»*Por favor*, erlaube mir, mit meiner fürchterlichen Prophezeihung fortzufahren«, bat Gomez und drückte noch heftiger mit der Waffe zu. »Du wirst nicht etwa meinetwegen ins Krankenhaus kommen, sondern weil dieser enorme *perro* dich einiger wichtiger Körperteile berauben wird. Ich kann ihn darauf programmieren . . .«

In diesem Augenblick sprang einer der anderen Robothunde von seinem Sockel, lief herbei und vergrub seine Zähne in Gomez' Schenkel.

Er schrie vor Schmerz auf.

Der bärtige Mann nutzte seine Chance. Er trat Gomez in den Bauch und befreite sich dann von dem anderen Robothund. Er lief zur Tür und stürmte hinaus auf die Straße.

Gomez drehte sich herum und schaltete den Hund mit seiner Betäubungspistole aus. »Du hast dir einen äußerst ungünstigen Augenblick ausgesucht«, sagte er zu dem jetzt regungslosen Roboter.

»Das ist mal wieder typisch. Sie sind absolut unzuverlässig.« Helmut Kolb senior richtete sich auf und betastete vorsichtig die blutiger Schramme an seiner Stirn. »Wem wollten diese Schläger eins auswischen – Ihnen oder meinem mißratenen Sohn?«

»Mir.« Gomez kam unsicher auf die Beine. »Ich werde die Überreste dem Gesetz übergeben, aber der Mensch, der noch zum Reden imstande war, ist der, der sich davongemacht hat, als Bello seine Hauer in mein Fleisch schlug.«

Der ältere Kolb ließ sich von Gomez aufhelfen. »Haben Sie vor, uns des öfteren einen Besuch abzustatten, mein Herr?« fragte er besorgt.

»Wenn alles gutgeht«, versicherte Gomez ihm, »werde ich mich nie wieder in der Schweiz blicken lassen.

36

Gomez sprang mit einem Satz zur Seite, als ein schwergewichtiger Mann mit einem borstigen roten Bart rückwärts durch die Menschenmenge auf dem Wiener Flughafen auf ihn zugestolpert kam.

Der Mann verfehlte ihn knapp und taumelte weiter, bis ihm ein Koffer in den Weg kam und er mit einem dumpfen Geräusch auf dem Hinterteil landete.

Eine stämmige blonde Frau um die Vierzig kam angerannt und versetzte dem gestürzten Mann einen betäubenden Handkantenschlag in den Nacken. Dann legte sie ihm elektrische

Handschellen an, nickte zufrieden und ging zu Gomez hinüber. »Warum bist du neuerdings so schreckhaft, Sid?«, fragte sie, als sie ihm die Hand hinstreckte.

»Ich bin vor kurzem von einem Roboter gebissen worden«, erklärte er und schüttelte ihr die Hand. »Warum hast du den *hombre* so grob behandelt, Eva?«

»Der besoffene Trottel hat versucht, mir mein Portemonnaie zu klauen«, antwortete Eva Kraft und winkte den Sicherheitsroboter heran, der bereits unterwegs war. »Hier ist wieder einer für dich, Hans.«

Der verchromte Roboter tippte sich an seine Polizeimütze, lachte anerkennend und führte den Taschendieb ab. »Hervorragende Arbeit«, sagte er.

Gomez stellte seinen Koffer ab und hüstelte. »Wie du vielleicht weißt, bist du mir von allen Detektiven auf der ganzen Welt eine der liebsten«, sagte er zu der stämmigen Blondine, »und Cosmos hat sich immer auf dich ...«

»Mach dich nicht lächerlich, indem du hier so eine Show abziehst«, riet sie ihm. »Sag lieber frei heraus, daß dir meine Gegenwart peinlich ist.«

»Es ist nur so, *chiquita*, daß ich gehofft hatte, meine Ankunft in dieser schönen Stadt würde auf etwas unspektakulärere Weise vonstatten gehen.« Er nahm seinen Koffer wieder auf. »Ich habe die Erfahrung gemacht, daß es großes Aufsehen erregt, wenn mir Gauner vor die Füße geworfen werden.«

»Es ließ sich leider nicht vermeiden«, rechtfertigte sich die Detektivin. »Ich stand ganz harmlos da und habe mich völlig unauffällig unter die Menge der Trottel gemischt, die diesen Flughafen bevölkern, als dieser hirnlose Idiot versuchte ...«

»Ich weiß es sehr zu schätzen, daß du mich hier empfangen hast.« Gomez humpelte in Richtung einer Rampe los, die zum Ausgang führte. »Hast du irgendwas über die Aktivitäten von Jenny Keaton herausgefunden?«

»Ich habe sofort mit der Arbeit angefangen, nachdem du mich aus dieser schnuckeligen Touristenfalle in der Schweiz angerufen hast.«

»Und was hast du ...«

»Ich bin der kleinen Dumpfbacke auf der Spur. Es war gar nicht so schwierig«, sagte Eva. »Sie ist im Hotel Freundlich in der Augustinerstraße abgestiegen und benutzt zur Zeit den Namen Jolline Kurtzman.«

»*Bueno*. Wir wollen hinfahren.«

»Das hätte nicht viel Sinn, mein Schatz.« Sie traten auf einen Gleiterparkplatz hinaus. Es wurde bereits dunkel, und ein schneidender Wind strich über das Gelände.

»Warum nicht, Eva?«

»Weil deine Freundin Jenny – mein Wagen ist übrigens der purpurrote dort drüben – ihr Hotel bereits nach fünfzehn Minuten verlassen hat und mit einem Auto zum Flohmarkt an der Magnetbahnstation Kettenbrückengasse gefahren ist. Dann . . .«

»Ketten . . . *was*?« fragte Gomez. Dann winkte er ab. »Vergiß es! – Und dann?«

Eva sah ihn an und wurde langsamer. »Dann passierte etwas Merkwürdiges, Sid«, fuhr sie fort, und ihre Stimme klang gleichzeitig verärgert und verblüfft. »Dann ging bei der Dame die Post ab.«

»Könntest du das etwas genauer erklären?«

»Sie drehte plötzlich durch, bekam einen Anfall und benahm sich wie eine Verrückte, bis sie von einem Notarztgleiter abgeholt wurde.«

Gomez blieb stehen. »Wo ist sie jetzt?« fragte er.

»Man hat die arme Frau zur Stiftung Berggasse gebracht, einer privaten Klapsmühle, um sie zu beobachten«, sagte die Detektivin. »Ich habe da ein paar gute Beziehungen, so daß wir sie vielleicht herausholen . . .«

»Kommt gar nicht in Frage! Es wird Jenny guttun, wenn sie ein wenig beaufsichtigt wird. Wir werden uns später um sie kümmern«, sagte Gomez. »Was ich jetzt *muy pronto* tun möchte, ist, diesen Flohmarkt aufsuchen. Wir müssen feststellen, wen sie dort treffen wollte.«

Jake ließ den Butler vorsichtig und leise zu Boden gleiten. Es gab nur ein schwaches, dumpfes Geräusch, als Jake den Androiden auf den dicken Teppich legte.

Er stand wieder auf und blickte den halbdunklen Korridor hinunter. In der rechten Hand hielt er seine Betäubungspistole. Mit einem Nicken setzte er seinen Weg durch das Haus fort. Nachdem er um eine Ecke kam, sah er ein helles Lichtrechteck vor sich auf der linken Seite.

Es war der Eingang zum Studio, das er suchte. Jake ging langsamer und lauschte. Außer dem leisen Summen und Surren verschiedener Maschinen war es still im Haus.

Jake schlich sich näher an das Studio heran. Jetzt hörte er Schritte auf einem blanken Holzfußboden und dann das Geräusch, als ein Stuhl gerückt wurde. Kurz vor der Tür blieb er stehen und hielt seine Waffe in Brusthöhe.

Nachdem er eine weitere Minute gelauscht hatte, trat er vorsichtig in den hell erleuchteten Raum. »Guten Abend, Fräulein Roth«, sagte er.

Die schlanke Blondine zuckte nicht einmal zusammen. Sie rückte nur ihren Stuhl vom Computerterminal fort, an dem sie gearbeitet hatte, und drehte sich zu ihm um. »Sie müssen Jake Cardigan sein«, sagte Mina Roth. »Ich habe Fotos von Ihnen gesehen.«

»Das kann ich mir vorstellen.« Er behielt sie genau im Auge.

Sie stand auf und ging zu einem großen Videoschirm an der Wand. Darauf war das unfertige Gemälde einer prächtigen Landschaft zu sehen, an dem sie arbeitete. »Ich verfüge über ein recht kostspieliges Sicherheitssystem.« Sie lehnte sich gegen die Wand und musterte ihn.

»Ich habe beträchtliche Erfahrung im Umgang mit Sicherheitssystemen«, erwiderte er. »Und darin, Roboter und Androiden auszuschalten.«

»Gibt es einen besonderen Grund, Herr Cardigan, warum Sie auf so grobe Weise in mein Haus eingedrungen sind?«

Er trat ein paar Schritte auf die Künstlerin zu. »Heute morgen hat ein Johann-Gewitter-Androide mir – bevor er zerstört wurde – einen Bericht zusammengestellt, und zwar über die beruflichen und sonstigen Aktivitäten von Professor D. E. Nister.«

Sie lächelte schmal. »War dieser ehemalige Androide ein Skandalreporter, ein Privatdetektiv oder . . .«

»Jemand, der mir Informationen verschafft hat, an die er auf unkonventionelle Weise gekommen ist«, sagte Jake. »Wir werden jetzt über Nister reden.«

»Er ist nicht hier. Ich habe keine Ahnung, wo er steckt«, versicherte sie ihm. »Sie haben meine Privatspähre völlig umsonst verletzt, Herr Cardigan.«

»Zufällig sind Sie zur Zeit die gegenwärtige Geliebte des Professors, Fräulein Roth. Ich möchte, daß Sie mir sagen, wo der Mann ist.«

»Warum fragen Sie nicht den echten Gewitter?«

»Er ist im Augenblick unauffindbar.« Jake bedachte sie mit einem kalten Grinsen. »Sie sind meine zugänglichste Informationsquelle.«

Mina Roth kehrte an ihren Arbeitsplatz zurück, setzte sich und beschäftigte sich wieder mit der Tastatur. »Nister kommt niemals hierher«, sagte sie. »Er hat sich seit mehreren Tagen nicht mehr bei mir gemeldet.« Sie drückte ein paar Tasten, und eine Wolke erschien auf dem Landschaftsbild. »Ich hoffe, Sie haben nicht allzuviel für Ihre Informationen bezahlt, da sie nicht sehr genau sind.«

»Ich habe überhaupt nichts dafür bezahlt. Der Androide wurde geröstet, bevor . . .«

»Genug!« Sie hatte eine Schublade in ihrem Arbeitstisch aufgerissen und eine Laserpistole hervorgeholt.

Als sie die Waffe in seine Richtung schwenkte, warf Jake sich nach rechts.

Im Fallen drückte er den Auslöser seiner Betäubungspistole. Der Strahl traf sie knapp unter ihrer linken Brust.

Die Blondine schnappte nach Luft und biß sich auf die Unterlippe. Ihre Arme und Beine wurden steif, und ihre Augen schlossen sich.

Sie kippte auf die Tastatur. Auf dem Gemälde erschienen daraufhin knallrote Flecken zwischen den Bäumen.

»Verdammt«, sagte Jake, ging zu ihr und löste die Waffe aus

ihren steifen Fingern. »Ich wollte ihr doch nur ein paar Fragen stellen.«

Als er die Waffe in seine Jackentasche schob, sah er sich in dem großen Raum um. In einer Nische neben der Tür war ein Videophon.

Jake setzte sich daran. »Wollen doch mal sehen«, sagte er, »ob du mir mehr verraten kannst.«

37

Der Flohmarkt bestand aus einem fünfstöckigen Innenhof, der von weiten Galerien umgeben war. Die chromglänzenden Geländer waren mit Hunderten von Glühbirnen aus Plastglas geschmückt. Auf dem Boden hatten sich Elektronik-Händler mit ihren Ständen, Tischen und Stühlen ausgebreitet.

»Rechenkappen! Rechenkappen!« schrie ein schlanker Schwarzer, der auf einem wackligen Hocker kauerte und eine verchromte Mütze in die Höhe hielt. »Setzen Sie sich eine auf Ihre Nuß, und schon nach Sekunden lösen Sie die schwierigsten Algebraaufgaben . . .«

»Der kleinste Taschenrechner der Welt!« rief eine stämmige Frau, die einen gepunkteten Schal trug. »Kaum größer als Fliegenschiß!«

»Aus dem Weg, du triefäugige Sumpfkuh«, sagte Eva und versetzte der eifrigen Verkäuferin einen Stoß, der ihr den Weg freimachte. »Deine Freundin befand sich im zweiten Stock, als sie ihren Anfall bekam.«

»Wo genau?«

»He, du Trampeltier! Jetzt sind mir sechs Rechner runtergefallen, weil du mich so rüpelhaft angerempelt hast!« Die Frau kniete auf dem Boden und tastete mit den Händen herum. »Es ist nicht einfach, sechs der kleinsten Taschenrechner der Welt wiederzufinden. Wenn du mir die fünfzig Dollar bezahlst, die jeder kostet, würde ich darauf verzichten . . .«

»Halt's Maul, du dumme Pute! Ich schulde dir gar nichts!« Eva blieb stehen und funkelte die Frau an. »Jenny war bei den Ständen, an denen elektronische Puppen verkauft wurden, Gomez, als ...

»Wie wär's, wenn du mir wenigstens drei meiner Winzigrechner bezahlst? Dann verrechne ich die Kosten mit ...«

»Wie wär's, wenn ich dir die Nase aus deinem Puddinggesicht schlage?«

»Ich gehe schon mal zum zweiten Stock hinauf, Eva«, sagte Gomez. »Du kannst ja nachkommen, wenn du hier fertig bist.«

»Es wird nur einen Augenblick dauern.« Die stämmige Detektivin begann ihre Ärmel aufzukrempeln. »Jetzt werden wir die Sache ...«

Gomez beeilte sich, über die Rampe in den zweiten Stock zu gelangen. Zuerst kam er an den Händlern mit Haushaltsgeräten vorbei.

»Sprechende Staubsauger!« verkündete ein zerlumpter Mann in einer kleinen, windschiefen Marktbude. »Die perfekte Gesellschaft für einen einsamen Junggesellen wie Sie, mein Herr!«

»Ich bin glücklich verheiratet«, entgegnete Gomez und setzte seine Suche fort.

»Tascheneiswürfelmaschinen! Niemand kann dieses handliche Gerät entbehren! Wie wär's mit Ihnen?«

»Sie haben völlig recht. Allerdings habe ich schon eine in der Tasche.«

Etwa dreißig Händler boten elektrische Puppen und Robotspielzeug an. Auf einem großen Tisch rechts von Gomez führte ein Dutzend identischer, einen halben Meter großer blonder Puppen einen Steptanz auf. Als er am Tisch vorbeikam, geriet eine der lockenköpfigen Puppen zu nahe an den Rand und fiel herunter.

Gomez bückte sich und hob sie auf. »Hoffentlich hat dein Choreograph das nicht bemerkt, *chiquita*«, sagte er. »Du bist ... Au!«

Etwas Spitzes unter dem Rüschenkleid der Puppe hatte seine Hand verletzt. Er stellte sie wieder auf den Tisch, wickelte sich ein Taschentuch um den blutenden Kratzer und ging weiter.

Dann bemerkte er, daß ein schwergewichtiger Mann am nächsten Stand Schneehunde aufzustellen versuchte. Sechs von ihnen hockten bereits auf dem Boden.

»Was für eine Überraschung«, rief einer der Hunde, »Sie hier wiederzutreffen, Herr Gomez!«

Er blieb verblüfft stehen. »Ich wußte gar nicht, daß ihr auch sprechen könnt.«

»Sprechen und singen«, bestätigte ein anderer Hund. »Und steptanzen.«

»Und rechnen.«

»Also dann, einen schönen Tag noch!« Gomez machte sich wieder auf den Weg.

Der nächste Flohmarkthändler hatte Puppen auf seinem Tisch stehen, die nach dem Vorbild von Jenny Keaton modelliert waren.

»Dieser *hombre* muß etwas wissen!« rief Gomez.

»Was kann ich für Sie tun, mein Herr?«

»Ich bin auf der Suche nach der *mujer*, die hierfür Modell gestanden hat«, erklärte Gomez. Dann hatte er den Eindruck, daß die Puppen plötzlich größer geworden waren.

»Warum fragst du nicht einfach mich?« sagte eine der Puppen. »Kriegst du denn überhaupt nichts mehr auf die Reihe?«

»Ja, warum eigentlich nicht!« Er nahm sie in die Hand und hielt sie hoch. »Wohin bist du verschwunden?«

»Bitte, mein Herr, stellen Sie sie wieder hin. Sie sind sehr zerbrechlich.«

»Aber das ist eine gute Bekannte und Kollegin von mir. Seien Sie unbesorgt . . . Übrigens sollte man Grizzlybären auch in Österreich keine Verkaufsgenehmigung erteilen. Wenn Sie als Tanzbären auftreten, ist es völlig in Ordnung, aber . . .«

»Ich muß doch sagen!« brummte der große Bär, der um den Tresen herumging und auf ihn zukam.

Gomez tauchte unter dem Prankenhieb weg und boxte dem Bären in den pelzigen Bauch. »Alles in Ordnung, Leute!« rief er. »Ich werde schon allein mit diesem Monster fertig. Kein Grund zur Besorgnis.«

»Schon wieder ein Verrückter!« brüllte der Bär. »Hilfe!«

»Rufen Sie lieber noch mal die Marktpolizei!«

»Ich werde sie holen. Was für ein Tag!«

Während Gomez mit dem zottigen Bären kämpfte, kam ihm der Gedanke, ob jetzt vielleicht er selber durchgedreht war.

Dann setzte ihn jemand mit einem Betäubungschuß außer Gefecht.

Dan überflog die Titelseite der *GLA Fax Times*, während der Ausdruck aus dem Schlitz an der Wand kam. Bevor die zweite Seite vollständig ausgedruckt war, war er bereits angezogen und hatte die Wohnungstür hinter sich zugeschlagen.

Rex / GK-30 brummte und erhob sich schwankend aus seinem Schaukelstuhl, als der junge Mann in die Abteilung Recherche & Identifikation gelaufen kam. »Mein Gott, dieser Tag fängt ja gut an!« beschwerte er sich. »Was gibt's?«

Dan wedelte mit der frischen Titelseite vor dem Roboter herum. »Heute abend gibt es eine Wohltätigkeits-Tanzveranstaltung im Civic Placa im Bezirk Westwood«, sagte er, »um Geld für die Veteranen-Stiftung der Brasilianischen Kriege zu sammeln.«

»Davon habe ich auch schon gehört.« Der Roboter setzte sich wieder.

»Hier steht, daß Larry Knerr *und* Roddy Pickfair auch da sein werden. *Und* China Vargas.«

»Zusammen mit etwa eintausend weiteren prominenten Bürgern GLA.«

»Genau«, sagte Dan. »Und einige werden in meinem Alter sein. Das heißt, wenigstens ein paar, also werde ich nicht sehr auffallen.«

Rex musterte ihn. »Wollen mal sehen, Junge, ob ich erraten kann, was du vorhast«, sagte er, während er in seinem Stuhl schaukelte. »Du willst an diesem Trubel teilnehmen und im Gedränge ein Auge auf Knerr halten, ob er sich mit interessanten Leuten unterhält, wie zum Beispiel Roddy Pickfair, und ein bißchen lauschen. Vielleicht machst du das aus sicherer Entfernung, zu welchem Zweck du eine elektronische Abhörvorrichtung einsetzen wirst.«

»Genau. Ich werde mir etwas von Dad borgen. Die Dinger sind kaum größer als ... He, wie hast du das alles erraten?«

»Dazu gehört wirklich nicht sehr viel Grips.« Der Roboter klopfte sich mit einem kupfernen Finger an den Metallschädel.

»Bei deinen Möglichkeiten könntest du alles problemlos arrangieren, Rex«, sagte Dan. »Du sorgst dafür, daß mein Name auf der Gästeliste steht, und druckst mir eine gefälschte Einladung, auf die jeder reinfällt. Das machst du doch, oder?«

»Was bezweckst du mit dieser Aktion?«

»Du weißt, daß ich meinem Vater helfen will. Ich bin mir sicher, daß Larry Knerr etwas mit der Sache in Brasilien zu tun hat – und vermutlich auch mit dem Mord an Beth.«

»Nur *eine* Einladung?« fragte Rex.

»Ja, für mich«, antwortete Dan. »Ich habe nicht vor, Molly in eine solche Sache hineinzuziehen. Sie wird mir nur meine Ermittlungen vermasseln.«

»Glaub mir, Molly ist bei weitem großzügiger und umsichtiger als du.« Der große Roboter nahm einen Bogen cremefarbenes Papier von einer Versandkiste. »Sie hat mich beauftragt, *zwei* dieser Fälschungen zu drucken. Eine für sie und *und* eine für dich.«

»Molly!« sagte Dan fassungslos. »Sie ist schon hiergewesen?«

»Schon im frühesten Morgengrauen«, antwortete der Roboter. »Sie hat ihre Einladung mitgenommen und läßt dir ausrichten, du möchtest sie *pünktlich* um 20 Uhr 30 abholen.« Er hielt Dan die Einladung hin.

»Wenn ich sie nicht mitnehme, wird sie auf jeden Fall kommen, nicht wahr?«

»Ohne Zweifel, mein Junge.«

»Dann bleibt mir wohl nichts anderes übrig.« Damit nahm Dan die Einladung an.

38

»Ich bin schwer von dir enttäuscht.«

Gomez stöhnte, öffnete die Augen aber nicht.

»Ich habe von dir ja gar nicht viel Grips erwartet, aber zumindest hättest du mich hier mit roher Gewalt heraushauen können.«

Gomez stöhnte erneut. Er lag auf etwas Kaltem und Hartem, vermutlich ein Fußboden. Vorsichtig tastete er mit der Hand danach. Ja, es war ein Fußboden, einer aus Metall.

»Statt dessen hast du dich schnappen lassen, und mich obendrein. Jetzt sitzen wir beide in der Patsche.«

Zögernd öffnete er die Augen und sah Jenny Keaton, die neben ihm in einem kleinen grauen Raum kauerte. Er stöhnte noch einmal und schloß die Augen wieder.

»Jetzt ist nicht der richtige Zeitpunkt, sich schlafend zu stellen.« Sie stieß ihm mit dem Zeigefinger in die Seite.

»Zum zweiten Mal«, ächzte er mit rauher Stimme.

»Was brabbelst du da?« fragte die Agentin von der Inneren Sicherheit.

Mit Mühe setzte er sich auf. »Zum zweiten Mal, seit ich dir begegnet bin, *chiquita*, hat mich ein Betäubungsstrahl niedergestreckt.«

»Aber diesmal hatte ich nichts damit zu tun!«

»Das ist beruhigend zu wissen.« Er streckte die Hand aus und drückte sie gegen die graue Metallwand. »Also übernimmst du die Verantwortung für das, was mir im malerischen Bern angetan wurde.«

»Ich hatte einen ortsansässigen Agenten damit beauftragt.« Sie wich ihm aus, als er langsam und mit wackligen Beinen aufzustehen versuchte. »Das war eine simple taktische Entscheidung, Gomez, und eine sehr praktische obendrein. Indem ich dich für ein paar Stunden außer Gefecht setzte, hatte ich den Vorsprung, den ich so dringend benötigte.«

»Wie es aussieht, hattest du damit einen überwältigenden Erfolg.« Er stand jetzt auf den Beinen, stützte sich aber noch an der Wand ab.

»Da du ebenfalls hier gelandet bist, würde ich eher sagen, daß keiner von uns beiden sehr viel Erfolg gehabt hat.«

Er blickte sich in dem kleinen Zimmer um und bewegte dabei den Kopf sehr vorsichtig, damit die Scherben, die offenbar seinen Schädel ausfüllten, nicht durchgeschüttelt wurden. »Das ist ja eine recht bescheiden eingerichtete Unterkunft.«

In dem Zimmer mit den kahlen Wänden befand sich nichts.

»Man hat mir gesagt, daß es sich um eine Isolationszelle in der Stiftung Berggasse handelt.«

»Über die Tatsache, daß du dich hier befindest, war ich bereits informiert«, sagte er. »Früher oder später werden deine Kollegen dich hier herausholen.«

»Da ich auf etwas unkonventionelle Weise operiert habe . . .«

». . . wozu ich auch die Betäubung eines liebenswerten Kollegen rechne . . .«

»Auf jeden Fall habe ich auf eigene Faust gehandelt«, sagte sie. »Wenn sie davon erfahren, bin ich vermutlich schon ganz woanders.«

»Und wo genau wird das sein?«

»Ich habe nicht die leiseste Ahnung«, gab Jenny zu. »Ich habe lediglich mit einer ziemlich beschränkten Robot-Schwester gesprochen, die mir das Essen gebracht hat. Wenn du möchtest, könnte ich dir Apfelstrudel und heißen Kakao bestellen.«

Gomez ging ein paar Schritte, wobei er sich immer noch an der Wand abstützte. »Hattest du noch Gelegenheit, mit den Bonsecas zu sprechen?«

»Die armen Teufel.« Sie nickte. »Unmittelbar nach unserer Unterhaltung hat es sie erwischt.«

»Diese Explosion war nicht zufällig dein Werk, oder?«

»Natürlich nicht! Morde und Attentate gehören nicht zu unserem Aufgabenbereich.«

»Eine sehr humane Einstellung. Arglose Agenten betäuben, ja, aber niemals . . .«

»Unser Beruf ist ein hartes Geschäft.«

»Wenn du meinst. Nun zu den Bonsecas. Was haben sie dir erzählt?«

»Den Namen der Person, die als Mittler für die Person fungierte, die sie beauftragt hat, den Doppelgänger von Jake Cardigan zu bauen«, antwortete sie. »Sie haben übrigens behauptet, daß sie nichts mit der Aufrüstung des Androiden als Kamikaze zu tun hatten. Es scheinen anständige Leute gewesen zu sein. Einige ihrer Puppen waren richtig süß und gewitzt. Ich hatte sogar den Eindruck . . .«

»Wer hat sie damit beauftragt?«

»Die Bonsecas wurden angesprochen, als sie vor ein paar Wochen hier in Wien aufgetreten sind. Der Name des Mittelsmanns ist Heinrich Weiner. Tagsüber arbeitet er als Verkäufer von elektrischen Katzen auf dem Flohmarkt an der Kettenbrückengasse. Ich war gerade auf dem Weg zu seinem Stand, als . . .«

»Wie hast du die Bonsecas dazu gebracht, dir das alles zu verraten?«

»Ich habe sie bestochen. Sie hatten ein ungutes Gefühl wegen der Sache, in die sie hineingeraten waren, und befürchteten, jemand könnte versuchen, sie zum Schweigen zu bringen.«

»Hast du mit Weiner gesprochen?«

»Nein. Ich wollte es gerade, als ich einige höchst unangenehme Halluzinationen hatte. Auch du bist darin vorgekommen – damit möchte ich dir nur einen Eindruck vermitteln, wie unangenehm sie waren.«

Gomez seufzte. »Dann wissen wir immer noch nicht, wer hinter Weiner steckt.«

»Die Person, die Sie suchen, ist Professor Nister«, sagte eine Stimme aus dem Lautsprecher an der Decke. »Sie werden ihn in Kürze sehen.«

Jake ging schnell die Straße hinunter, die bereits im abendlichen Zwielicht lag. Er trug einen konservativen Geschäftsanzug und hatte einen Aktenkoffer dabei. Als er noch einen halben Block von der Stiftung Berggasse entfernt war, rief ihn jemand leise aus dem Schatten eines Straßenbaums an.

»He, Cardigan!«

Er blieb stehen und blickte mißtrauisch zu der Gestalt im

Schatten hinüber. »Ich fürchte, Sie befinden sich im Irrtum, meine Dame«, sagte er in passablem Deutsch. »Mein Name ist Dr. Wittmann. Ich bin unterwegs zu einem Patienten in der . . .«

»Wie hast du Gomez aufgespürt?«

Jake ging näher an den großen Baum heran. Über ihm schwebte ein Lastgleiter vorbei, an dem helle Lichter blitzten und von dem laute Marschmusik ertönte. Er wartete, bis das Fahrzeug sich ein Stück entfernt hatte. »Bist du das, Eva?« fragte er dann.

»Stell dich nicht wie ein kurzsichtiger Trottel an, Jake«, sagte die dicke Detektivin. »Du hast mich doch erst vor zwei Monaten in Groß-Los-Angeles gesehen, als . . .«

»Was ist mit Gomez?«

Sie zeigte mit dem Daumen auf das fünfstöckige Gebäude mit dem Kuppeldach. »Sie haben ihn irgendwo dort drinnen eingelocht. Wußtest du das nicht?«

»Ich wußte nicht einmal, daß er in Wien ist.«

»Sie ist ebenfalls da drin. Diese magere Agentin, Jenny Keaton.«

Jake schwenkte seinen Arztkoffer. »Ich bin davon überzeugt, daß sich dort auch ein Herr namens Professor Nister befindet.«

»Dieses Stinktier! Ich habe schon seit langem den Verdacht, daß er von einem der ganz großen Tek-Kartelle unterstützt wird.«

»Kläre mich bitte kurz über Sid und Jenny auf«, bat Jake.

»Ich fasse mich doch immer kurz!« Dann gab sie ihm einen genauen Bericht über die jüngsten Ereignisse. »Seitdem hänge ich hier herum und beobachte den Laden«, schloß sie. »Als nächstes wollte ich Bascom anrufen oder . . .«

»Ich werde mich darum kümmern.«

»Soll ich mitkommen, um dir Rückendeckung zu geben?«

»Nein. Warte einfach hier. Als Dr. Wittmann werde ich schon hereinkommen.«

»Wollen wir hoffen, daß du auch wieder herauskommst«, sagte sie.

39

»Viel gemütlicher als unser erstes Quartier«, stellte Gomez fest, nachdem er sich in dem Raum umgesehen hatte, in den sie gerade von zwei kräftigen Robot-Schwestern geführt worden waren.

Es gab einen Tisch, drei Sessel und einen Teppich mit der Animation eines Blattmusters.

An der Wand befand sich eine holographische Projektion eines Kamins mit brennenden Scheiten.

»Ich finde es nicht besonders gemütlich.« Jenny spazierte am Rand des flimmernden Teppichs entlang.

An einer anderen Wand ertönte ein lautes, knirschendes Geräusch; dann öffnete sich scheppernd eine Klappe.

Ein hagerer, grauhaariger Mann kam ins Zimmer gerollt. Hinter ihm schloß sich die Klappe mit entsprechendem Lärm.

Der Mann saß in einem schweren elektronischen Rollstuhl. Mehrere bunte Schläuche und Drähte ragten aus dem verchromten Metallrahmen, an dem ein halbes Dutzend Plastbeutel befestigt war. Die meisten Schläuche und Drähte waren mit den knochendürren, bloßen Armen des Mannes im Rollstuhl verbunden. Rote und blaue Flecken auf seiner Haut deuteten auf frühere Behandlungen hin. Der ganze Rollstuhl war mit Anzeigen, Meßgeräten, Knöpfen und Lämpchen besetzt.

»Guten Abend, Fräulein Keaton und Herr Cardigan.« Seine Stimme drang aus einem kleinen Lautsprecher, der in der Brusttasche seines ärmellosen Kittels steckte. In seiner knochigen linken Hand hielt er eine versilberte Laserpistole. »Ich bin Professor Nister. Da Sie von auswärts kommen, haben Sie vermutlich nie eine meiner Vorlesungen gesehen . . .«

»Ich bin eine offizielle Agentin der US-amerikanischen Regierung«, protestierte Jenny. »Sie haben kein Recht, mich so . . .«

»Junge Frau! Nach Ihren Ausweispapieren heißen Sie Jolline Kurtzmann und wurden wegen einer schweren geistigen Störung nach einem Zusammenbruch in der Öffentlichkeit in unsere Anstalt eingewiesen.«

»Sie wissen verdammt gut, wer ich wirklich bin.« Sie trat einen Schritt auf ihn zu. »Und ich habe diesen Anfall nur deshalb erlitten, weil Sie eine der Puppen so haben präparieren lassen, damit mir irgendein halluzinogenes Zeug eingeimpft wurde. Sie können sich darauf verlassen, daß meine Regierung auf jeden Fall . . .«

»Ihre Regierung, junge Frau, wird nicht mehr die kleinste Spur von Ihnen entdecken. Sie sind ein loses Ende, das in Kürze vollständig verknüpft sein wird.«

Ein winziges Lämpchen an der rechten Seite des Rollstuhls begann rot zu blinken. »Entschuldigen Sie bitte!« Er hob seine Waffe und richtete sie genau auf Jenny. Mit den Spinnenfingern der anderen Hand griff er einen der Plastbeutel mit grünlicher Flüssigkeit und drückte ihn zusammen. Nach ein paar Sekunden hörte das rote Licht zu blinken auf.

»Sie scheinen nicht in allerbester körperlicher Verfassung zu sein, Professor«, bemerkte Gomez. »Ein längerer Aufenthalt im Knast dürfte Ihrer Gesundheit nicht sehr guttun.«

»Ich werde in keinem Gefängnis dahinsiechen, Herr Gomez« versicherte Nister. »Sie werden ebenso spurlos verschwinden wie die junge Dame.«

»Schon möglich, aber die Cosmos-Leute sind nicht so dumm oder leicht zu täuschen wie die meisten Mitglieder der schludrigen Regierungsbehörden in meinem Heimatland«, sagte er zu dem hageren Mann. »Ganz gleich ob mit oder ohne meine sterblichen Überreste, man wird Sie auf jeden Fall aufspüren und . . .«

»Unsinn!« Rauhes Gelächter drang aus dem kleinen Lautsprecher. »Ihr Partner, dieser Cardigan, ist ein hitzköpfiger Narr, den wir auf eine falsche Spur . . .«

Die Wand hinter ihm machte wieder ein lautes, knirschendes Geräusch, worauf sich die Klappe scheppernd und quietschend öffnete.

Überrascht drehte Professor Nister sich um.

Gomez machte einen Satz und schleuderte dem kranken Mann die Laserpistole mit einem Fußtritt aus der knochigen Hand.

Nister schrie vor Schmerz auf. Als er die verletzte Hand an seine Brust führte, riß er dabei zwei Schläuche und einen Draht los.

Gomez schnappte sich die zu Boden gefallene Waffe und richtete sie auf die Öffnung in der Wand.

»Beruhige dich, Sid!« sagte Jake, als er in den Raum trat. »Ich bin's nur – der hitzköpfige Narr.«

Die Nacht war fast smogfrei, so daß die Lichter von Groß-Los-Angeles klar unter ihnen funkelten, während sie auf dem Weg zum Bezirk Westwood waren.

Molly lehnte sich im Sitz des Gleitertaxis zurück. »Nun?« sagte sie.

Dan hockte zusammengekauert in seinem Sitz. Seine rechte Hand steckte in seiner Jackentasche, wo er das kleine Richtmikrophon festhielt, das er sich aus der Ausrüstung seines Vaters geborgt hatte. »Was?«

»Du könntest mir langsam mal sagen, wie toll ich aussehe«, forderte sie ihn auf.

»Du siehst toll aus.«

Sie trug ein einfaches schwarzes Abendkleid, das auf der Mondbasis hergestellt worden war. »Viel wichtiger für unser Vorhaben ist, daß ich als jemand aus der höheren Gesellschaft durchgehe«, fügte das schwarzhaarige Mädchen hinzu.

»Und ich nicht?«

Sie wackelte abschätzend mit dem Kopf. »Na ja«, sagte sie. »Aber wenn ich an deiner Seite bin, wird keiner auf die Idee kommen, du könntest ein Niemand sein.«

»Vielen Dank.«

Molly lächelte. »Übrigens komme ich tatsächlich – obwohl ich nicht weiß, warum ich dir das erzählen sollte – aus einer sehr wohlhabenden Familie«, sagte sie. »Als ich meinen Vater das letzte Mal sah – das war übrigens zu Weihnachten im vorletzten Jahr – erwähnte er, daß er kurz vor seiner dritten Milliarde steht.«

»Du siehst ihn wohl nicht sehr oft?«

»Nein, überhaupt nicht.«

»Und deine Mutter?«

»*Meine* Mutter ist tot. Mein Vater hatte seitdem, soweit ich weiß, drei neue Ehefrauen. Vielleicht sind es auch schon vier, aber ich glaube, er würde mir Bescheid sagen, wenn ich eine neue Stiefmutter hätte.«

»Meine Mutter ist . . .« Er sprach den Satz nicht zu Ende.

»Ich weiß.«

»Sie ist im Gefängnis und wartet auf die Verhandlung.«

Molly nickte und nahm seine Hand.

»Ich habe sie nicht besucht«, sagte er schließlich.

Molly beugte sich näher zu ihm heran. »Ich habe neulich ein paar eigene Ermittlungen über dich eingezogen«, flüsterte sie.

»Du und Rex, meinst du?«

»Nein, mit einem privaten Computeranschluß, zu dem ich ab und an Zugang habe.« Molly sah den Hinterkopf ihres Taxifahrers an. Sie waren durch eine getönte Plastglasscheibe von ihm getrennt. »Er gehört einem alten Freund meines Vaters, der . . . etwas zwielichtig ist. Aber dasselbe trifft ja auch auf meinen Vater zu.«

»Hast du etwas Neues über Knerr herausgefunden?«

»Über Roddy Pickfair«, sagte sie. »Ich bin mir nicht sicher, was es zu bedeuten hat, aber seine Geburtsdaten sind gefälscht.«

»Wie das?«

»Er wurde nicht dort geboren, wo er geboren zu sein behauptet, und das Waisenhaus, in dem er angeblich aufgewachsen ist, hat seinen Namen erst vor etwa fünf Jahren in seine Dateien aufgenommen.«

»Hast du herausgefunden, wer er in Wirklichkeit ist?«

Sie schüttelte den Kopf. »Es war schon schwierig genug, an diese Informationen zu kommen«, sagte sie. »Aber wenn ich weiterhin meine beträchtlichen detektivischen Fähigkeiten einsetze, könnte ich vielleicht . . .«

»Sei vorsichtig!«

»Das bin ich immer.«

»Wenn Pickfair etwas mit der Sache zu tun hat, dann geht der Kerl über Leichen, wenn es sein muß.«

»Ich fühle mich geschmeichelt«, sagte sie lachend. »Du machst dir tatsächlich Sorgen um mich!«

»Ich fühle mich verantwortlich«, entgegnete er.

40

Professor Nister steckte mit zitternden Fingern die Schläuche und Drähte wieder in seinen Arm. »Ich habe nicht damit gerechnet, daß Sie mich finden würden, Herr Cardigan«, sagte er verblüfft. »Wie haben Sie das geschafft?«

»Ihre Geliebte hat Sie in den letzten Tagen mehrfach hier angerufen«, sagte Jake, der vor dem Professor stand. »Ich habe ihr Videophon überzeugen können, mir eine Liste ihrer jüngsten Anrufe zu überlassen.«

»Das ist unmöglich. Jedes Videophon hat eine . . .«

»Jake ist sehr geschickt im Umgang mit technischen Einrichtungen«, erklärte Gomez lächelnd. »Wir haben eine Menge brauchbarer Tricks gelernt, als wir noch bei der Polizei waren.«

»Nachdem ich hier eingedrungen war, habe ich mich mit Ihrem Zentralcomputer beschäftigt«, fügte Jake hinzu, »bis er mir anvertraute, wo genau Sie sich gegenwärtig versteckt halten.«

»Das ist einmal ein Mann, der alles im Griff hat, Gomez!« sagte Jenny mit einem leichten bewundernden Unterton in der Stimme. »Kaum hat er entdeckt, daß wir hier gefangengehalten werden, schreitet er sofort zur Tat, um . . .«

»Eigentlich hatte ich überhaupt keine Ahnung, daß Nister euch geschnappt hat«, mußte er sie enttäuschen. »Ich war auf dem Weg hierher, um ihn zu befragen, als ich auf Eva Kraft traf, die mir alles weitere erzählte.«

»Ich habe nicht die Absicht, Herr Cardigan, Ihnen irgendwelche Antworten auf . . .«

»Sie sind derjenige, der dafür gesorgt hat, daß mein Androiden-Doppelgänger gebaut und nach Berlin gebracht wurde, nicht wahr?«

Jenny meldete sich zu Wort. »Er *muß* es sein, da er mich davon abzuhalten versucht hat herauszufinden, für wen die Bonsecas wirklich arbeiteten.«

»Da er *uns* davon abgehalten hat, *Chiquita*«, wurde sie von Gomez korrigiert.

Jake beugte sich zu Nister herab. »Haben Sie sie angeheuert?« fragte er.

»Keinen von Ihnen scheint klar zu sein, wie mächtig das Tek-Kartell ist, daß ich repräsentiere«, sagte der Professor. »Was bisher mit Ihnen geschehen ist, ist nichts im Vergleich zu der Rache, die . . .«

»Sie sind Ihr Leben lang auf diesen Rollstuhl angewiesen«, sagte Jake gelassen und beugte sich noch tiefer zu ihm herab. »Und ganz allein ohne Ihre Schläger oder Ihre Waffe sind Sie entschieden im Nachteil, Professor.« Er richtete sich wieder auf, trat ein paar Schritte zurück und musterte den Stuhl. »Haben Sie die Bonsecas angeheuert?«

Nister gab keine Antwort.

Jake griff nach einem Bündel Drähte und Schläuche. »Sie möchten doch nicht, daß ich dies hier herausziehe, oder?« sagte Jake.

Der Professor fuhr sich mit der Zunge über seine dünnen grauen Lippen. »Nein«, sagte er. Seine Stimme drang schwach und leise aus dem Lautsprecher in der Brusttasche. »Ich habe sie beauftragt.«

»Wer hat entschieden, daß Beth Kittridge getötet werden sollte?«

»Die Frau wußte sehr viel über das Anti-Tek-System ihres Vaters. Nach unseren Informationen stand es kurz vor der Fertigstellung. Das hätte, wie Sie am besten wissen sollten, die Zerstörung sämtlicher Tek-Chips auf der ganzen Erde zur Folge«, sagte Professor Nister. »Man hat beschlossen, sie zu töten, um die Anti-Tek-Forschung zumindest um ein paar Monate zurückzuwerfen. Es war eine rein geschäftliche Entscheidung.«

»Wer hat die Anweisung gegeben?«

»Es gab eine Abstimmung unter den Direktoren unseres Kartells. Das Ergebnis war einstimmig.«

»Ich will alle Namen!«

»Das kann ich unmöglich . . .«

»Aber sicher können Sie das.« Jake verstärkte seinen Griff um die Schläuche und Drähte. Einer von ihnen löste sich aus dem Arm des hageren Mannes. Eine zähe, gelbliche Flüssigkeit tropfte heraus und auf den Boden.

»Schon gut, ich sage sie Ihnen.« Sieben Namen kamen krächzend aus dem Lautsprecher.

»Ich habe sie.« Jenny hielt einen Minaturrecorder in der Hand.

»War sonst noch jemand an der Entscheidung beteiligt, Beth zu töten?«

Nister senkte den Blick und beobachtete, wie die gelbliche Flüssigkeit langsam zu Boden tropfte. »Ich kann Ihnen nicht . . .«

»Wer noch?« Jake ließ die Schläuche los und packte ihn am Kragen seines Kittels. Dann hob er ihn ein Stück hoch. »War sonst noch jemand beteiligt?«

Nisters Gesicht wurde noch grauer, und er gab krächzende und würgende Geräusche von sich.

»Na los! Ich will eine Antwort!« Gomez trat zwischen die beiden. »Beruhige dich, *amigo*!« warnte er ihn. »Der Anschluß des Lautsprechers hat sich gelöst.« Er stellte die Verbindung wieder her.

»Pickfair«, keuchte Nister. »Roddy Pickfair. Er hat als erster den Vorschlag gemacht. Und er hat weitere Aktionen geleitet.«

»Was für Aktionen?« Jake ließ ihn los.

Professor Nister fiel in seinen Rollstuhl zurück, wobei sich ein weiterer Schlauch löste. »Das, was mit Ihnen in Brasilien geschah«, sagte er und sackte zusammen.

»Woher wußten Sie«, fragte Jenny, »wann Beth Kittridge und die anderen am Gerichtshof eintreffen würden?«

»Wir wurden informiert«

»Von wem?«

»Der Mann heißt Maxwell Junger.«

Gomez pfiff überrascht. »Das ist der Leiter des IDKA-Büros hier im gemütlichen, alten Wien.«

»Ja, verdammt noch mal!«

Jake betrachtete Nisters Gesicht. »Ich habe Beth Kittridge geliebt«, sagte er mit gebrochener Stimme. »Und Sie haben dafür gestimmt, sie zu töten – sie nicht nur zu töten, sondern ihren Körper zu zerstören und . . .«

»Ich bitte Sie, Herr Cardigan. Unsere Methoden dürften einen Mann mit Ihrer langen Lebenserfahrung eigentlich nicht mehr schockieren.«

»Sie Schwein!« Jake schob seine Betäubungspistole in den Gürtel und packte die Schläuche und Drähte mit beiden Händen. »Meine Lebenserfahrung sagt mir, daß Sie den Tod verdient haben!«

»Jake!« Gomez hielt ihn am Arm fest.

»Bitte!« flehte die Stimme des Professors aus dem Lautsprecher. »Ich hatte keine andere Wahl! Wenn die Abstimmung nicht einstimmig ausgegangen wäre, hätte das für mich . . .«

Jake atmete tief ein, hielt eine Weile die Luft an und atmete dann keuchend wieder aus. Er öffnete die Finger und ließ die Schläuche los. »Zum Teufel mit Ihnen!« sagte er und drehte sich um. »Soll jemand anders Sie töten!«

41

Alle zwei Dutzend Robot-Kellner waren vergoldet. Anmutig bewegten sie sich durch die Menge am Rand der großen Tanzfläche aus Ebenholz hindurch. Das achtzehnköpfige Orchester, dessen Musiker zum Teil Menschen, zum Teil Androiden waren, saß auf einer silbern funkelnden Bühne, die fünf Meter über den Hunderten von Tänzern schwebte. Am anderen Ende des Ballsaals im Civic Plaza von GLA erhob sich eine zehn Meter hohe Holographie eines verwundeten Soldaten in der UN-Uniform der Brasilianischen Kriege.

»Sie wollten Mineralwasser, Sir?« wurde Dan von einem goldenen Robot-Kellner gefragt.

»Zwei.« Er und Molly standen am rechten Rand der dicht gedrängten Menge auf der Tanzfläche und waren von gutgekleideten Ellbogen und Rücken umgeben.

In der Brust des Kellners öffnete sich ein Fach, aus dem er ein Plastglas hervorholte. Er hielt es unter den rechten Zeigefinger und füllte es mit sprudelndem Mineralwasser. Dann reichte er das Glas Dan, der es an Molly weitergab, und füllte ein zweites. »Trinkgelder sind nicht erlaubt«, sagte der Kellner, während sich seine Brustklappe schloß, und ging weiter.

»Ich wollte doch gar keins geben!«

Molly stieß mit ihm an. »Prost! Hast du schon jemanden entdeckt?«

»Noch nicht.«

»Das wird ein schwieriges Unterfangen – selbst für jemanden, der so aufgeweckt ist wie ich.«

»Wir sollten uns lieber ein wenig umsehen. – Hoppla! Sieh mal da!«

»Wo?«

»Der Tisch dort drüben, der direkt am Fenster steht.«

»Richtig! Das sind eindeutig China Vargas und Roddy Pickfair.«

»Wenn wir zur holographischen Bühne hinübergehen, können wir uns im Schatten dahinter verbergen, ohne daß uns jemand bemerkt«, sagte Dan. »Dann werde ich das Richtmikrophon ...«

»Hey, da ist auch Larry Knerr! Er setzt sich zu ihnen.« Sie nahm Dan am Arm und führte ihn an der Tanzfläche entlang zur riesigen Projektion des verwundeten Soldaten etwa hundert Meter weiter. »Entschuldigen Sie, bitte ... Verzeihung ... Erlauben Sie?«

»Molly Fine! Das ist ja eine Überraschung!« Ein gutaussehender junger Mann war ihr in den Weg getreten. »Ich wußte gar nicht, daß du ...«

»Es war nett, dich hier zu treffen, Len. Entschuldige, ich muß jetzt ...«

»Nein, ich bestehe auf mindestens einem Tanz, und zwar sofort.«

»Vielleicht später.«

»Ich werde dir überallhin folgen, Moll, und dich nicht aus den Augen lassen, bis . . .«

»Okay, einverstanden. Aber nur einen.« Sie ließ Dan los. »Geh schon mal vor. Ich muß mir erst diese Nervensäge vom Hals schaffen und werde dann nachkommen.«

Dan wartete, bis der hübsche junge Mann Molly auf die Tanzfläche geführt hatte, bevor er weiterging.

Kaum fünf Minuten später hockte er hinter der Bühne im tiefen Schatten. Er hatte freien Blick auf den Tisch, an dem China, Knerr und Pickfair saßen. Vorsichtig richtete er das Mikrophon aus, steckte sich den winzigen Hörer ins Ohr und schaltete den Rocorder ein.

». . . da ließe sich schon etwas machen«, sagte Knerr gerade.

Pickfair lachte. »Aber etwas Unangenehmes«, schlug er vor. »Ihr wißt, was ich auf den Tod nicht leiden kann sind Leute, die glauben, sie wären schlauer als ich.« Er war ein korpulenter junger Mann, höchstens neunzehn Jahre alt, mit lockigem braunen Haar und einem viel zu engen Smoking.

China nippte von ihrem Drink. »Du neigst dazu, äußerst gemein zu reagieren, wenn du dich über jemanden ärgerst.«

»Ich bin eigentlich immer äußerst gemein, meine Liebste.« Lächelnd drehte er sich in seinem Stuhl um und sah genau in die Richtung, aus der Dan ihn beobachtete. »Du könntest dich genausogut zu uns setzen, Danny-Boy«, sagte er. »Molly haben wir auch schon.«

Gomez ging mit einem leichten Humpeln zum Fenster ihrer Hotelsuite hinüber. Ein neuer Tag brach an, und Wien wurde im fahlen Sonnenlicht allmählich wieder sichtbar. »Glaubst du, der Professor hat die Wahrheit gesagt?« fragte er.

»Ja, ich hatte den Eindruck.« Jake saß zusammengesunken in einem Sessel. Seinem Gesicht war deutlich die Müdigkeit anzusehen. »Sobald wir das übliche Brimborium mit der hiesigen Polizei erledigt haben, möchte ich nach GLA zurückfahren und diesen Roddy Pickfair aufstöbern.«

Gomez wandte dem Morgenhimmel den Rücken zu. »Unser Auftrag, soweit es Cosmos betrifft, bestand darin herauszufinden, wer hinter dem Berliner Attentat steckt und ob irgendwelche US-Behörden darin verwickelt sind. Wir haben Nister, der bei den Vorbereitungen der Aktion mitgeholfen hat, und seine Kumpane vom Tek-Kartell. Außerdem haben wir den Namen des IDKA-Agenten, der . . .«

»Für mich ist die Sache noch nicht gelaufen, Sid«, sagte Jake ruhig. »Nicht bis ich jeden einzelnen ausfindig gemacht habe, der etwas mit Beths Tod zu tun hat.«

»Jenny Keaton hat die Absicht, hier in Wien zu bleiben und dafür zu sorgen, daß sämtliche hiesigen Schurken aufgebracht und dem Gesetz übergeben werden«, gab sein Partner zu bedenken. »Wir können natürlich nach Hause fahren, *sí*, aber warum ruhen wir uns nicht ein wenig aus und . . .«

»Ich habe Nister gestern abend *nicht* getötet.« Jake stand auf. »Ich bin kein unberechenbarer Amokläufer. Wenn Pickfair sich etwas hat zuschulden kommen lassen, werde ich ihn nicht mit bloßen Händen erwürgen oder . . .«

»Bei Nister hat dazu aber nicht mehr viel gefehlt, *amigo*.« Gomez hielt Daumen und Zeigefinger einen knappen Zentimeter auseinander. »Du warst nahe dran. Ich weiß, was in dir vorgeht, aber es wäre sicherer, diesen Fall als abgeschlossen zu betrachten.«

»Ich will lediglich wissen, ob Pickfair etwas mit der Sache zu tun hat oder nicht. Du mußt mir dabei nicht helfen«, sagte Jake. »Aber ich werde jetzt nicht einfach aufhören. Wenn Bascom mich feuern will, weil ich weitermache, dann . . .«

»*Momentito*, Jake«, unterbrach ihn sein Freund. »Ich werde dir natürlich auch weiterhin zur Seite stehen. Aber, *por favor*, du solltest dich nicht mehr wie der einsame Rächer aufführen. Ich finde, du übertreibst es ein wenig.«

»Vielleicht hätte ich mir ein Zimmer in der Stiftung Berggasse reservieren lassen sollen, oder was?« Jakes Stimme war lauter geworden. »Nach dem Motto: ›Ich habe ein kleines Problem, Herr Doktor. Ich weiß auch nicht, aber seitdem man Beth in die Luft gesprengt hat, bin ich so schrecklich bestürzt. Dann hat man mir einzureden versucht, sie wäre noch am Leben. Warum hat man das getan? Ach, es war nur, weil diese Schweine sich einen kleinen Scherz mit mir erlauben wollten, und . . .«

»Ich weiß, was sie getan haben. Und ich weiß, was das für dich bedeuten muß«, sagte Gomez besorgt. »Aber ich möchte nicht, daß du diese Tragödie als Entschuldigung dafür nimmst, dich in einen Berserker zu verwandeln und . . .«

»Sid! Ich habe Nister nicht getötet, hast du das vergessen? Ich wollte es ja, das gebe ich ehrlich zu. Aber dann hatte ich mich wieder unter Kontrolle. Selbst wenn du nicht dabeigewesen wärst, glaube ich, daß es nicht dazu gekommen wäre.«

Das Videophon summte.

»Ich werde rangehen.« Gomez ging zur Nische hinüber. »Anschließend können wir gerne damit weitermachen, uns gegenseitig anzubrüllen, *amigo*«.

Es war Bascom, der noch zerknitterter als sonst aussah. »Ist Jake irgendwo in der Nähe?«

»Stimmt was nicht, *jefe*?«

»Nun, da ist etwas schiefgegangen. Kann ich . . .«

»Was ist los, Walt?« Jake setzte sich vor den Videoschirm.

»Ich dachte mir, ich sollte euch lieber darüber informieren«, sagte der Leiter der Detektivagentur Cosmos. »Vielleicht ist es gar nicht so schlimm, aber . . .«

»Geht es um Dan? Ist ihm etwas zugestoßen?«

»Der Agent, der ihn beschattet hat – es war McCays Schicht – wurde vor einer Stunde bewußtlos im Ziergarten hinter dem Civic Plaza im GLA gefunden.«

»Und Dan?«

Bascom hob und senkte die Schultern. »Keine Spur von ihm«, antwortete er.

42

Gomez ließ seinen Koffer zuschnappen und sah sich ein letztes Mal im Wohnzimmer ihrer Hotelsuite um. »In letzter Zeit scheine ich ständig irgendwelche Hotelzimmer zu verlassen, *amigo*«, sagte er. »Und wenn ich das gerade nicht tue, werde ich zur Zielscheibe für Schießübungen mit der Betäubungswaffe.«

»Du wurdest auch von einem Robothund gebissen«, gab Jake zu bedenken. »Das war etwas Ungewöhnliches, und es beweist, daß es in deinem Leben doch noch etwas Abwechslung gibt.«

Es summte an der Tür.

»Das wird vermutlich ein streunender Hund sein«, sagte Gomez auf dem Weg zur Tür, »der sich einen Bissen von mir genehmigen möchte.« Er öffnete die Tür. »Nein, schlimmer.«

»Morgens scheint nicht gerade deine beste Zeit zu sein«, sagte Jenny Keaton und betrat das Zimmer.

»Vielen Dank, daß du vorbeigekommen bist, um mir das zu sagen.«

»Es hat sich etwas Neues ergeben.«

Gomez wich vor ihr zurück. »Und was, bitte?«

»Ihr werdet eure Abreise verschieben müssen«, sagte die blonde Agentin. »Das wollte ich euch mitteilen.«

»Wir fliegen in etwas einer Stunde nach Groß-Los-Angeles ab«, sagte Jake. »Mein Sohn ist . . .«

»Heute nachmittag kommt ein Sonderagent der Inneren Sicherheit nach Wien.« Sie blieb neben Gomez' einzigem Koffer stehen und stieß ihn mit ihrem Schuh an. »Meine Behörde besteht darauf, daß ihr beiden euch bereithaltet, persönlich mit Agent Reisberson zu sprechen.«

»Das wird leider nicht möglich sein«, widersprach Jake.

»Es handelt sich nicht zufällig um Walter Truett Reisberson?« Gomez hatte langsam das Zimmer durchquert, so daß er nun hinter Jenny stand. »Einer meiner besten Kumpel in der Schule hieß so.«

»Nein, es handelt sich um Olaf Reisberson.«

»Es spielt überhaupt keine Rolle, wie der Kerl heißt«, sagte Jake wütend. »Sid und ich werden . . .«

»Ihr könnt euch einer solchen Anweisung nicht einfach widersetzen«, sagte sie zu Jake, während sich ihr Stirn in tiefe Falten legte.

Leise hatte Gomez seine Betäubungspistole gezogen. Er richtete sie auf ihren Rücken und drückte ab.

Als Jenny vornüberfiel, fing er sie auf. »Öffne die Schlafzimmertür, *por favor*, Jake.«

»Ich glaube, das ist ein Staatsverbrechen.« Jake riß die Tür auf.

»Was? Eine Regierungsagentin zu Bett zu bringen?«

»Nein, auf eine zu schießen.«

»Wirklich? Meinst du, es könnte ein Gesetz geben, das ein solches Verhalten verurteilt?«

»Du weißt, wie empfindlich die Leute in Washington manchmal sind.«

Gomez ließ Jenny vorsichtig auf sein Bett gleiten. »*Hasta la vista*«, murmelte er. Dann kehrte er ins Wohnzimmer zurück und setzte sich an das Videophon. »Die Rezeption, bitte!«

»Ja, Herr Gomez?« sagte der silberne Roboter höflich, der auf dem Bildschirm erschienen war.

»Wir mußten unsere Pläne leider geringfügig ändern«, sagte Gomez zu dem Hotelangestellten. »Wir werden nicht vor neun Uhr heute abend abreisen.«

»Ich fürchte, daß wir Ihnen in diesem Fall einen weiteren vollen Tag in Rechnung . . .«

»Das geht schon in Ordnung. Berechnen Sie es wie gehabt der Detektivagentur Cosmos«, sagte Gomes mit einem freundlichen Lächeln. »Ach, übrigens, ich lege mich jetzt eine Weile schlafen, also keine Störungen bitte!«

»Wie Sie wünschen, Herr Gomez.«

»Aber schicken Sie bitte punkt acht Uhr heute abend einen Robot-Pagen aufs Zimmer, um mich zu wecken.«

»Sie möchten, daß er zu Ihnen hereinkommt?«

»Genau. Ich habe nämlich einen sehr festen Schlaf, müssen Sie wissen.«

»Sehr wohl, mein Herr. Und was ist mit Herrn Cardigan? Wird er auch bleiben und sich schlafenlegen, oder . . .«

»Er wird wie geplant abreisen.« Gomez unterbrach die Verbindung und nahm seinen Koffer. »Laß uns unauffällig durch den Hintereingang verschwinden, wobei wir allerdings die Augen nach herumlungernden Regierungsagenten aufhalten sollten.«

»Gute Idee.«

Gomez sah sich noch einmal zur Schlafzimmertür um. »Jetzt sind wir quitt, *chiquita*«, sagte er.

Gomez lehnte sich im Sitz des Flugzeugs zurück. »Du folgst nicht meinem Beispiel, Jake«, sagte er. »Du entspannst dich nicht.

»Ich mache mir Sorgen wegen Dan.«

»Ich auch, *amigo*. Aber durch die nervöse Zappelei werden wir keine Sekunde früher in Groß-Los-Angeles ankommen.«

Jake hatte am Fenster Platz genommen und blickte gedankenverloren in den Nachmittagshimmel hinaus. »Mir scheint, daß sie sich jeden schnappen wollen, der mir nahesteht«, sagte er und rang die Hände. »Wenn sie auch noch Dan töten . . .«

»Das werden sie nicht tun. Zumindest nicht sofort.«

»Wie kannst du dir so sicher sein?«

»Diese *cabróns* haben zwei verschiedene Vorgehensweisen. Entweder schlagen sie sofort und ohne Vorwarnung zu, oder sie spielen eine Weile Katz und Maus«, sagte sein Partner. »Ich wette, daß Dan noch am Leben ist.«

»Wie paßt Roddy Pickfair in diese Sache?« frage Jake.

»Ich habe den Eindruck, daß der kleine Roddy ein stiller Teilhaber des Tek-Kartells ist – oder besser *war*, da die Wiener Abteilung fast völlig zerschlagen ist.«

»Sobald wir . . .«

»Entschuldigen Sie bitte, Herr Cardigan.« Eine Robot-Stewardeß war im Gang neben ihnen stehengeblieben.

»Ja?«

»Da ist ein Anruf für Sie«, erklärte der Roboter. »Wenn Sie mir bitte zum Bord-Videophon folgen würden!«

»Geht es um meinen Sohn?«

»Ich habe keine Ahnung.«

Jake kletterte über Gomez hinweg und folgte der Stewardeß durch den Gang. Dann betrat er die Videophon-Nische und setzte sich.

»Hallo, Kumpel! Erinnerst du dich noch an mich?«

Jake betrachtete den kupfernen Roboter auf dem Bildschirm. »Du bist Rex/GK-30. Was ...«

»Hör zu, Junge! Eigentlich dürfte ich solche Anrufe gar nicht machen«, erklärte Rex und blickte sich verschwörerisch um. »Ich könnte in Teufels Küche kommen, also muß ich mich beeilen, bevor die Schulleitung Wind davon bekommt.«

»Du bist also in der Polizeischule. Geht es um Dan?«

»Du hast es erfaßt, Chef!«

»Weiß du, wo er steckt?«

»Nicht genau, aber ich arbeite daran. In der Zwischenzeit wollte ich dir mitteilen, was ich bis jetzt herausgefunden habe. Ich wollte mich schon bei Bascom melden, aber dann habe ich erfahren, daß ihr schon auf dem Heimflug seid.«

»Okay, was gibt es?«

»Dein Sprößling hat gemeinsam mit einem klugen Kind namens Molly Fine Erkundigungen über verschiedene Personen eingezogen«, erzählte Rex. »Ohne Wissen der Schulleitung habe ich Ihnen dabei ein wenig unter die Arme gegriffen.«

»Was für Personen?«

»Es fing mit Larry Knerr an, und dann erweiterten sich die Nachforschungen auf Roddy Pickfair und China Vargas«, sagte der Roboter. »Außerdem hat Molly noch eigene Quellen benutzt, um mehr über Pickfair auszugraben. Dabei hat sie festgestellt, daß seine Geburtsdaten gefälscht sind, aber ich habe keine Ahnung, was das zu bedeuten hat.«

»Weißt du, was die beiden im Civic Plaza wollten?«

»Sicher doch. Das war in gewisser Weise sogar meine Schuld«, antwortete Rex/GK-30. »Dort sollte eine große Tanzveranstaltung für wohltätige Zwecke steigen, und Dan hat herausgefunden, daß Pickfair, Knerr und Vargas eingeladen waren. Sie haben mich bequatscht, sie mit ein paar elektronischen Kniffen auf die Gästeliste zu bringen. Dan hatte vor, die Gruppe mit ein paar Geräten aus deiner Sammlung zu belauschen und . . .«

Plötzlich war Rex vom Bildschirm verschwunden und wurde durch das Gesicht eines wütenden, stämmigen Mannes um die Fünfzig ersetzt. »Die Plauderei ist vorbei, Cardigan«, verkündete er.

»Geben Sie mir wieder Rex, Farber!« sagte Jake mit ruhiger Stimme.

»Rex ist ab sofort vom Dienst suspendiert«, sagte Dick Farber. »Es war ein verdammtes Glück, daß ich es bemerkt habe, bevor noch mehr vertrauliche Informationen weitergegeben werden konnten.«

»Sie müssen wissen, daß mein Sohn vermißt wird«, sagte Jake. »Rex verfügt über Informationen, die zur Aufdeckung . . .«

»Wenn Ihr Bengel tatsächlich vermißt wird, Cardigan, und sich nicht nur irgendwo mit dieser Molly Fine herumtreibt, dann werden die zuständigen Behörden jene Informationen erhalten, die die Polizeischule für sachdienlich hält«, sagte Farber. »Und wenn ich *zuständige* Behörden sage, meine ich das auch so. Damit sind auf keinen Fall Exbullen gemeint, die als billige Schnüffler arbeiten!« Damit wurde der Bildschirm schwarz.

43

Plötzlich war Dan auf dem Bildschirm.

Eine der umherschwebenden Robot-Kameras von *Newz* hatte ihn auf dem Wohltätigkeitsball in der Civic Plaza eingefangen.

Bascom drückte eine Taste und ließ das Bild auf der großen Videowand anhalten. »Das hübsche Mädel, das an seinem Ärmel zerrt, ist Molly Fine«, sagte er. »Wir haben einige Erkundigungen über sie eingezogen, nachdem du die Hinweise von

Rex/UK-30 an uns weitergeleitet hast, Jake. Sehr intelligent und sehr reich. Die einzige Tochter von Gilbert Fine, dem Servomech-Milliardär.«

»Hat er Verbindungen zur Tek-Szene?« Jake hockte auf einem der Stühle im Büro des Agenturchefs.

»Wir haben keinen Hinweis darauf gefunden. Papa Fine ist zwar mit allen Wassern gewaschen, aber er hält sich eher an traditionellere Ausbeutungspraktiken.«

Gomez kauerte mit untergeschlagenen Knien auf einem weichen Sessel. »Wer ist der Typ, der sie aufzuhalten versucht?«

»Wir haben ihn vorläufig als Len O'Hearn identifiziert, von O'Hearns Satellitenkommunikation. Auch sehr reich, aber nicht besonders intelligent.«

»Damit wissen wir wenigstens, daß Dan und Molly wirklich dort waren«, sagte Jake.

»Und wir haben jede Menge Aufnahmen von Pickfair, Knerr und der haarlosen China«, fügte Gomez hinzu.

»Wir wissen auch«, sagte Bascom, der jetzt die Aufzeichnung weiterlaufen ließ, »daß Molly mit dem Erben der O'Hearn-Familie getanzt hat. Ihr werdet bemerken, daß sie sich mit ihm auf den Tumult zubewegt.«

»Ich habe auch bemerkt, daß Dan O'Hearn mit einem sehr unfreundlichen Blick bedacht hat.«

»Der berüchtigte Cardigan-Blick«, bemerkte Gomez und versank noch tiefer in seinem Sessel.

»Wir haben das Material schon vorab gesichtet«, sagte Bascom und hielt die Aufzeichnung an. »Was ihr gerade gesehen habt, ist alles, was es zu Dan und Molly gibt – und zum Pickfair-Trio.«

»Zu welcher Uhrzeit war das?«

»Die Bilder von Dan und Molly entstanden um 21 Uhr 47.«

»Und wann wurde McCay betäubt?«

»So gegen zweiundzwanzig Uhr.«

»Also gibt es danach keine Spur von Dan und dem Mädchen mehr?«

»Bis jetzt noch nicht«, sagte ihr Chef. »Außerdem haben wir ein weiteres Problem.«

Jake stand auf. »Und das wäre?«

»Wir konnten bisher weder Roddy Pickfair, Larry Knerr oder China Vargas ausfindig machen.«

»Was sagt das Ampersand-Studio dazu?«

»Daß Mr. Pickfair nicht in der Stadt ist und sie auch nicht wissen, wo er steckt«, antwortete Bascom. Ihr könnt euch denken, daß ich mehrere Leute abgestellt habe, den Kerl aufzutreiben.«

»Hat die *GLA Fax Times* sich schon dazu geäußert?«

»Vargas senior macht gerade Urlaub in Mexiko. Seine Tochter ist weder in den Büros der Zeitung noch im Familienanwesen im Bezirk Bel Air zu erreichen«, fuhr Bascom fort. »Knerr ist angeblich unterwegs, um für eine Story zu recherchieren, aber über seinen gegenwärtigen Aufenthaltsort ist man nicht informiert.«

»Dan und Molly müssen bei einem von ihnen sein«, sagte Jake und begann, im Büro auf und ab zu gehen.« Wir müssen sie finden.«

»Was treiben die Gesetzeshüter?« fragte Gomez. »Haben sie schon etwas unternommen?«

»Die Polizei in GLA nimmt die Sache noch nicht sehr ernst«, sagte Basom. »Nach ihrer Meinung haben sich Dan und Molly vermutlich nach dem Tanz abgesetzt, ohne jemandem bis jetzt etwas davon zu sagen.«

»Das ist nicht Dans Art«, regte sich Jake auf. »Und wie erklärt man sich, daß McCay betäubt wurde?«

»Sie gehen davon aus, daß es ein simpler Raubüberfall war – immerhin waren seine Wertsachen verschwunden – der nichts mit der Angelegenheit zu tun hat«, sagte Bascom. »Vergiß nicht, Jake, daß es aus dem abgestumpften Blickwinkel eines Polizisten viel wahrscheinlicher ist, daß die Kinder sich einfach nur auf ein kleines Abenteuer davongemacht haben. Soweit es die Staatspolizei von Südkalifornien betrifft, wäre erst in zwei Tagen der Verdacht auf Entführung gerechtfertigt. So lauten die Bestimmungen.«

»Video«, murmelte Gomez, der auf den leeren Wandschirm starrte.

Jake runzelte die Stirn. »Was ist los?«

Gomez rückte sich in seinem Sessel zurecht, verdrehte die Augen und schnalzte mit der Zunge. »Während ich hier so sitze, kommt mir plötzlich wieder eine alte Idee in den Sinn.« Langsam richtete er sich in seinem Sessel auf. »Als ich die dunkelhaarige Molly betrachtete, fühlte ich mich wieder zu jenem schicksalhaften Tag zurückversetzt, als wir hier versammelt waren, um die Botschaft der sterbenden Jean Marie Sparey zu sehen.«

»Und?«

Gomez schüttelte geistesabwesend den Kopf. »Da flackerte etwas in der kargen Landschaft meines Geistes auf«, antwortete er schließlich. »Ich hatte das plötzliche Gefühl, daß ich die junge Dame schon einmal irgendwo gesehen habe. Allerdings habe ich sie seinerzeit nicht bewußt registriert.«

»Es ist Will Spareys Tochter. Du bist ihr vermutlich mal begegnet, als sie noch ein Kind war.«

»Du warst mit Sparey befreundet, ich nicht«, gab Gomez zu bedenken. »Aber vermutlich war diese *muchacha* ohnehin nicht die richtige Jean Marie.«

»Das mag ja alles stimmen, aber was . . .«

»Sie sah ihr zweifellos nur ähnlich, eine Art Doppelgängerin . . . *Caramba*! Es war eine Schauspielerin!« Er ging zu Bascom hinüber und streckte ihm die Hand hin. »Können Sie mir eine Kopie dieser sentimentalen Video-Kassette überlassen, *jefe*?«

»Sicher, aber was . . .«

»Ich bin plötzlich sehr neugierig, was aus ihr geworden ist, seit sie in Rio aus den Klauen des Todes befreit wurde«, sagte Gomez. »Jake, ich würde gerne für eine Weile an dieser Idee herumspielen. Geht das in Ordnung?«

»Klar. Ich hätte ohnehin noch ein paar Sachen zu erledigen«, sagte er. »Wir bleiben über das Büro in Verbindung.«

»Ich würde mich erheblich wohler fühlen«, sagte Bascom, »wenn ich wüßte, wovon ihr beide verdammt noch mal sprecht.«

»Du hast ihn noch in guter Erinnerung, richtig?«

Gomez schüttelte den Kopf. »Ich habe überhaupt keine Erinnerung an ihn, Wolfe.«

Wolfe Bosco verzog das Gesicht. »Willst du mich auf den Arm nehmen?«

»Ich schlage vor, wir kommen wieder zur Sache.«

Der kleine rothaarige Agent zeigte erneut in die winzige Küche seines Apartments direkt unter dem Dach des vierzigstöckigen Hochhauses ›Palmenoase‹ mitten im Bezirk Hollywood. »Mensch, das ist Jacko Fuller!«

Ein Androide war in der Küche damit beschäftigt, Sandwiches zuzubereiten. »Vielleicht fällt es ihm wieder ein, wenn ich singe, Wolfe«, sagte er.

»Kümmer du dich um deine Sandwiches, Trottel!« rief der Agent. »Jacko Fuller, Gomez! Das hier ist der beste noch existierende Androiden-Doppelgänger. Die anderen singen alle falsch.«

»Ich kann mich nicht an seine Karriere erinnern. Können wir jetzt . . .«

»Er war drei Jahre lang der führende Sänger in den *Schlammschlacht-Melodien*. Das hast du bestimmt als Kind gesehen, das ohne Hoffnung in einem heruntergekommenen Ghetto heranwuchs.«

»Wolfe, ich bin zu dir gekommen, um dir eine beachtliche Summe für ein paar Informationen zu bezahlen.« Damit zog er eine Video-Kassette aus der Jackentasche.

»Der echte Jacko Fuller ist heute ein lallender Idiot in einem Altersheim im Bezirk San Diego. Das finde ich sehr, sehr traurig.«

»Es ist auch nicht gerade tröstend, daß du seinen Doppelgänger die Hausarbeit erledigen läßt.«

»Wir wechseln uns ab. Er, ich und Deb. Du erinnerst dich doch sicher an Deb Brophy, die Saxophon-Königin im Eispalast und . . .«

»Nein.«

»Du mußt ja eine trostlose Kindheit gehabt haben. Das hat dir mit Sicherheit auch dein Erwachsenenleben verdorben, habe ich recht?«

»Soll ich auch noch Sandwiches für unseren Gast zubereiten, Wolfe?«

»Nein, nicht nötig.« Gomez ließ die Kassette wieder in seiner Tasche verschwinden.

»Was hältst du davon, wenn ich Deb aktivieren würde, Gomez?« fragte der Agent. »Wenn sie dir einen Blues auf dem Alt-Saxophon bläst, wirst du dich sicher mit Wonne erinnern.«

»Wir haben ihr Instrument verpfändet«, meldete sich der Androide aus der Küche.

»Sie könnte vielleicht etwas summen. Ach, Deb war eine sehr talentierte Musikerin«, sagte Bosco. »Die echte Deb hat ihre Hirnzellen mit Tek versaut und vor sechs Jahren in Mentor/Ohio den Löffel abgegeben. Aber sie lebt hier in meinem Talentschuppen weiter und kann jederzeit . . .«

»Ich bin auf der Suche nach jemandem.« Gomez packte den Agenten an den Schultern. »Ich hatte gehofft, Wolfe, daß du mir mit deinen umfassenden Kenntnissen in der Showbranche helfen könntest. Doch bisher hast du nur versucht, mich für ausgelaufene Androidenmodelle zu interessieren.«

»Was würde bei diesem Geschäft herausspringen? Ich bin mir darüber im klaren, daß Cosmos dich mit einem beachtlichen Budget ausgestattet haben muß.«

»Ich biete dir einhundert Dollar.«

»Willst du mich verarschen? – Hast du das gehört, Jacko?«

»Das ist eine Beleidigung, Wolfe! Ein Schlag ins Gesicht!«

»Gomez, ich verlange mindestens . . . fünfhundert Dollar.«

»Zweihundert sind mein letztes Wort.«

»Er hat mich schon wieder beleidigt, Jacko! Hast du das gehört?«

»Ja. Ich bin fassungslos.«

»Also dann auf Wiedersehen, Wolfe.«

»Ich werde mein Honorar auf zweihundertfünfzig heruntersetzen.«

»Zweihundert Dollar.«

»Soll das ein Witz sein? Also gut, ich nehme es.«

Gomez holte die Kassette wieder hervor und reichte sie dem Agenten. »Ich vermute, daß die Dame auf dieser Aufzeichnung eine unbedeutende Schauspielerin ist, die sich womöglich irgendwo in GLA aufhält«, sagte er zu Wolfe Bosco. »Ich glaube, daß ich sie einmal vor ungefähr einem Jahr in einer kleinen Rolle gesehen habe. Dummerweise habe ich nur eine ganz vage Ahnung davon.«

Der Agent rieb die Kassette am Ellbogen seiner karierten Jacke und ging zum Video-Gerät hinüber, das auf einem wackligen Kaffeetisch stand. »Wenn die Tussi jemals im Rampenlicht gestanden hat, werde ich sie wiedererkennen.«

»Er ist in aller Welt als wandelndes Lexikon der Geschichte des Showbusineß bekannt«, rief Jacko aus der Küche.

»Richtig!« stimmte Bosco zu und schob die Kassette in das Gerät.

Nichts passierte.

»Nun mach schon!« Er schlug mit der Faust gegen das Gerät.

Dann erschien Jean Marie Sparey auf der dreckverschmierten Videowand. »Man hat mir erlaubt . . . das hier aufzuzeichnen . . . Ich hoffe sehr . . . daß du mich besuchen kannst . . . Onkel Jake . . . Ich bin ganz schön fertig, was? Es liegt . . . hauptsächlich an Tek . . . hatte 'ne ganze Menge Sitzungen . . . und ich bin dabei . . . auch ganz schön . . . den Bach runtergegangen . . . Ist ja auch egal . . . Jedenfalls muß ich . . . mit dir sprechen.«

Nachdem Bosco die Aufzeichnung unterbrochen hatte, schniefte er hörbar und wischte sich eine Träne aus dem Augenwinkel. »Rührend! Eine exzellente Darbietung!«

»Sehr bewegend«, rief Jacko, »zumindest nach dem, was ich gehört habe.«

»Kennst du sie, Wolfe?« fragte Gomez.

»Klar, das war Susan Ferrier. Ich hatte keine Ahnung, daß das Mädchen so talentiert ist. Sie hat mich zu Tränen gerührt. Ich sollte ihr Agent sein!«

»Eine tolle Idee!« sagte Jacko. »Sie wäre eine Traumbesetzung für die Rolle in . . .«

»Wo kann ich sie finden?«

»Du möchtest eine Identifikation *und* ihre gegenwärtige Adresse – und das alles für läppische zweihundert Dollar?«

»Genau.«

»Na gut.« Er ging zu seinem Videophon hinüber. »Ich werde für dich in Erfahrung bringen, wo sie sich im Augenblick aufhält. Aber niemand kann bestreiten, daß ich tief gesunken bin.«

»Es ist eine Tragödie, die Tragödie unserer Zeit«, sagte Jacko, der jetzt mit der Zubereitung der Sandwiches fertig war.

44

Tante Elsie steckte sich ihre Zigarre an, nahm genießerisch einen Zug und bekam dann von dem Rauch einen Husten. »Du siehst einfach großartig aus, Jake.«

»Tatsächlich?«

»Nein, eigentlich nicht, wenn ich ehrlich sein soll. Du siehst aus, als hätte man dich die ganze Nacht im Regen stehenlassen. Ich vermute, du bist nicht als Kunde zu mir gekommen.«

Er saß in einem Rüschensessel in Tante Elsies Büro, das eher wie ein Salon aus einer längst vergangen Epoche ausgestattet war. »Nein. Ich hätte ein paar Fragen an einen deiner Kunden.«

Tante Elsie war eine magere Frau Ende Vierzig. Ihr weißblondes Haar war kurzgeschnitten, und sie trug einen grauen Geschäftsanzug. »Mein lieber Jake, das Bordell ›Gute alte Zeit‹ ist das exclusivste und teuerste Freudenhaus in Groß-Los-Angeles«, erklärte sie ihm und blies dabei Rauch aus. »Es würde mir nicht im Traum einfallen, einen Kunden zu stören, nicht einmal für einen lieben alten Freund wie dich.«

Er erhob sich aus seinem Sessel und näherte sich ihrem handgeschnitzten Schreibtisch. »Mein Sohn wird vermißt, vermutlich wurde er entführt«, sagte er. »Ich denke, ein junger Mann namens Len O'Hearn könnte mir vielleicht etwas über . . .«

»Den wirst du hier nicht finden, Schätzchen. Es ist sein Vater, Rian O'Hearn, der . . .«

»Len ist von der Bildfläche verschwunden. Ich wette, sein Vater könnte mir verraten, wo ich ihn finde.«

Sie nahm nachdenklich einen Zug von ihrer Zigarre. »Du redest von Danny?«

»Ja, von Dan.«

»Wie alt ist er?«

»Fünfzehn.«

»Tatsächlich? Es kommt mir erst wie gestern vor, als du mir erzähltest, daß deine Frau schwanger wäre. Das war zu der Zeit, wo ich noch den Laden im Bezirk Laguna hatte, den du und Gomez mir für eine Weile geschlossen habt«, sagte sie. »Das dürfte vor etwas mehr als fünfzehn Jahren gewesen sein.«

»Ich könnte hier so lange warten, bis er herauskommt, aber es würde mir sehr helfen, wenn ich ihn schon früher sprechen könnte.«

»Wie hast du herausgefunden, daß Rian sich in meinem Etablissement aufhält?«

Jake grinste. »Ich habe meine Quellen.«

»Er ist ein interessanter Kunde«, sagte Tante Elsie und lehnte sich in ihrem Stuhl zurück. »Wir haben für ihn die Dame rekonstruiert, die ihn vor etwas dreißig Jahren auf dem College in Englischer Literatur unterrichtet hat. Eine eher schlichte Frau, wenn du mich fragst. Aber er scheint Gefallen daran zu haben, einmal in der Woche herzukommen und mit ihrer Doppelgängerin zu schlafen. Er hat außerdem darauf bestanden, daß wir ihm dafür sein Schlafzimmer nachbauen, in dem er seine Jugend im Bezirk Hawthorne verbracht hat.«

»Etwas Furchtbares ist passiert!« Ein schlanker Schwarzer kam in das Büro gestürmt.

»Was ist los, Edmond?«

»Es geht um Rian O'Hearn«, sagte er außer Atem. »Der Mann hatte offenbar einen Anfall. Ich habe schon unseren Medo-Roboter hinaufgeschickt, aber vielleicht sollten Sie es sich lieber selber ansehen, Madame.«

»Ich werde auch mitkommen«, sagte Jake.

Gomez kam aus dem spätnachmittäglichen Sonnenschein hereingeschlendert. Er lächelte die schlanke, dunkelhaarige junge

Frau hinter dem großen elfenbeinfarbenen Tresen freundlich an.

»Sie sind gerade noch rechtzeitig gekommen«, teilte sie ihm mit, während sie aufmerksam sein Gesicht studierte. »Wir können Ihnen vielleicht noch helfen. Name, bitte?«

»Gomez.« Er setzte sich in den elfenbeinfarbenen Stuhl vor ihrem Tresen. »Sind Sie Amber Alvarez?« fragte er.

»Ja, das ist mein Künstlername.«

»Sie sind die Person, die ich suche.«

»Wirklich? Sind Sie ein Produzent, ein Regisseur, ein Talentsucher oder . . .«

»Das nicht gerade, *chiquita.*« Er stützte sich mit beiden Ellbogen auf den Tisch.

»Sind Sie sicher, daß Sie nicht wegen eines neuen Gesichts zu NewFace gekommen sind?«

»Ich brauche kein neues.«

»Aber Sie können unmöglich mit all diesen Falten und Fettpölsterchen zufrieden sein!«

»Das gibt mir ein reiferes Aussehen. Wie alt würden Sie mich eigentlich schätzen?«

»Na ja, ich würde sagen, Sie haben mindestens vierzig Jahre gebraucht, um sich so zu ruinieren.«

Gomez runzelte die Stirn und nahm seine Ellbogen vom Tresen. »Ich bin ein paar Jahre über Vierzig«, sagte er. »Jetzt möchte ich gerne zum eigentlichen Grund meines Besuchs zurückkommen.«

»Wir haben bisher immer gute Erfolge bei Leuten in Ihrem fortgeschrittenen Problemstadium erzielt, Mr. Sanchez.«

»Gomez. Ich habe keine Probleme.«

Sie drehte den kleinen Monitor auf ihrem Tresen zu ihm herum. »Ich könnte Ihnen völlig gebührenfrei demonstrieren, wie NewFace Ihr Gesicht in Ordnung bringen könnte, so daß Sie sich um Jahre verjüngt fühlen und wesentlich zuversichtlicher ins Leben sehen könnten.«

»Wenn ich mich zuversichtlicher fühlten sollte, müßte man mir eher den Gürtel enger schnallen, wenn überhaupt.«

»In Ihrem Alter . . .«

»Sie selbst sind dreißig, also werden Sie auch bald . . .«
»Ich bin sechsundzwanzig!«
»Hören Sie auf, ich habe mich erkundigt.«
»Was haben Sie sich dabei gedacht? Wenn Sie sich nur nach einer Gesichtsüberholung erkundigen wollten, heißt das nicht . . .«
»Ich will mich nicht überholen lassen«, sagte er mit Nachdruck. »Ich bin völlig zufrieden mit meinem Gesicht.«
»Schauen Sie mal! Ich werde Ihr altes Gesicht auf den Bildschirm zeichnen und Ihnen dann demonstrieren, wie wir es verschönern könnten.«
»Ich bin auf der Suche nach Susan Ferrier«, sagte Gomez so ruhig er konnte. »Ihre Agentur sagt, daß sie keinen Kontakt mehr mit ihr hat, aber daß Sie als ihre gegenwärtige Mitbewohnerin vielleicht wüßten, wo sie steckt.«
»Dann sind Sie doch aus der Filmbranche?«
Gomez starrte zur Decke hinauf und wandte sich dann wieder mit einem verlegenen Blick an sie. »Okay, ich denke, es gelingt mir wohl nicht, es noch länger zu verbergen«, sagte er reuevoll. »Es ist wichtig, daß wir Susan sofort auftreiben.«
»Eine Rolle?«
»Ich kann nur sagen, daß es um eine Gelegenheit geht, wie es sie nur einmal im Leben gibt.«
»Ich sehe ihr sehr ähnlich. Nur daß ich nicht ganz so dunkle Haare habe.« Er sah sie abschätzend an. »Wenn ich es mir so überlege, Amber . . . Sie hätten doch sicher nichts dagegen, Ihren Namen zu ändern, oder?«
»Überhaupt nicht. Was würden Sie vorschlagen?«
»Hauptsache etwas anders als Amber. Auf jeden Fall wären Sie perfekt, zumindest fast perfekt, für eine andere Rolle in diesem Projekt. Ja, ich könnte Sie mir als Schwester Jonquil vorstellen.«
»Dann ist es wohl ein religiöser Film?«
»Es geht darin um eine Erleuchtung, aber ein ausreichendes Maß an Sex und Gewalt darf natürlich nicht fehlen«, erklärte er. »Die Sache ist die, Amber. Wir können nicht weitermachen, bevor wir Susan verpflichtet haben. Mit ihr steigt und fällt das gesamte kostspielige Unternehmen.«

»Mensch, in letzter Zeit scheint sie ja verdammt viel Glück zu haben! Erst diese Rolle in Brasilien und sofort danach dieses andere Engagement!«

»Was für ein Engagement?«

»Die Sache, an der sie jetzt gerade arbeitet.«

»Wo?«

»Na, diese Außenaufnahmen.«

»Etwas genauer bitte!«

»In Nordkalifornien. Sie hat diese große Rolle in *Das Dschungelkommando*. Das ist die neue Großproduktion von Ampersand über die Brasilianischen Kriege.«

»Ampersand, natürlich!« Er nickte wissend. »Wo genau in Nordkalifornien?«

»Ich glaube, sie ist im Dickerson-Dschungelpark in Sonoma, Mr. Gomez«, antwortete Amber. »Dort drehen sie die Kriegsszenen. Sie sollte vor zwei Tagen hinfahren, aber seitdem habe ich nichts mehr von ihr gehört.«

»Der Dschungel wäre ein guter Ausgangspunkt.« Er stand auf. »Falls sie sich mit Ihnen in Verbindung setzt, sagen Sie ihr bitte nichts von meinem Interesse.«

»Aber wenn Sie sie doch so dringend . . .«

»Ich möchte nicht, daß irgend etwas über das Projekt nach außen dringt, bevor ich sie dafür gewonnen habe.«

»Könnten Sie mir ein Skript schicken?«

Gomez rieb sich das Kinn. »Glauben Sie wirklich, daß mein Gesicht erneuert werden müßte?«

»Nein, eigentlich nicht, Mr. Gomez. Ich habe mir vorhin nur einen kleinen Scherz erlaubt.«

»Ich melde mich wieder.« Damit verließ er eilig das Büro.

Rian O'Hearn hatte die Augen geschlossen und atmete in kurzen, keuchenden Stößen. Er lag auf dem Rücken im Nachbau seines Kinderbetts. Eine nackte Androidin saß auf seinem Stuhl am Fußende des Bettes und hatte die Hände im Schoß verschränkt. »Es war nicht meine Schuld, Tante Elsie«, sagte sie gerade. »Es passierte, bevor überhaupt irgend etwas passiert ist.«

Jake stand neben dem weißen Medo-Roboter, der dem Mann gerade eine Injektion verabreichte. Er benutzte dazu die Nadel, die in seinen Zeigefinger eingebaut war.

»Wie steht es um ihn?« fragte Jake.

»Ein leichter Herzinfarkt, der durch nostalgische Gefühle im Zusammenspiel mit sexueller Erregung ausgelöst wurde«, antwortete der Roboter.

»O'Hearn!« Jake beugte sich zu ihm herunter.

»Es wäre besser, wenn Sie nicht mit ihm sprechen würden, bis die Ambulanz eintrifft.«

»Ich habe nur ein paar Fragen.«

»Das geht schon in Ordnung, Doc«, sagte Tante Elsie, während sie der Androidin einen geblümten Bademantel um die Schultern legte.

»O'Hearn!« wiederholte Jake.

»Ja?« brummte er.

»Ihr Sohn, Len. Wo ist er?«

»Er ist ein Nichtsnutz!«

»Das bezweifle ich nicht, aber wo ist er?«

»Abgehauen, als er zu einem Einstellungsgespräch sollte. Dieser Nichtsnutz!«

»Wohin ist er abgehauen?«

»Nach Nordkalifornien. Mit dieser Bande von Filmfritzen.«

»Wo genau in Nordkalifornien?«

»Sonoma. Irgend so ein Dschungelpark.« O'Hearn begann zu zittern und zu husten.

Der Medo-Roboter drängte Jake zur Seite. »Das ist fürs erste genug.«

»Ja, es reicht schon«, sagte Jake.

45

Gomez saß pfeifend im bequemen Sitz des geborgten Gleiters. »Da ist ein deutlicher Unterschied zwischen der Luft Nordkaliforniens und der Südkaliforniens«, stellte er fest, während ihr Fahrzeug durch den sonnenbeschienenen Morgen dahinflog.

Jake lenkte den Gleiter. »Wem gehört dieses Fahrzeug?«

»Das habe ich dir doch schon gesagt, ein paar musikalischen Freunden von mir«, antwortete sein Partner. »Es ist die perfekte Tarnung für uns, wenn wir in diese nördlicheren Gegenden vorstoßen wollen.«

»Hier riecht es merkwürdig.«

»Diese Musiker sind etwas altmodisch. Sie rauchen so antiquierte Sachen wie Marihuana – und sie ergötzen sich manchmal an Feinschmeckergelagen.«

»Außerdem ist die Kiste ziemlich auffällig.«

»Richtig, *sí*«, stimmte Gomez zu. »Pickfair wird damit rechnen, daß wir uns still und heimlich anschleichen. Dabei kommen wir in einem purpurroten Lastgleiter.«

Jake schwieg.

Gomez streckte sich und klopfte auf die große Kiste, die hinter seinem Sitz stand. »Ich habe den Verdacht, *amigo*, daß du meine Fähigkeiten als Schnorrer nicht richtig zu schätzen weißt«, sagte er. »Ich habe dieses eindrucksvolle Fahrzeug für uns organisiert, einschließlich des wertvollen Inhalts dieser Kiste – und für diese Aufgabe konnte ich mich wieder in der hohen Kunst des Feilschens üben.«

»Du bist der ideale Partner«, sagte Jake. »Daran besteht kein Zweifel.«

»Für diesen Fall ist jemand nötig, der Roddy Pickfair überlisten kann.«

»Es sieht ganz danach aus, daß er Dan und Molly nach Sonoma gebracht hat«, sagte Jake. »Nach den Karten des Dickerson-Dschungels, auf die wir einen Blick werfen konnten ...«

»Was wir wiederum meinen guten Beziehungen zu verdanken haben ...«

»Ja. Also danach gibt es einen großen unterirdischen Komplex unter dem Dschungel«, fuhr Jake fort. »Vermutlich wird Dan dort festgehalten.«

»Eine Mausefalle«, sagte Gomez. »Und der Junge ist der Köder.«

»Zumindest ist Pickfair davon überzeugt.«

»Jetzt müssen wir den *cabrón* nur noch davon überzeugen«, sagte Gomez, »daß wir die Mäuse sind.«

Die Wandbildschirme waren wieder einmal verstummt.

Doch erfahrungsgemäß ließ sich nicht sagen, wie lange dieser Zustand anhalten würde.

Dan und Molly hockten nebeneinander auf dem Fußboden des großen Raums. Er hatte den Arm um ihre Schulter gelegt.

Das dunkelhaarige Mädchen war in einen unruhigen Schlaf gefallen, nachdem sie ihren Kopf an seine Brust gelegt hatte.

Auch Dan fielen allmählich die Augen zu. Er hatte kaum mehr als ein paar Minuten geschlafen, seit man sie hierher gebracht hatte. Er konnte nicht sagen, wieviel Zeit seitdem vergangen war.

Molly atmete unregelmäßig und stöhnte leise im Schlaf.

Er spürte ihren Herzschlag und hatte das Gefühl, daß er viel zu schnell ging.

Dann kamen die Bilder zurück.

Zuerst auf der linken Wand, dann auf der rechten. Und schließlich auch auf den Wänden vor und hinter ihnen.

Die Bilder waren nicht das Schlimmste, denn man konnte die Augen schließen. Aber wenn der Ton einsetzte, gab es kein Entrinnen mehr.

Zeitweise war es so laut, daß es auch nichts mehr half, wenn sie sich die Ohren zuhielten, die sie zuvor mit Taschentüchern verstopft hatten.

Allerdings war die Lautstärke nicht immer gleich. Manchmal vibrierten die Wände, manchmal war kaum etwas zu hören.

Was ihnen die Wandschirme immer wieder zeigten, waren Bilder von Beth Kittridge. Bilder aus den letzten Minuten ihres Lebens.

In Nahaufnahme, in der Totalen, in normaler Geschwindigkeit und in Zeitlupe.

Auf der rechten Wand näherte sich Beth gerade dem Androiden-Doppelgänger von Jake – so extrem verlangsamt, daß sie zu schweben schien. Auf der linken Seite erhob sich ein riesiges Bild ihres Gesichts.

Dan klammerte die unruhig schlafende Molly fester an sich und schloß die Augen.

Auf den Wänden kam Beth jetzt vermutlich dem Kamikaze immer näher – der genauso wie Dans Vater aussah.

Dan hatte die Bilder schon hundertmal gesehen, seit sie hierher gebracht worden waren. Er konnte nicht mehr einschätzen, wie lange er und Molly schon in diesem Raum mit den Bildern eingeschlossen waren.

Sie hatten viermal etwas zu essen bekommen, und er hatte fünfmal die Toilette in der Ecke benutzt.

Aber das war kein guter Ersatz für eine Uhr.

Plötzlich gab es eine gewaltige Explosion. Sie ließ die Wände zittern und den Boden beben.

Dan wußte, daß er jetzt sehen könnte, wie Beths Körper zerfetzt wurde, wenn er die Augen öffnete. Auf der einen Wand würden blutige Fetzen langsam durch den Berliner Morgenhimmel schweben, und auf einer anderen würde die Explosion kurz im Zeitraffer aufblitzen.

Vielleicht würde das Bild auf einer Wand auch in dem Augenblick angehalten werden, wo Beth gerade in Stücke gerissen wurde. Vielleicht gäbe es auf einer anderen eine rückwärts abgespielte Aufnahme, in der sich die blutigen Fetzen auf wundersame Weise wieder zu einer lebenden und lächelnden Beth zusammensetzen würden.

Manchmal wurde dieser letzte glückliche Augenblick in ihrem Leben ständig wiederholt, so daß dieses letzte Lächeln immer wieder auf ihrem Gesicht erschien.

Dann folgte eine weitere Explosion, und dann wieder eine.

Molly wachte schreiend auf. »Wie lange habe ich geschlafen?« fragte sie und nahm den Kopf von seiner Brust.

»Nur ein paar Minuten.«

Behutsam löste er sich von ihr. Er stand auf und starrte zur hohen Decke hinauf. »Was wollt ihr Schweine von uns, verdammt noch mal?«

Die Bilder verschwanden, und die Wände waren wieder stumm.

46

Der blaßgrüne Roboter trug eine grobe Mönchskutte und hielt ein tragbares Mikrophon in der Hand. »Im Gegensatz zu echten Weintrauben«, sagte er zu der Gruppe von fünfzehn Touristen, die ihm durch die riesige Zentralkuppel der Weinkellerei der Gebrüder Pieters folgten, »sind synthetische Trauben unempfindlich gegen Wetter, Luftverschmutzung, schlechten Boden oder viele andere schädliche Einflüsse. Im Faß unmittelbar zu Ihrer Linken keltern wir gerade einen neuen Jahrgang unseres berühmten Alten Zinfandels. Dieser komplizierte Prozeß dauert ganze zwei Wochen. Im nächsten Faß, meine Damen und Herren . . .«

Jake und Gomez lösten sich aus der Gruppe der Touristen und nutzten die Deckung der großen grauen Fässer, um ungesehen zum Ausgang zu gelangen.

»Wenn meine Informationen korrekt sind«, sagte Jake, als sie hinaus in den Vormittag getreten waren, »dann haust Larry Knerr in der zweiten dieser fünf Bauernkaten dort drüben.«

Am Ende einer ausgedehnten Wiese aus künstlichem Gras standen fünf strohgedeckte Bauernhäuser zwischen großen künstlichen Eichen.

Die Partner gingen den leichten Abhang hinunter und machten einen großen Bogen um die Kate, um sich ihr von hinten zu nähern.

Gomez musterte die Hintertür, wobei er seine Aktentasche von der rechten in die linke Hand nahm. »Relativ einfaches Alarmsystem«, stellte er fest. »Ich könnte es in höchstens einer Minute außer Gefecht setzen.«

»Nein, wir gehen lieber durch die Vordertür«, schlug Jake vor. »Ich bin sicher, daß Larry sehr erfreut wäre, uns zu sehen.«

»Wo, zum Teufel, seid ihr plötzlich hergekommen?« sagte der silberhaarige Reporter, als er die Haustür öffnete und seine beiden Besucher erkannte.

Jake stieß ihn zurück in die Diele und in einen Sessel. »Ich suche nach meinem Sohn.«

»Ach! Soll ich Ihnen jetzt vielleicht verraten, wo er ist? Ich arbeite hier an einer Serie über die Weingüter für ...«

»Wo ist er?«

Gomez war ebenfalls eingetreten und hatte die Tür hinter sich geschlossen. »Wenn ich schon nicht meine elektronischen Spielzeuge benutzen durfte«, sagte er, »erlaube mir zumindest, *por favor,* meine Geräte zur Wahrheitsfindung einzusetzen, Jake.«

»Wir werden sie nicht brauchen, Sid. Larry wird uns von selbst erzählen, was ...«

»Ich werde Ihnen erzählen, daß Sie sich sofort verpissen sollten, Cardigan! Ich weiß zwar nicht, wie Sie mich aufgespürt haben ...«

»Falls du dir wegen der Sache Sorgen machst, die mir beim letzten Mal mit dem armen Kerl passiert ist, Jake, so kann ich dir versichern, daß ich inzwischen herausgefunden habe, was damals schiefgelaufen ist.«

»Irgendwann wird die österreichische Polizei seine Leiche finden«, sagte Jake kopfschüttelnd. »Dann möchte ich dich nicht schon wieder aus dem Schlamassel holen.«

»Es lag nur daran, daß ich zuviel Saft auf den Schockimpuls gegeben habe.«

»Ich dachte, du hättest mir erzählt, es wäre eine zu hohe Dosis Wahrheitsserum gewesen.«

Gomez rieb sich nachdenklich das Kinn. »Wirklich? Na ja, vielleicht ...«

»Die Leute werden normalerweise nicht so käseweiß, wenn man sie ...«

»Was wollen Sie wissen?« fragte der Reporter hastig.

»Wo ist Dan?«

Knerr ließ Gomez' Aktentasche nicht aus den Augen, die

langsam vor und zurück schwang. »Sie haben ihn und das Mädchen in eine unterirdische Einrichtung im Dickerson-Dschungel gebracht«, sagte er. »Ampersand dreht dort *Das Dschungelkommando . . .*«

»Wir möchten gerne in diese Einrichtung.«

»Das glaube ich, aber dazu brauchen Sie einen speziellen Elektroschlüssel.«

»Borgen Sie uns doch einfach Ihren«, schlug Gomez vor, während er seine Aktentasche auf den Boden stellte.

»Ich habe keinen von diesen verdammten Schlüsseln. So weit vertrauen sie mir noch nicht.«

»Und China Vargas?«

»Sie hat einen.«

»Wo ist sie im Augenblick?« fragte Jake.

Knerr schwieg.

Gomez grinste fröhlich. »*Bueno!* Nun kann ich meine Wahrheitsmittelchen doch noch einsetzen!«

»Sie hält sich im Kurhotel Weinberg auf. Das ist etwa fünfundzwanzig Kilometer südlich von hier.«

»Wir werden uns bei ihr melden«, sagte Jake. »Aber Sie sollten sie auf keinen Fall auf diesen Umstand aufmerksam machen.«

»Ihr habt mein verdammtes Ehrenwort, Leute!«

Gomez nickte, zog seine Betäubungspistole aus der Aktentasche und benutzte sie.

Große gelbe Schmetterlinge flatterten durch die holographischen Lauben vor dem Kurhotel Weinberg. Der schwere Duft von reifen, goldenen Trauben, der diskret aus winzigen Düsen im künstlichen Lehmboden versprüht wurde, lag in der Luft des frühen Nachmittags.

Jake und Gomez hatten das Bodenfahrzeug aus dem Sheriffsbüro in Sonoma auf einem rebenumrankten Parkplatz abgestellt und ließen sich nun von der Rolltreppe durch die projizierten Weinlauben zum Kurhotel hinauftragen. Beide trugen die Uniformen von Hilfssheriffs.

»Zu breit an den Schultern«, beschwerte sich Gomez und zerrte an seinem Ärmel, »und die Beine sind zu lang.«

»Benimm dich wie ein Hilfssheriff«, riet Jake ihm, »dann wird niemand merken, daß deine geborgte Uniform nicht richtig sitzt.«

Das Kurhotel selbst bestand aus drei weitläufigen Gebäuden, die aus echten Lehmziegeln bestanden und mit authentischen roten Dachziegeln gedeckt waren.

Ein Roboter im weißen Kittel saß neben dem Haupteingang in der Sonne. »Ihr Jungs seid neu hier«, stellte er fest und betrachtete sie von oben bis unten.

»Wir wurden gerade von Marin County hierher versetzt«, sagte Gomez.

»Dann müßt ihr meinen alten Kumpel Alex/CR-70 kennen!«

»Kann mich nicht erinnern. Wir möchten zu Dr. Howzinger.«

»Klar. Geht hier durch diese Tür den Hauptkorridor hinunter, und dann die zweite Tür rechts.«

»Verbindlichsten Dank«, sagte Jake.

»Man sollte es sich nicht mit den Gesetzeshütern verderben«, sagte der Roboter.

Am Schreibtisch im Vorzimmer zu Howzingers Büro saß ein ähnlicher Roboter. »Ja, bitte?«

Gomez grinste, zog seine Betäubungspistole und schoß auf ihn.

Der Roboter fiel mit einem dumpfen Krachen vornüber auf den Schreibtisch. Jake ging zur Tür und klopfte höflich an.

»Ja! Was ist denn?«

»Dr. Howzinger?«

»Ja! Was ist? Was wollen Sie?«

»Polizei. Wir sind wegen des Verbrechens in Ihrem Vorzimmer hier.«

»Verbrechen? Wovon reden Sie, zum Teufel?« Dann wurde die Tür von einem kleinen Mann mit blondem Kraushaar aufgerissen. Er war etwa fünfzig und trug einen Anzug mit Blumenmuster. »Wer sind Sie? Was machen Sie hier?«

Jake zeigte mit dem Daumen auf den zusammengebrochenen Roboter. »Nun, Dr. Howzinger«, sagte er, »wir haben eine Meldung bekommen. Ich fürchte, es handelt sich um einen Mord, auch wenn in diesem Fall . . .«

»Mord? Das ist doch nur Arnie/ID-PR. Er stolpert ständig über seine eigenen Füße.«

»Jemand hat uns diesen Fall als Mordanschlag gemeldet«, sagte Gomez. »Deshalb sind wir sofort hergekommen.«

»Niemand hat irgend jemandem etwas gemeldet! Ich werde mich sofort bei Sheriff Wollters beschweren und . . .«

»Das würde ich lieber nicht tun.«

»Was soll das? Wollen Sie mir erzählen, was ich zu tun und zu lassen habe?«

»Ich will Ihnen erzählen, daß Sheriff Wollters Ihnen vermutlich sagen wird, daß er nie von uns beiden gehört hat«, erklärte Jake. »Und daß wir diese Uniformen wahrscheinlich nur deswegen angelegt haben, um ohne großes Aufhebens hier hereinzukommen.«

»Was soll das? Wer sind Sie? Was sind Sie?«

»Wir sind nur neugierig.« Gomez zog erneut seine Betäubungspistole.

»Wir möchten mit China Vargas reden.«

»Wer ist das? Ich habe nie von ihr gehört!«

»Dr. Howzinger, die eine Möglichkeit ist die, daß Sie uns sagen, in welcher Abteilung Ihrer vornehmen Institution sie sich aufhält – die andere würde darauf hinauslaufen, daß wir Sie betäuben und Ihren Computer befragen.«

»Wollen Sie mir drohen? Ist es das, was Sie wollen?«

Gomez seufzte. »Laß uns den Computer fragen, Jake«, sagte er und benutzte seine Betäubungspistole.

47

China Vargas betrachtete ihre Glatze im ovalen Vergrößerungsspiegel, den der hübsche blonde Androide vor ihr hochhielt. »Scheiße, das sieht ja grauenhaft aus!« bemerkte sie.

Sie brummte mißmutig und erhob sich ächzend aus dem schwarzen Sessel. Dann ging sie zu einem der kleinen schwebenden Monitore, verengte die Augen zu schmalen Schlitzen und studierte das Bild auf dem Schirm.

»Hast du Watte im Kopf, Hugo?«

»Es handelt sich eher um einen Chip, China, der ausgerüstet ist . . .«

»Schau dir bloß dieses Bild meines Kopfes an!« Sie tickerte wütend mit den Fingernägeln gegen den Bildschirm.

Der Androide im Arbeitskittel kam an ihre Seite und legte ihr eine Hand auf die Schulter. »Deine Entspannungstherapie-Gruppe scheint dir nicht viel gebracht zu haben, meine Liebe«, sagte er. »Deine abfälligen . . .«

»Die blöde Gruppe soll mir den Buckel runterrutschen!«, sagte sie. »Wie kann ein vernünftiger Mensch entspannen, wenn man die verdammte Schlange falsch auf den Schädel tätowiert bekommt?«

»Ist das eine rhetorische Frage, Schatz?«

»Siehst du die Darstellung auf dem Bildschirm, Hugo?« Diesmal schlug sie mit der geballten Faust gegen den Monitor. »Es ist eine elegante, sinnliche Schlange. Während das Vieh auf meinem *Cabeza* ein kleiner, dicker Wurm ist!«

»Sie sind völlig identisch, Schatz«, versuchte der Androide sie zu beruhigen. »Immerhin siehst du sie jetzt spiegelverkehrt . . .«

»Ich hätte mir niemals diesen verdammten Raben entfernen lassen sollen.«

Hugo hüstelte verhalten. »Habe ich das nicht von Anfang an gesagt?«

»Ich finde, es ist eine tolle Schlange.« Gomez war mit der Waffe in der Hand in den kleinen weißen Raum getreten und kam auf die beiden zu.

Jake folgte ihm und schloß die Tür. »Ich kannte einmal einen Kerl, der eine einzelne tätowierte Rose auf seinem Kopf hatte. Es war eine sehr kunstvolle Arbeit.«

»Jedenfalls verglichen mit einer Schlange«, sagte Gomez. »Aber jetzt zur Sache, China.« Jake trat auf sie zu. »Ich suche nach meinem Sohn.«

»Dann suchen Sie!«

Seine Stimme klang ruhig und gelassen. »Meine Geduld hat sich mittlerweile erschöpft.«

»Das geschah etwa gestern abend«, sagte Gomez. »Würdest du dich bitte setzten, Hugo?«

»Soll das hier ein polizeiliches Verhör werden, Sheriff?«

»Setz dich!«

Jake faßte die kahlköpfige Frau am Arm. »Wird Dan im Dschungel festgehalten?«

»Ja, alle beide. Und jetzt lassen Sie mich sofort wieder los!«

»Wo? Im unterirdischen Komplex?«

»Ja, in der Sektion vier«, antwortete sie. »Aber jetzt mal ehrlich, Cardigan, ich habe nichts mehr mit dieser Sache zu tun. Es ist reiner Zufall, daß ich mich in der Nähe aufhalte.«

»Was hat Pickfair vor?«

»Er will sie töten – früher oder später. Er kann sehr unangenehm werden.«

»Wir möchten in diesen unterirdischen Komplex hinein.«

»Bitte, ich will Sie auf keinen Fall aufhalten.«

»Sie haben einen Elektroschlüssel.« Er verstärkte den Griff um ihren Arm. »Geben Sie ihn mir!«

»Ich kann es nur bereuen, daß ich euch zwei Idioten angeheuert habe. Ihr habt mir ganz schönen Ärger bereitet.«

»Den Schlüssel«, beharrte Jake.

»Er ist in meiner Jackentasche. Dort auf dem Haken.«

Gomez durchsuchte die Jacke. »*Aquí!*« sagte er lächelnd und hielt den Schlüssel hoch.

Die Wände waren jetzt seit einer ganzen Weile leer geblieben.

»Ich habe das Gefühl«, sagte Molly, »daß sich irgendwas tut.«

Dan überlegte. »Dann ist es vielleicht an der Zeit, daß ich dir etwas sage.«

»Mach es nicht so feierlich und spannend.«

»Also, weißt du, eigentlich bist du gar keine solche Nervensäge gewesen«, sagte er. »Um ehrlich zu sein, irgendwie mag ich dich sogar.«

»Irgendwie magst du mich?« Sie lachte. »Wir stehen hier am Rand des Abgrunds, und mehr fällt dir nicht dazu ein?«

»Wie kannst du nur lachen? Wir werden bestimmt . . . vielleicht werden wir sterben!«

»Nun, ich mag dich auch irgendwie«, sagte Molly. »Ich würde allerdings lieber daran glauben, daß wir am Anfang einer großartigen Romanze stehen. Denn großartige Romanzen sind in der Regel etwas länger und dauerhafter.«

»Aber diese nicht, meine Liebe«, kam eine Stimme von einer Wand.

Dann glitt die Wand geräuschlos zur Seite.

Draußen im Korridor stand Roddy Pickfair, der in einen lässigen weißen Anzug gekleidet war und eine silberne Laserwaffe in der Hand hielt. »Ich hoffe, euch hat das Filmprogramm gefallen, Kinder«, sagte er. »Du hast Beth Kittridge doch gekannt, oder nicht, Danny?« fragte er. »Aber natürlich hast du sie gekannt. Sie sollte ja deine zweite Mutter werden.«

Molly nahm Dans Hand. »Laß es sein!« flüsterte sie.

»Ich würde sagen, daß du verdammt viel Pech mit deinen Müttern hattest. Die echte sitzt im Knast, die zweite Kandidatin wurde in Fetzen . . .«

»Du verdammtes Schwein!« sagte Dan ruhig.

»Vermutlich fragst du dich jetzt, was als nächstes passieren wird.« Pickfair betrat lächelnd den Raum. »Das ist ganz wichtig beim Geschichtenerzählen – man muß immer wieder fragen, was wohl als nächstes passieren könnte.« Er kam näher heran, wobei er seine Waffe auf das Mädchen gerichtet hielt. »Erlaubt mir, euch mit ein paar Hintergrundinformationen zu versorgen, damit ihr versteht, was hier vor sich geht. Was zum Beispiel den Tod von Beth Kittridge betrifft – wollt ihr die Aufnahmen vielleicht noch einmal sehen? Ich hatte übrigens meine eigenen Robot-Kameras dabei, die als *Newz*-Kameras getarnt waren.«

»Dan, reiß dich zusammen!« Molly hielt seine Hand fest. »Laß dich von dem Mistkerl nicht zu irgendwas provozieren!«

»Ich weiß, warum sie getötet wurde«, sagte Dan, der seine Stimme nur mühsam unter Kontrolle hielt. »Sie stand kurz vor der Fertigstellung des Anti-Tek-Systems. Du mußt mit einem der Tek-Kartelle unter einer Decke stecken und . . .«

»Das war ein Grund, richtig.« Er hielt einen Finger hoch. »Aber nicht der einzige. Beth Kittridge wurde hauptsächlich deshalb getötet, weil ich wußte, daß es unter diesen bestimmten Umständen Jake Cardigan besonders tief verletzen würde.«

»Warum wolltest du ihn verletzen?«

»Vielleicht hat Miss Fine eine Idee«, antwortete er. »Sie hat einige unangenehme Tatsachen aus meiner Vergangenheit ausgegraben.«

»Es muß etwas mit deinen Eltern zu tun haben«, sagte Molly.

»Mit meinem Vater, um genau zu sein«, sagte Pickfair.

Dan starrte ihn an. »Dein Vater war Bennett Sands«, sagte er. »Jetzt sehe ich die Ähnlichkeit – selbst in deinem verfetteten Gesicht.«

»Offiziell hatte Sands nie einen Sohn«, sagte Molly.

»Er und meine Mutter waren zwar nicht verheiratet, aber dennoch war er mein Vater«, sagte Pickfair. »Zugegeben, zu Anfang hat er mich nicht sehr nett behandelt. Doch in späteren Jahren wurden wir Freunde, und er bewunderte sogar meinen Geschäftssinn. Ich habe ihn geliebt – und dann hat Jake Cardigan ihn getötet.«

»Mein Vater hat ihn nicht getötet. Die Verantwortung liegt bei jemand anderem, der . . .«

»Wenn Cardigan nicht aus der Frostkammer freigekommen wäre und Ermittlungen über . . .«

»Sands hat gemeinsame Sache mit den Tek-Baronen gemacht«, sagte Dan. »Früher oder später mußte er zur Strecke gebracht werden.«

»Aber er starb früher – und daran war dein Vater schuld. Ich wollte mich nur dafür rächen.«

»Was sieht deine Planung als nächstes vor?« fragte Molly.

Pickfair schlenderte zur linken Wand hinüber. Auf ein Handzeichen hin wurde sie wieder zum Bildschirm.

Doch diesmal war Jake darauf zu sehen. Allein und mit einer

Betäubungspistole in der Hand ging er langsam und vorsichtig durch einen metallenen Korridor.

»Ich habe Cardigan im Glauben gelassen, daß er mich ausgetrickst hat«, erklärte Pickfair. »Ich habe sogar zugelassen, daß er einen Elektroschlüssel für diesen Komplex bekommt. Vor vier Minuten ist er hier eingedrungen. In zweieinhalb Minuten werde ich ihn in diesem Korridor dort treffen – und ihn töten.«

48

Susan Ferrier schlich sich in den großen Lastgleiter, der ihr als Garderobe diente. Das Fahrzeug parkte neben sechs weiteren am Rand einer Lichtung im Dickerson-Dschungel, die als Schauplatz für die Dreharbeiten am *Dschungelkommando* benutzt wurde.

Sie ließ sich auf ihr Sofa fallen und zog die Stiefel aus. »Trina?« rief sie.

Ihre Robotzofe meldete sich nicht.

»Verdammt! Ist die alte Kiste schon wieder kaputt?«

»Sie ist zumindest für eine Weile außer Gefecht gesetzt.« Gomez trat mit einem breiten Grinsen aus dem Badezimmer.

Susan riß erschrocken die Augen auf und langte unter ein Kissen.

»Die Waffe ist nicht mehr da, *chiquita*«, teilte der Detektiv ihr mit.

»Sie . . . Sie sind Gomez, nicht wahr?«

»*Sí*, höchstpersönlich.« Er setzte sich ihr gegenüber in einen Klappstuhl. »Ich muß schon sagen, Sie sehen viel besser aus, seit ich Sie das letzte Mal gesehen habe.«

»Was meinen Sie damit? Wir sind uns noch nie begegnet!«

»Aber sicher doch, *cara*. Durch die Errungenschaften der Video-Technik konnte ich Sie auf Ihrem Sterbebett bewundern.«

»Ich fürchte, ich weiß nicht, wovon Sie sprechen.«

»*Por favor*, ersparen Sie mir diese Ausflüchte.« Er lächelte sie immer noch an. »Sie sind in die Rolle von Jean Marie Sparey geschlüpft. Es war zwar nur ein sehr kleines Publikum, für das Sie gespielt haben, aber es war sicher trotzdem ein sehr lukratives Engagement.«

»Hören Sie, Gomez! Ich wußte nicht, daß die Sache etwas mit dem Mord zu tun haben würde.«

»Natürlich! Außerdem hat man Sie gezwungen, bei diesem Drama mitzuspielen, nicht wahr?«

»Ja! So war es wirklich! Sie haben keine Ahnung, wie gemein und gefährlich Roddy Pickfair sein kann.«

»Doch, ich weiß. Aber ich weiß auch, daß Sie selbst ziemlich gemein werden können.«

Sie beugte sich vor und stemmte die Arme auf die Knie. »Weswegen sind Sie hergekommen?«

»Um den Rest jener netten Leute aufzumischen, die etwas mit dem Tod von Beth Kittridge zu tun hatten«, antwortete er. »Das wären Larry Knerr, China Vargas – und Sie.«

»Haben Sie nicht gehört, was ich gesagt habe? Ich wurde nur angestellt, um eine Rolle zu spielen.«

»Erzählen Sie das dem Richter!«

»Ist Cardigan hier bei Ihnen?«

»Warum fragen Sie?«

»Sagen Sie mir nur, ob er vielleicht gerade im unterirdischen Komplex seinen Sohn sucht.«

Gomez runzelte die Stirn. »Das hatte er vor.«

»Sie müssen ihn aufhalten, Gomez!« drängte sie. »Roddy hat ihm eine Falle gestellt.«

Roddy Pickfair kicherte. »Ich muß euch jetzt leider verlassen, Kinder, damit ich meine Verabredung mit Cardigan nicht verpasse«, sagte er. »Ihr könnt alles auf dem Wandschirm verfolgen.«

Darauf war immer noch Jake zu sehen, der sich langsam durch einen unterirdischen Korridor bewegte.

»In gewisser Weise tut es mir leid, daß er nun sterben wird«, gab der korpulente junge Mann zu. »Ich hatte in letzter Zeit eine Menge Spaß mit ihm.«

»Das lasse ich nicht zu!« schrie Dan. »Du kannst nicht einfach meinen Vater töten!« Er riß sich von Molly los.

Dann verschwand plötzlich das Bild von der Videowand, und die Lichter im Raum und im Korridor davor verloschen. Es wurde stockfinster und still.

»Was ist los, ihr Idioten?« brüllte Pickfair. »Schaltet sofort die Notstromversorgung ein!«

Plötzlich gab er ein schmerzhaftes Stöhnen von sich, und etwas Metallisches schlug auf dem Boden auf.

Dann erhellte ein schwaches Licht den Raum.

»Dad!« rief Dan.

Jake stellte grinsend die Elektrolaterne neben dem am Boden liegenden Pickfair ab. »Alles in Ordnung mit euch beiden?«

»Ja, uns ist nichts passiert. Aber warum trägst du diese brasilianische Uniform?« Dan lief ihm entgegen. »Wir haben dich auf dem Videoschirm gesehen, und da warst du ganz anders gekleidet.«

»Stehen Sie auf, Roddy!« sagte Jake.

Der Studioleiter blieb zusammengekauert liegen und rieb sich das Handgelenk. »Sie haben einen Lockvogel benutzt.«

»Ja, das war ein Androiden-Schauspieler namens Jacko Fuller – den wir als Jake Cardigan verkleidet und maskiert haben«, gab Jake zu. »Gomez hat ihn gemietet. Es war sein erstes Engagement seit über einem Jahr.«

»Aber Sie haben doch Chinas Elektroschlüssel benutzt, und wir haben Sie seitdem ständig beobachtet!«

»Damit habe ich gerechnet, und deswegen habe ich Jacko geschickt.«

»Aber wie sind Sie dann . . .«

»Ihr Sicherheitssystem ist nicht besonders ausgefeilt. Ich mußte nur die Pläne des Komplexes studieren, um einen Weg hinein zu finden.«

»Und Sie haben auch den Saft abgedreht?«

Jake nickte. »Stehen Sie jetzt auf! Wir gehen. Ich muß der Polizei noch ein paar Leute übergeben.«

Sehr langsam kam Pickfair auf die Beine.

Ohne ihn aus den Augen zu lassen, hob Jake die Laserpistole auf, die er dem jungen Mann aus der Hand geschlagen hatte.

Pickfair lächelte müde. »Nun schießen Sie schon!« forderte er ihn auf. »Wenn Sie es nicht bereits wissen, kann Ihr Sohn es Ihnen verraten. Ich bin derjenige, der die ganze Aktion gegen Sie geleitet hat.«

Jake wog die Waffe in seiner Hand. »Noch gestern wäre ich sofort dazu bereit gewesen«, sagte er ruhig. »Verdammt, sogar noch vor einer Stunde habe ich daran gedacht, Sie zu töten, sobald ich Sie gefunden habe.« Er schob die Waffe unter seinen Gürtel.

»Und jetzt?«

Jake schüttelte den Kopf. »Jetzt ist es mir völlig egal.«

Eine Woche später regnete es in ganz GLA. Es war ein kühler und schwerer Regen, der nicht aufhören wollte.

Jake ging allein in der Nähe seines Hauses am Strand spazieren. Er hatte den Kopf zwischen die Schultern gezogen und die Hände tief in die Hosentaschen vergraben.

Eine hübsche junge Schauspielerin kam ihm über den regennassen Sand entgegengelaufen. »Sie werden sich bei diesem Wetter den Tod holen!« rief sie ihm zu, während sie vorbeijoggte. Er antwortete ihr nicht und ging weiter.

Nach etwa einem halben Kilometer blieb er stehen und blickte auf den aufgewühlten grauen Ozean hinaus.

»Ich bin gerührt«, sagte jemand hinter ihm.

Jake drehte sich um. »Hallo, Sid.«

»Selbst ein so kaltblütiger und hartgesottener alter Agent wie ich muß einfach gerührt sein, wenn er dich so traurig dastehen sieht, *amigo*.«

»Ich brauche kein Mitleid.«

»So?«

»Willst du etwas Bestimmtes von mir?«

»Du hast überhaupt nicht auf die Anrufe des Chefs reagiert. Und auf meine hast du seit zwei Tagen nicht geantwortet.«

»Ich möchte gern ein wenig allein sein.«

»Dan ist doch bei dir, oder?«

»Ja, aber er versteht mich.«

»Es bleibt ihm nichts anderes übrig, als das Spiel mitzuspielen, da der arme Junge nun einmal dich als *padre* am Hals hat«, sagte Gomez. »Cosmos hat einen neuen Fall für uns. Es ist eine merkwürdige Geschichte, die überhaupt nichts mit Tek zu tun hat. Warum kommst du nicht heute nachmittag mit mir ins Büro?«

»Glaubst du, daß ich es mit meiner Trauer übertreibe?« fragte Jake seinen Freund.

»Seit mindestens zwei oder drei Tagen.«

»Okay, ich werde mich umziehen, und dann schauen wir mal, was Bascom uns anzubieten hat.«

»Mit der Zeit«, sagte sein Partner, als sie am Strand zurückgingen, »wirst du über das meiste hinwegkommen.«

»Das meiste, ja«, sagte Jake.

ENDE